文学与影视比较大观丛书

英伦风
——从田园到尘嚣

黄春燕　张　娜　著

张绍杰　插画

世界が识出版社

图书在版编目（CIP）数据

英伦风：从田园到尘嚣/黄春燕，张娜著.—北京：世界知识出版社，2017.9
（文学与影视比较大观）
ISBN 978-7-5012-5586-3

Ⅰ.①英… Ⅱ.①黄… ②张… Ⅲ.①电影文学评论—英国—现代 Ⅳ.①I561.073

中国版本图书馆CIP数据核字（2017）第230583号

责任编辑	刘豫徽
责任出版	赵 玥
责任校对	陈可望
书 名	英伦风：从田园到尘嚣 Yinglunfeng: Cong Tianyuan dao Chenxiao
作 者	黄春燕 张 娜
插 画	张绍杰
出版发行	世界知识出版社
地址邮编	北京市东城区干面胡同51号（100010）
经 销	新华书店
网 址	www.ishizhi.cn
投稿信箱	lyhbbi@163.com
电 话	010-65265923（发行） 010-85119023（邮购）
印 刷	北京京华虎彩印刷有限公司
开本印张	850×1168 毫米 1/32 12¾印张 7插画
字 数	210千字
版次印次	2017年10月第一版 2017年10月第一次印刷
标准书号	ISBN 978-7-5012-5586-3
定 价	36.00元

版权所有 翻印必究

总　序

　　文学创作来源于生活点滴，影视艺术来源于文学作品的改编与创作。文学作为人类最古老的艺术形式之一，随着历史长河的延续已经取得的辉煌的成就，积累了成熟而丰富的精神财富和艺术经验。文学以优美深刻的语言文字、精彩生动的故事情节、立体感人的人物形象和独特创新的叙事手法，散发着永久无限的艺术魅力。文学创作由来已久，而影视艺术的发明不过一百多年的历史，自1895年12月28日，卢米埃尔兄弟在巴黎卡铺辛路14号的"大咖啡馆"地下室中第一次公开售票播放电影,才标志着电影的正式诞生。早在电影诞生之初就出现了改编名著的现象,古今中外有很多文学名著不断被搬上银幕,影视作品在一定程度上弥补了文学作品视觉叙事的不足又能适时引发思考而逐步被人们所认可。电影艺术发展的历史在某种意义上就是电影文学的改编史,文学为电影艺术提供了取之不竭用之不尽的源泉,而电影的综合艺术手法也让更多的文学作品走向大众,为各种各样的人群所接受和欣赏,从而形成影视与文学之间良好的互动关系。电影和文学都要在时间的流动中再现生活的真谛和表现人物的内在情感,并通过读者和观众的理解和鉴赏获得情感的共鸣和审美的愉悦。相比于文学名著,改编后的影视作品中,画面逼真,场景宏大,形象直观,表达清楚,能给人们带来一种身临其境的感觉,所以越来越多的人,尤其是广大青少年群体更愿意去影院看一部由名著改编成的电影,而不愿意亲自去翻阅原著感受文字带来的震撼与想象,再加上现代人内心浮躁难以静下心来去品味文学名著的魅力,用观看影视作品代替名著阅读的现象也越来越普遍,且不论这种吸收"文化快餐"的方式可取不可取,但是需要指出的是观看影视作品绝不能代替文学名著的阅读。文学注重思想层面和美学层面对人的生存状态进行观照,带动了电影内涵的深刻性与丰富性。如果没有影视文学的支撑，很容易陷入单纯追求画面感觉刺激的误区。以文学作品为基础改编的影视作品往往能取得巨大成功的关键因素，就在于文学艺术丰厚的人文底蕴给影视艺术以思想深度和文化品位。80后作家蒋方舟在2014年接受中新网记者采访时说："阅读是一个永远的需求，是不可能死掉的。人们需要靠阅读体会在生活中没办法体会到的情感与经验，必须靠其他媒介而且是超越电视化等平面媒介的东西来帮助代入。只不过阅读看的地方不一样，是在一个小的屏幕上看，而不是在纸质的书上看，所以我觉得手机电脑也好，纸质书也好，阅读的形式并不重要，关键是文字本身。关键是创作者自己怎么看待创作这件事，永远不能责怪读者变得浅薄。"所以作为两种并存的艺术形式，读者和观众需要取其所长，同时保有一份文学和电影的鉴赏力，吸收文学和电影中的精神内涵，这正是北京物资学院文学影视团队出版文学与影视比较大观系列丛书的目的所在。

北京物资学院外国语言与文化学院于2014年10月1日成立文学影视研究团队。该团队致力于英美文学作品与其改编而成的影视作品的比较研究，将研究成果转化成系列丛书出版，该系列丛书将全面系统地呈现不同题材和主题的文学影视作品，旨在填补国内该研究领域的空白。该研究将英美文学理论研究与文本及电影艺术紧密结合在一起，在理论联系实际的基础上极大地增加了研究的实用性，也便于高校英语教师在日后相关课程的英语教学中使用和借鉴。团队预计出版的系列丛书有7本，内容涵盖英美文学的畅销及经典作品，涉及爱情、成长、伤痛、领悟、离散、儿童生活、人物传记等多个主题，时间跨度上则从18世纪一直延伸到现当代文学和电影作品，兼顾经典，与时俱进。该系列丛书将对英美畅销及经典文学作品及其改编的优秀电影进行比较研究，就文本和电影各自的表现手法、文化主题、人物塑造、情节安排、语言特点、叙事视角等不同角度对文本和电影进行深度挖掘，提高读者对文学作品的阅读能力以及对电影作品的观赏能力。本系列丛书均以论文的形式集结成册，每部作品拟撰写一到三篇论文进行分析对比。第一本：爱与成长；第二本：痛与领悟；第三本：美国梦：从开始到现在；第四本：英伦风——从田园到尘嚣；第五本：看世界——童言无忌；第六本：品人生——双面影像；第七本：心之启航，灵之归宿。文学影视团队的七名成员均具有多年丰富的英语教学经验、良好的学术研究能力以及较高的文学影视赏析能力，已出版专著两本，译著及合作译著六本，发表学术论文六十余篇。

主编　李华
2015年7月14日

前　言

本书《英伦风：从田园到尘嚣》是"文学与影视比较大观"系列丛书的第四卷，与之前出版的《美国梦：从过去到现在》互为姐妹篇。本书选取了七部来自英国文学不同时期的优秀作品以及由它们改编而成的七部电影展开深度解读，以期呈现出英伦风格的冰山一角。

根据文学作品的出版年代先后，这七部文学作品分别是：

1.《理智与情感》（1811年），理智与情感冲突下的不同爱情观。

2.《名利场》(1847年),名利场中女性的生存和奋斗史。

3.《远大前程》(1861年),从卑微人物的命运洞悉时代与社会的症结。

4.《时光机器》(1895年),对未来的想象与恐惧来自对现实的忧思。

5.《霍华德庄园》(1910年),维多利亚后期中产阶级的精神空虚与冷漠。

6.《达洛维夫人》(1925年),时代创伤在个人意识中的流动与映射。

7.《文静的美国人》(1955年),殖民文化造成的双重"他者"困境。

这七部小说以时间为脉络,展现了18世纪末到20世纪上半叶这个时间段英国文学中小说的发展轨迹以及英国社会的历史变迁、社会思潮与文化风貌[①]。简·奥斯汀是19世纪初的现实主义作家,也是具有里程碑意义的女性作家。《理智与情感》集中体现了她的语言风格、擅长的题材以及超前的女性主义意

---

① 由于篇幅有限,本书未能囊括18世纪初英国小说兴起阶段的代表作品以及20世纪下半叶以后的代表作家及作品。

识。威廉·麦克皮斯·萨克雷是与查尔斯·狄更斯齐名的19世纪英国现实主义大师，其代表作《名利场》是最优秀的讽刺文学作品之一，充分展示了英国中上层社会的利欲熏心和尔虞我诈。狄更斯的《远大前程》则延续了他一贯的批判现实主义路线，以卑微的中下层人民的不幸遭遇来控诉社会制度的黑暗。赫伯特·乔治·威尔斯是与法国作家儒勒·凡尔纳齐名的科幻小说之父。他的《时光机器》既肯定了科技进步带给人类的福利，也表达了对科技有可能带来隐患以及对人类命运的忧思。E.M.福斯特的《霍华德庄园》讲述的是在维多利亚时期过渡到爱德华时代的社会转型期，英国社会中产阶级所遭遇的物质和精神困境以及田园传统和城市化进程之间的冲突。弗吉尼亚·伍尔夫是英国当代最重要的女作家，也是英国现代主义文学奠基人之一。《达洛维夫人》运用意识流手法，深入人物内心世界，以个人意识折射集体的和时代的创伤。殖民文学是英国文学特有的一部分，格雷厄姆·格林的《文静的美国人》就讲述了英国、美国和法国这些新老殖民者在被殖民国家沦落为双重"他者"的两难境地。

受欧洲文学中流浪汉小说的影响，英国文学的传统主题之一就是主人公的流浪与冒险。此外，田园（乡村）文化与都市文明之间的冲突与碰撞以及由此而带来的社会、经济、历史与文化变革，也始终贯穿着英国文学。从18世纪英国小说在乔纳森·斯威夫特、丹尼尔·笛福、塞缪尔·理查逊和亨利·菲尔丁等人笔下兴起开始，一直到19世纪上半叶，田园文化在英国文学作品中占据着优势地位。之后随着工业化浪潮的到来，宁静平和的田园文化受到了城市化进程的冲击，田园与尘嚣之间的对立、冲突和回归日益凸显；都市叙事不断发展，涌现了一大批具有代表性的作家及作品。值得注意的是，对英国这个曾经的殖民帝国来说，殖民文化也是其不可分割的一部分，体现在文学中就是不以数量取胜而以质量深入人心的殖民小说。对殖民者来说，异国他乡的殖民地远非净土，而是充满了死亡与暴力的血腥之地，是殖民者醉生梦死的尘嚣。本书所选取的七部作品从不同角度探讨了英国田园文化、都市文明以及殖民文化的本质与表现，讲述了人们因此而遭遇的种种困境与挑战。

作者
2017年8月19日

目 录

1. 《理智与情感》 Sense and Sensibility ………… 黄春燕 1

深度解读之一：分身与化身
　　——《理智与情感》中作者的痕迹 …………… 13
　　　　在这部小说中，奥斯汀试图避免作者型叙事行为，努力与书中人物"分身"，而不是让其成为自己的"化身"。但若考察书中主人公的某些表述和评价、对恋爱关系和婚姻关系的描写以及字里行间辛辣的讽刺，细心的读者仍然可以"听到"真实作者奥斯汀的声音。分身是表象，化身其中是事实。

深度解读之二：《理智与情感》中超前的女性主义意识 ………… 25

  尽管生活在女性没有足够话语权的18世纪末和19世纪初，奥斯汀在这部小说里却展示出了超前的女性主义意识。她所塑造的埃莉诺和玛丽安是类似于"新女性"的形象；她还采用了女性视角对男性人物加以审视和书写。此外，奥斯汀还通过对姐妹情谊的描述，传达出女性要结成同盟对抗外部压迫和歧视的理念。

深度解读之三：浪漫型艺术的精品
   ——电影《理智与情感》及李安的导演艺术 … 42

  电影艺术与小说艺术的相互成就不容忽视。导演李安充分调动绘画、音乐以及诗歌这三种强调主观感受的艺术元素，将影片打造成一部浪漫型艺术精品，提升了作品的审美价值，提高了观众的审美感受。这部影片同时也是他超越文化背景的局限，原汁原味呈现西方故事的一个代表作，是其导演艺术日臻完善的力证之一。

2.《名利场》 *Vanity Fair* …………………… 黄春燕 69

深度解读之一：萨克雷——《名利场》的说书人 ……………… 81

  《名利场》被公认为英国文学史上最杰出的现实主义讽刺文学作品之一，作者萨克雷则是一位出色的名利场的说书人，一位真实的历史故事的讲述者。他利用作者型叙事声音，化身为故事中的"我",对人物品头论足,随时发表感想,并与读者对话。此外,萨克雷还采用了书信体这种个体型叙事声音以及戏剧表演的形式,以期适度消解作者权威,减少对读者的干预。

深度解读之二:《名利场》上演的人生悲喜剧 ……………… 100

爱情的悲喜和人间百态在名利场上一览无余。罗登与利蓓加,爱情的奴隶与冥顽不灵的石头无法达到灵与肉的同一,最终一拍两散。都宾和爱米丽亚,爱情的傀儡坚持到最后梦想成真;柔弱的寄生藤在命运的眷顾下终得真爱。除了情感戏,名利场上种种名与利的明争暗斗、世态的炎凉、人性之丑恶,都经由萨克雷的一支生花妙笔呈现在读者眼前。

深度解读之三:导演主体性在影片中的投射
——论《名利场》影片的改编……………… 111

印度籍女导演米拉·奈尔 2004 年在翻拍这部英国经典名著时,过多融入了个性化解读,对影片的情节发展、人物性格定位和整体基调都做了调整和改变。米拉·奈尔将故事变成了皆大欢喜的喜剧性结局;把利蓓加塑造成几乎完全正面的角色,是个成功的女权主义者;她还在影片中强行插入了过多的印度元素,造成了不太协调的混搭。导演过多的主体性干预,削弱了原著的讽刺力度,减少了人物的性格魅力,也影响了影片整体的视觉效果,审美效果大打折扣。

3.《远大前程》 Great Expectations .... 李瑞青 125

深度解读之一:《远大前程》的空间描写 137

在任何一部文学作品中,空间描写都起着至关重要的作用。它可以象征人物的性格,奠定叙事的基调,表明作者的态度,并对故事的发展起到渲染作用。本文将从地理空间和个人空间入手,分析《远大前程》中的空间描写对人物刻画和故事发展的作用。

深度解读之二:社会环境对《远大前程》中主要人物的影响
.... 153

环境对人物的影响是狄更斯小说不断重复的主题之一,他认为不同的环境可以造就不同的人。本文将分析社会环境,即人与人、人与整个社会的关系对《远大前程》中主要人物的影响。

深度解读之三:电影《远大前程》中的改编手法分析 169

狄更斯的《远大前程》面世以来,多次被改编为其他艺术形式。2012年公开放映的同名电影虽然力求忠于原作,但仍有许多改动。本文将从叙事手法、人物处理和情节设计三个方面分析电影与原作的差异。

4.《时光机器》 *The Time Machine* .... 张 娜 185

深度解读之一：论《时光机器》中的人文忧思精神............ 201
  作为科幻小说奠基之作的《时光机器》以科幻的外壳和文学性的表达构筑了一个80万年后的人类未来世界。在这个虚构的未来世界里，大自然、人类社会以及人类自身都发生了难以想象的巨大变化。这些未来变化的构筑与创设，无不基于作者本人的知识经验以及当时所处的社会历史背景，体现了一个充满人文气质的作家对现实世界的关注以及对人类未来命运的忧思。

深度解读之二：电影《时间机器》的生态解读.................. 213
  文章从生态学视角对电影《时光机器》进行深入的剖析，影片反映了人类未来从身体到精神，从自然到社会全面退化的主题，与其说体现的是对人类未来社会的无限忧思，不如说是对现实社会的全面警醒与暗示。

深度解读之三：《时光机器》小说与影片的对比研究 221
  《时光机器》这部小说以其深厚的人文精神在百年后的今天仍散发着现实主义的光辉，对今天的人们仍起着振聋发聩的警醒作用。而以此为蓝本的同名影片则在保留其精神价值的基础上，提取其中的一个点进行再创造，通过叙事视角的转变、人物的创设和增加以及情节的改编与创造，讲述了一个更加有趣、更加具有观赏性的科幻故事。虽然小说中的精髓并未在影片中一一展现，但作为不同的艺术形式，影片能在自身框架下将其核心思想表达出来并引发观众的思考，仍不失为一部成功的改编之作。

5.《霍华德庄园》Howards End ………… 李 华 233

深度解读之一：窘境中的精神追求
——析电影《霍华德庄园》中伦纳德·巴斯特的
三次行走意象 ………… 246

喜欢阅读诗歌、欣赏艺术的伦纳德·巴斯特是电影《霍华德庄园》里的城市中产下层的代表，一旦失业生活便会陷入困境。影片中展现了他三次野外行走意象，体现了他追求诗意、追求浪漫的精神生活，并借此警醒世人：物质困乏的精神生活注定会走向幻灭。

深度解读之二：从施莱格尔姐妹看维多利亚时代后期
中产阶级女性的文化追求 ………… 257

小说《霍华德庄园》展现了以玛格丽特和海伦·施莱格尔姐妹为代表的中产知识分子的文化追求，还描述了商人亨利的妻子鲁丝·威尔科克斯和城市小职员伦纳德的妻子杰基的日常生活。这三类女性的文化追求的不同代表着维多利亚后期中产阶级内部物质与精神追求、保守与自由思想之间的冲突。

深度解读之三：从城市到乡村的联结

——《霍华德庄园》小说和电影中主要居住地的对比分析 ················ 271

《霍华德庄园》展现了在英国城市文明与乡村田园的发展背景下，三个中产阶级家庭的磨合与冲突最终在乡间的宅邸里得以融合的故事。作者借助小说表达了对不可阻挡的城市发展的无奈和困惑，对田园牧歌式的乡村生活的热爱和眷恋。他也想告诉读者，人们终究会在感悟中转变对生活的认识和选择，将城市与乡村生活有机联结起来，到乡村中去寻找缓冲城市喧嚣的方法和乐趣。

6.《文静的美国人》The Quiet American

····················· 黄春燕 287

深度解读之一：幸存于"格林之原"

——析格雷厄姆·格林的《文静的美国人》 ··· 298

格林的绝大部分小说中都存在着一个"格林之原"，它在不同的作品中被具化为不同的地理位置，同时也被用来比喻形形色色失去信仰、挣扎在痛苦之中的人群的精神世界。在《文静的美国人》中，格林就通过三位主人公错综复杂的关系和冲突展示了"格林之原"上人们精神和心理上的种种斗争与变化，表明"格林之原"并非彻底黑暗和令人绝望，而是一个在毁灭之中依然存在着一线新生希望的世界。

深度解读之二：格林在《文静的美国人》中
对"东方主义"的重新审视 …………………… 308

在这部关于战争、政治、爱情以及死亡的小说中，格林修正了"东方主义"关于东方的错误表征，展示出一种崭新的东西方关系。在这种关系中，"他者"的定义和身份属性是流动甚至混杂的。强大与弱小、统治与顺从，无论是力量对比还是殖民关系都有可能发生反转。此外，东方女性通过自身的成长可以抹去"他者"这个标签，同时也给男性带来转变。小说中，格林还借助"驶入的航程"这一隐喻，暗示出只有当西方人真正将视角投向东方时，才能发现一个不同于他们之前想象的东方。

深度解读之三：论《文静的美国人》电影对原著的理想再现 … 325

由于格林在创作这部小说采用了不少电影手法，所以2003版的影片未做太大改动，只是对个别情节进行了微调。电影在语言的处理、动态与静态视觉效果以及声效的呈现上，理想再现了作家本人的意图以及原著的叙事风格，充分烘托出战争与爱情的主题。

7.《达洛维夫人》*Mrs. Dalloway* …………… 张雪丹 345

深度解读之一：追问人生
——《达洛维夫人》中的多重主题 …………… 359

《达洛维夫人》是英国著名小说家弗吉尼亚·伍尔夫最重要的

作品，也是"意识流小说"的奠基之作。故事背景设置在一战之后的英国，讲述的是上层社会家庭主妇克拉丽莎·达洛维生命中的一天。小说内涵丰富，感人至深，探讨了多个重要的人生命题，堪称具有时代意义的文学经典。

深度解读之二：英伦玫瑰：电影《达洛维夫人》 ………… 369

根据弗吉尼亚·伍尔夫的意识流小说《达洛维夫人》改编的同名电影由英国本土演员摄制完成，影片忠于原作，运用细腻独特的电影语言呈现人物复杂的心理和情感内涵，呈现出一派英伦风情。

深度解读之三：从字里行间到镜头之下的《达洛维夫人》 …… 379

几乎每部经典文学作品在被搬上银幕时都会或多或少地遭到非议，《达洛维夫人》以其独具特色的语言、意识流创作风格和多角度描写著称，要把这样一部意识流小说改编为电影，对于电影制作者来说是巨大的挑战。电影《达洛维夫人》接受了这一挑战，并用特有的镜头语言诠释了小说。

1.《理智与情感》

Sense and Sensibility

作者简介

作者简·奥斯汀（Jane Austen, 1775—1817），英国文学史上最具影响力的女作家之一，代表作有以下六部作品：《理智与情感》(Sense and Sensibility, 1811)，《傲慢与偏见》(Pride and Prejudice, 1813)，《曼斯菲尔德公园》(Mansfield Park, 1814)，《艾玛》(Emma, 1815)，《诺桑觉寺》(Northanger Abbey, 1818)，《劝诫》(Persuasion, 1818)。

奥斯汀对英国文学发展的贡献得到了广泛认可。伊恩·P. 瓦特在《小说的兴起》一书中指出，奥斯汀在继承英国小说开创者丹尼尔·笛福、塞缪尔·理查逊和亨利·菲尔丁等人艺术手法的长处同时又有所发扬。她有效解决了叙述和评论之间的平衡，既隐晦地表达出作者意见，也确保读者有亲自窥探和解读人物心理的权利。作为一名现实主义作家，奥斯汀还擅长挖掘平凡生活中的丰富内涵，洞悉普通人物的细致情感，让各种复杂的人物性格跃然纸上。她的作品着眼于中产阶级家庭的婚恋生活，探讨由此引起的社会和道德问题。本章所讨论的《理智与情感》就充分体现了奥斯汀在小说创作上的这些特质。

尽管生活在女性主义运动还未成气候的年代，奥斯汀在

《理智与情感》中塑造的埃莉诺和玛丽安已经接近女性主义者所推崇的"新女性"形象。她们个性独立、勤于思考、善于变通且具有自省精神,在与男性的关系中努力掌握主动权。此外,奥斯汀还在这部小说中采用了女性视角,渲染了姐妹情谊,这些都是她超前的女性主义意识的表现。

1995年,华人导演李安将该小说拍成了电影,影片上映后获得了良好的口碑。本章将探讨李安导演如何在超越东方身份局限性的基础上,深刻把握小说精髓,在大屏幕上完美再现了一部英伦风格的作品。

撷英采华

片段1:

Colonel Brandonalone, of all the party, heard her without being in raptures. He paid her only the compliment of attention; and she felt a respect for him on the occasion, which the others had reasonably forfeited by their shameless want of taste. His pleasure in music, though it amounted not to that ecstatic delight which alone could sympathize with her own, was estimable when contrasted against the horrible insensibility of the others; and she was reasonable enough to allow that a man of five and thirty might well have outlived all acuteness of feeling and every exquisite power of enjoyment. She was perfectly disposed to make every allowance for the colonel's advanced state of life which humanity required. (Austen, 2004: 35)①

译文：

  宾主之间，唯独布兰登上校没有听得欣喜若狂。上校只是怀有敬意听着；玛丽安当时对他也深表尊敬，因为其他人表现出来的庸俗趣味，理所当然地失去了她的敬意。上校对音乐的爱好虽然没有达到着迷的程度，没有与她自己等同，但是与其他人的麻木不仁相对照，却显得十分难能可贵。玛丽安非常通情达理地认为，一个三十五岁的男人可能早已失去了感情的敏锐性和对欢乐的强烈感受。她完全可以理解上校的老成持重，这是人类所必需的。(奥斯汀著，孙致礼译，2014：35)②

片段 2：

  Elinor could not be surprised at their attachment. She only wished that it were less openly shown; and once or twice did venture to suggest the propriety of some self-command to Marianne. But Marianne abhorred all concealment where no real disgrace could

---

  ① 小说的英文引文出自"袖珍图书"（Pocket Books）2004 年版本。其后只在引文后标注页码，不另加注。

  ② 小说的中文引文出自上海三联书店 2014 年版本。其后只在引文后标注页码，不另加注。

attend unreserve; and to aim at the restraint of sentiments which were not in themselves illaudable, appeared to her not merely an unnecessary effort, but a disgraceful subjection of reason to commonplace and mistaken notions. Willoughby thought the same; and their behaviour at all times, was an illustration of their opinions. (53)

译文:

埃莉诺对他们的相恋并不感到意外。她只希望他们不要搞得太露骨,曾有一两次冒昧地建议玛丽安还是克制点为好。玛丽安讨厌遮遮掩掩的,觉得纵情任性不会真正丧失体面,克制感情本身就不值得称道。在她看来,这不仅没有必要,而且是理智对陈腐错误观念的可耻屈从。威洛比也有同感,他们的行为始终可以说明他们的观点。(53)

片段3:

From their counsel, or their conversation, she knew she could receive no assistance, their tenderness and sorrow must add to her distress, while her self-command would neither receive encouragement from their example nor from their praise. She was stronger alone, and her own good sense so well supported her, that her firmness was as unshaken, her appearance of cheerfulness as invariable, as with regrets so poignant and so fresh, it was possible for them to be. (136)

译文:

她知道,她从她们的忠告或是谈话里得不到帮助。她们的温情和悲伤只能增加她的痛苦,而对于她的自我克制,她们既不会通过以身作则,又不会通过正面赞扬加以鼓励。她独自一个人的时候反倒更刚强些,她能非常理智地控制自己,尽管刚刚遇到如此痛心疾首的事情,她还是尽量表现得坚定不移,始终显得高高兴兴的。(139)

片段4:

I have had to contend against the unkindness of his sister, and the insolence of his mother; and have suffered the punishment of an attachment, without enjoying its advantages. —And all this has been going on at a time, when, as you know too well, it has not been my only unhappiness. —If you can think me capable of ever feeling—surely you may suppose that I have suffered NOW. The composure of mind with which I have brought myself at present to consider the matter, the consolation that I have been willing to admit, have been the effect of constant and painful exertion; —they did not spring up of themselves; —they did not occur to relieve my spirits at first. —No, Marianne. —THEN, if I had not been bound to silence, perhaps nothing could have kept me entirely—not even what I owed to my dearest friends—from openly showing that I was VERY unhappy. (254)

译文：

"……我要顶住他姐姐的冷酷无情、他母亲的蛮横无理,吃尽了痴情的苦头,却没尝到什么甜头。而且你知道得一清二楚,这一切发生的时候,我还不单单遇到这一件不幸呢。如果你认为我还有感情的话,你**现在**当然会想象得到,我一直很痛苦。我现在考虑问题之所以头脑比较冷静,我也愿意承认自己得到了安慰,不过那都是一直拼命克制的结果。那不是自发自生的,而且一开始也没有使我精神上感到宽慰。没有的,玛丽安。当时,我若不是必须保持缄默,也许无论什么事情——即使我对最亲密的朋友所承担的义务——与不可能阻止我公开表明我**非常**不幸。"(259)

片段 5：

Elinor could sit it no longer. She almost ran out of the room, and as soon as the door was closed, burst into tears of joy, which at first she thought would never cease. Edward, who had till then looked anywhere, rather than at her, saw her hurry away, and perhaps saw—or even heard, her emotion; for immediately afterwards he fell into a reverie, which no remarks, no inquiries, no affectionate address of Mrs. Dashwood could penetrate, and at last, without saying a word, quitted the room, and walked out towards the village—leaving the others in the greatest astonishment and perplexity on a change in his situation, so wonderful and so sudden; —a perplexity which they had no means of lessening but by their own conjectures. (347)

译文:

埃莉诺再也坐不住了。她几乎是跑出了房间,刚一关上门,便喜不自禁地哭了起来。她起先以为,喜悦的泪水永远也止不住了。爱德华本来始终没有朝她那里看,直到那时,他才瞧见她急匆匆地跑走了,也许看见——甚至听见她激动的感情,因为他紧接着就陷入了沉思,任凭达什伍德太太说什么话,提什么问题,谈吐多么亲热,都无法打破这种沉思。最后,他一言不发地离开房间,朝村里走去,留下的人见他的处境发生了如此奇妙、如此突然的变化,不由得感到惊奇不已,大惑不解——而这种困惑之感,除了凭借她们自己的猜测之外,没有别的办法可以消释。(356)

影片资料

类型:剧情/爱情

片长:136 分钟

出品:哥伦比亚影业公司(Columbia Pictures)摄制

导演:李安

编剧：艾玛·汤普森

摄影：麦克·寇特

主演：艾玛·汤普森饰埃莉诺

凯特·温丝莱特饰玛丽安

盖玛·琼斯饰达什伍德太太

休·格兰特饰爱德华

格雷·怀斯饰威洛比

阿伦·瑞克曼饰布兰登上校

获奖情况：曾获1996年第68届奥斯卡奖9项提名，最终获得了最佳改编剧本奖；1996年第46届柏林国际电影节金熊奖；1996年第53届美国电影电视金球奖最佳剧情片（电影类）以及最佳编剧奖（电影类）。

剧情梗概

达什伍德一家居住英格兰东南部苏塞克斯的诺兰庄园。身为牧师的父亲去世后，身后遗产全部由儿子约翰·达什伍德继承。尽管约翰在父亲临终前答应要照顾好继母和三个同父异母的妹妹，每年给她们三千镑年金，但在妻子的怂恿下，约翰并没有实现之前的承诺。达什伍德太太忍受不了寄人篱下的滋味，不久就带着三个女儿搬到了德文郡一位亲戚出租的乡舍。

三姐妹中，最小的玛格丽特尚未成年。最年长的埃莉诺性格沉稳，操持着家里的大小事务。她时刻关心着母亲和妹妹的情绪，在自己的情感问题上则克制冷静。妹妹玛丽安热情冲动，为了爱不顾一切，蔑视陈规礼数。埃莉诺尚在诺兰庄园时，与前来做客的嫂子的弟弟爱德华日渐生情。但当她们搬到新家之后，爱德华就几乎杳无音讯。后来埃莉诺才辗转得知，爱德华早在几年前就与之前寄居家庭的女儿露西秘密订了婚。埃莉诺能够理解爱德华不得不隐瞒的苦衷，却也因爱而不得而饱受折磨。她把自己的痛苦深埋心里，尽心尽力照顾着因失恋而崩溃的妹妹玛丽安。当最后得知爱德华重获自由时，埃莉诺才彻底爆发，流下了幸福的眼泪。两位有情人终成眷属。

妹妹玛丽安的美貌与才华吸引了当地的一位绅士布兰登上校，但玛丽安却没把这位年纪稍长的爱慕者放在心上。在一次外出散步时，玛丽安不慎跌倒受伤，一位名叫威洛比的英俊小伙将她护送回家。威洛比与玛丽安一见钟情。随着俩人恋情不断升温，旁人都以为他俩已秘密订婚。但威洛比有一天突然启程去伦敦，此后再未露面。当俩人再次相见时，玛丽安得知威洛比已与一名富家女子订婚。被抛弃的玛丽安深受打击，卧床不起。在家人和布兰登上校的悉心呵护下,玛丽安终于康复。她意识到自己之前的任性与自私,也明白了自己对姐姐埃莉诺的误解。她决心向埃莉诺学习,克制情感,不再盲目冲动。与此同时,她也向布兰登上校敞开了心扉。姐妹俩经过一番理智与情感的洗礼,都拥有了各自理想中的爱情。

【深度解读】之一:
分身与化身
——《理智与情感》中作者的痕迹

> 在这部小说中,奥斯汀试图避免作者型叙事行为,努力与书中人物"分身",而不是让其成为自己的"化身"。但若考察书中主人公的某些表述和评价、对恋爱关系和婚姻关系的描写以及字里行间辛辣的讽刺,细心的读者仍然可以"听到"真实作者奥斯汀的声音。分身是表象,化身其中是事实。

在木心先生的《昔我往矣》一书里,收录了刘绍铭写的序言"白先勇就是这样长大的"。文章中这样评价:"白先勇写小说,作者的'自我'与书中人物的感情世界,泾渭分明。这是了不起的成就"(木心,8)。为了将自己与作品中人物分清界限,保持客观,白先勇的笔触冷静得像"外科医生的手术刀":"白先勇是将门之后,他小说中的许多人物,可能曾经一度是对他'尊前悲老大'的'眼前人'。他们的遭遇,白先勇感同身受可以，但若借机'自伤身世'，则容易流于滥情，失去了作品的客观性"（木心，10）。作家与书中人物"分身"，而不是让其成为自己的"化身"，让自己的情感影响到人物的塑造，这种做法值得称道。但这种"分身"的立场是否能一直坚持下去，可能有一定难度，至少奥斯汀就没有完全做到将自己彻底从作品中抽离。如果我们仔细考察书中主人公的某些表述和评价、书中对婚恋关系的描写以及字里行间尖酸辛辣的讽刺，不难发现，她的婚恋观、价值观以及对人物的喜好都有形无形地表露在文字里。尽管她尽量避免作者型叙事声音，但细心的读者仍能"听到"这位真实作者的声音，"看到"隐藏在文字背后真实作者的身影。

一、难以隐藏的作者声音

分身还是化身，要看作者在多大程度上融入了自己的体验和立场。分身，要求作者最大限度地减少自己的声音，观察和评价时要采用人物各自的眼光和视角，不使用介入性评论。福楼拜曾有过一段著名的阐述："我的原则是：小说家绝对不能把自己写进作品。小说艺术家应该像正在创造世界的上帝那样，隐身于作品中，但又无所不能；读者可以在作品中出处感觉到他的存在,但却看不见他"(转引自申丹,132)。换句话说,作者只能以读者"看不见"的方式表达自己的态度,戴着局外人的面具发出局内人的声音,这显然有一定难度。在这一点上奥斯汀做得如何?

首先,在人物性格塑造和人物评价方面,不难看出奥斯汀本人的口吻和立场。以母女三人为例,姐姐埃莉诺显然是奥斯汀偏爱的对象。每当写到埃莉诺时,作家措辞温和,充满了同情、赞许和钦佩。作为理智的典范,姐姐埃莉诺并不仅仅是冷静克制的,她也有冲动和爆发的时候。比如在小说结尾,当爱德华在埃莉诺一家人面前澄清自己并没有结婚,仍是自由身时,"埃莉诺再也坐不住了。她几乎是跑出了房间,刚一关上门,便喜不自禁地哭了起来。她起先以为,喜悦的泪水永远也止不住了"(356)。对于这一情感的转折点,电影中处理得更具爆发性。得知爱德华仍是单身的那一刻,埃莉诺忍不住当着爱德华和家人的面痛哭出声。见此情景,她的妈妈和两个妹妹立刻起身离开,给这对恋人独处的空间。这是埃莉诺唯一一次情感外露,大多数时候,她比妹妹和母亲更懂得克制:"她心地善良,性格温柔,感情强烈,然而她会克制自己——对于这一手,她母亲还有待学习,不过她有个妹妹决计一辈子不要学"(6)。

在克制情感方面,连母亲也要向埃莉诺学习,奥斯汀对埃莉诺赞许的态度令读者一目了然。

因为这种立场,奥斯汀在提到母亲达什伍德太太和妹妹玛丽安时的措辞可就不那么客气了,试举几例。先看这段描写:"玛丽安各方面的才干都堪与埃莉诺相媲美。她聪慧善感,只是做什么事情都心急火燎的。她伤心也罢,高兴也罢,都没有个节制。她为人慷慨,和蔼可亲,也很有趣,可就是一点也不谨慎,与她母亲一模一样"(6)。这四句话,一半描写优点,一半指出缺点,两者放在一起产生一种讽刺的意味。一扬一抑,优点变得模糊,缺点则被放大。

再看一例。在故事的高潮处,玛丽安被威洛比抛弃后精神崩溃,书中有这样一段描写:"她整整一夜未曾合眼,绝大部分时间都在哭泣。起床的时候觉得头痛,不能说话,也不想吃饭,使母亲和姐姐妹妹时时刻刻都感到难过,怎么劝解都无济于事。她的情感可真够强烈的!"(83)对于最后这句感叹,读者应该怎样理解?妹妹正饱受情感折磨,宽容体贴的埃莉诺会对妹妹表示出这种不耐烦的情绪么?至于与玛丽安一个脾性的达什伍德太太,又怎会不原谅小女儿的种种荒唐?因为"对于达什伍德太太来说,什么起码的常识、起码的关心、起码的谨慎,统统湮没在她那富有浪漫色彩的微妙性格之中"（85）。联想到作者奥斯汀的一贯立场：感情太强烈会给自己以及身边的人带来痛苦和麻烦，读者就不难得出结论：这句话其实是作者奥斯汀本人的评价，是以她的口吻对人物提出的批评。一个感叹号，就把藏在文字背后的作者出卖了，奥斯汀已化身故事之中。

当布兰登上校前来看望病中的玛丽安，玛丽安非但不领情，还出言不逊，"一个人自己无所事事，总要厚着脸皮来侵占别人的时间"（202），埃莉诺看到妹妹的这种表现，"无法宽恕妹妹竟然如此小看他"（202）。这里的"无法宽恕"或许是埃莉诺当时的反应，但是否也隐含着作者的态度呢？性情宽厚的埃莉诺了解妹妹的脾性，同情妹妹所遭受的精神肉体的双重打击，即便她内心有所抱怨，替布兰登上校打抱不平，埃莉诺恐怕也不会有这么强烈的不满情绪。而作为"旁观者"的作者奥斯汀早就对玛丽安的这种无情和冷漠忍无可忍了。

埃莉诺不止一次责备玛丽安的有失公允，不过都是以心理活动的形式出现："如果说世界上有一多半人是聪慧善良的，那么，具有卓越才能和良好性情的玛丽安却如同其他一小半人一样，既不通情达理，又有失于公正。她期望别人和她怀有同样的情感和见解，她判断别人的动机如何，就看他们的行为对她自己产生什么样的直接效果"(199-200)。玛丽安以自我为中心的行事方式,在这里得到了直接的批评,但如此尖刻的批评恐怕很难出自埃莉诺之口,而是作者的隐形评价。奥斯汀显然是隐身的"叙述者",她按捺不住自己的好恶,时不时要插上一嘴,虽然不像萨克雷在《名利场》那样堂而皇之地插入作者评论,其立场却显而易见。

二、出卖作者的语言风格

奥斯汀所处的时代,女性作家尚不能理直气壮地发出自己的声音,她们只能隐晦地借助家庭生活题材来表达自己关于社会和道德的立场与观点。在这样一种女性失语的文化氛围里,选择家庭婚恋题材而非重大社会问题题材;采用轻松诙谐的嘲讽,而不是严肃地批判,不失为一种更容易为大众所接受的方式。《理智与情感》历经10年才真正面世,那么这个最终版本一定经过了奥斯汀的反复斟酌和不断修订。

终身未嫁的奥斯汀姐妹始终和父母住在一起,经济不宽裕,甚至时有窘迫,但好在还有几位哥哥的接济,总还不至于沦落到贫苦人家的那种生活,所以阳春白雪的读书写作仍在她生活中占有很大比重,底层的艰辛和苦难离她也有一定距离。她未必不关心，只是未必有切肤之痛。奥斯汀的小说中有的是笑料和讽刺，却并非过于沉重或愤怒，正如BBC纪录片《真实的奥斯汀》里说的那样："她笔下的角色显示了她顽皮的一面。她细致刻薄地检视别人，毫不留情，但通常带着幽默的意味。"① 奥斯汀安静地坐在书桌前，把人性的可笑与丑陋戏谑地落在纸上，却不至于要彻底打翻什么，再踩上一只脚。革命，似乎不是她的意图，但毫不留情的揭露却是她明确无误的目标。

奥斯汀本人的婚恋观非常鲜明：如果没有爱宁愿单身，绝不因地位和财富而苟且。奥斯汀年轻时曾有过一段炙热而短暂的恋情，但她是个没有嫁妆的女儿，对方则是经济尚未独立的年轻律师，两人的恋情无疾而终。那位律师后来继承了亲戚的财产并娶了一位贵族出身的妻子，成为知名的大法官。而奥斯汀则宁愿单身，也不愿委身于她所不爱的富家子弟。爱情至上的奥斯汀，对那些在爱情中表现得愚蠢、虚荣和自私自利的人，其不屑与嘲讽的态度可想而知。比如对于和爱德华有秘密婚约在先，但之后又转投爱德华弟弟怀抱的露西，小说中有这样的评论，"露西在这件事中的整个行为及其获得的荣华富贵，可以

---

① 引文节选自BBC纪录片《真实的奥斯汀》（*The Real Austin*）的字幕翻译。

被视为一个极其鼓舞人心的事例,说明对于自身利益,只要可以追求,锲而不舍,不管表面上看来有多大阻力,都会圆满成功,除了要牺牲时间和良心之外,别无其他代价"(373)。

此外,小说中涉及已婚人士以及他们的婚姻生活,嘲讽的态度更是掩盖不住,这多少与作家本人的经历有关。由于自身缺乏婚姻生活的体验,奥斯汀小说中对婚姻生活的描述远没有婚前的恋爱生活丰富,她小说中的夫妻大多是作为反面教材出现。她对夫妻相处模式和关系的了解,可能大多还是来自自己的家庭。《傲慢与偏见》中身为牧师的本内特先生和唠叨平庸的本内特夫人,很可能就有奥斯汀自己父母的影子。

在《理智与情感》中的几对夫妇中,约翰·达什伍德夫妇是最典型的反面形象。约翰·达什伍德也曾是个踏实体面的青年,"这位年轻人心眼并不坏,除非你把冷漠无情和自私自利是为坏心眼"(5)。他娶的妻子和他是一路货色,"只是更狭隘,更自私罢了"(5)。本来应父亲临终前的要求,约翰·达什伍德打算给和继母和妹妹们每年三千镑作为补贴,但他如此慷慨解囊的做法经过妻子一番理直气壮的劝说,变成了不定时送给她们五十镑。约翰·达什伍德最后决定:"对他父亲的遗孀和女儿,按他妻子说的,像邻居似的帮帮忙也就足够了;越此雷池一步,不说有失体统,也是绝对多余的。"(13)小说中的第二章用了几页纸铺陈这对夫妻关于遗产的对话,然后以上面这一句作为结尾。虽然并无太多描述和议论,但夫妻俩的丑恶嘴脸跃然纸上。

詹宁斯太太的女儿夏洛特和她的先生帕尔默是小说中另外一对非正常夫妻,用埃莉诺的话来说"夫妻之间怎么会这样奇怪地不相般配"(118)。尽管她的丈夫总是当着众人面给她难堪,夏洛特却总能自我安慰,得过且过:"夏洛特一想到她丈夫摆脱不了她,不由得纵情地笑了起来,然后自鸣得意地说,她并不在乎丈夫对她有多粗暴,因为他们总得生活在一起。谁也不可能像帕尔默夫人那样绝对和和气气,始终欢欢乐乐。她丈夫故意冷落她、傲视她、嫌弃她,都不曾给她带来任何痛苦;他申斥她、辱骂她的时候,她反而感到其乐无穷"(112)。无论丈夫怎样冷漠无情、粗暴无礼,做妻子的"绝对和和气气,始终欢欢乐乐",这种建立在精神沙漠基础上的婚姻也算得上是一种奇葩典型了。

有研究者指出:"奥斯丁在择偶问题上的挥毫泼墨与在婚内生活上的惜墨如金形成强烈的反差"(范小红,99)。的确如此,《理智与情感》中描写夫妻关系的篇幅不多,而对恋爱中的男男女女则刻画得细致入微。在描写上述两对夫妻时,奥斯汀极尽讽刺之能事,而对恋爱中男女的愚蠢与盲目则怀着同情之心。立场鲜明的语言风格成为真实作者奥斯汀"在场"的有力证据之一。

三、分身不易,化身难免

亨利·詹姆斯在阐述叙事学理论时,强调作家个人体验在创作中的重要性,但他指出,这种个人体验并非直接的真实的体验,而是经过提炼的主观真实,这种阐释表明了詹姆斯对"对小说家创作主体以及小说技巧的多样性采取的肯定态度"(申丹等,106),也回答了奥斯汀本人在小说中的分身与化身的问题:小说中的叙事者必然是真实作者的代言人之一,受真实作者背景、阅历和立场观点的影响。作者作为有主观能动性的创造性主体,会从个人经验中提炼出普遍的、集体的经验,因此无论分身还是化身,真实作者的声音始终隐藏于作品当中。小说家的声音如果干预过多,会影响观众的感受和判断。况且在奥斯汀时代,女性作家本身也不具有太多的话语权。但是在《理智与情感》中,借主人公之口隐晦地发表出自己的看法,在婚恋观上表露出自己的立场,采用温和诙谐的讽刺风格,奥斯汀还是有意无意地暴露了自己的声音。

英国文学在18世纪初小说兴起的阶段，大多假借回忆录或传记的方式来讲述个人旅行和冒险经历，比如丹尼尔·笛福的《鲁滨孙漂流记》（1719）、乔纳森·斯威夫特的《格利佛游记》（1726）、亨利·菲尔丁的《弃儿汤姆·琼斯》（1749）以及劳伦斯·斯特恩《项狄传》（1759）；或者用书信体来讲故事，比如塞缪尔·理查森的《帕梅拉》（1740）和《克劳丽莎》（1748）。这几部早期的英国小说都注重个体型叙事声音。及至18世纪末，个体型叙述声音逐渐被作者型叙事声音取代，作者权威日益彰显。威廉·麦克皮斯·萨克雷的《名利场》（1848）就是这种作者介入性叙事的代表。在这种叙事中，作者凌驾于人物和读者之上，频频发表作者本人的看法，宣扬道德，旨在对读者进行教化。

苏珊·S.兰瑟在《虚构的权威：女性作家与叙述声音》一书中指出，奥斯汀早期的作品倾向于使用作者型叙事声音，但随着《理智与情感》在1811年的发表，奥斯汀"明显地表现出对作者型叙事行为的克制"（兰瑟著，黄必康译，71）。但我们通过上面的文本分析可以得出结论，奥斯汀隐晦地把自己的观点转嫁给书中的人物，借人物之口表达出自己的立场和好恶，这样的叙事声音不仅是她个人经验的映射，同时也是在为和她处境一样的弱势群体——女性群体发声。她的观点偶有犀利，但并不剑走偏锋，而是能为大多数读者心领神会。她的婚恋观或许不流于世俗，她的女性主义意识也颇为前卫①，但都合情合理，与故事发生的时代并不违和。正如瓦特所评价的那样："她将分别从内部和外部对人物进行刻画的描述的现实主义和评价的现实主义的种种优点结合起来，融汇于一个和谐的整体之中"（瓦特著，高原，董红钧译，343）。

四、结 语

努力让自己与作品分身，是奥斯汀的自觉选择；但事实上，她又很难抹去自己在作品中的痕迹。分身是表象，化身其中是事实。即便是在200多年后的今天，奥斯汀的作品仍能引发思考，供人借鉴。可见她在作品中表达的不仅仅是有限的个人体验，更是具有广泛借鉴意义的女性群体的普遍经验。正如奥斯汀位于英格兰南部乡村的故居"查顿小屋"门前悬挂的说明文字中说的那样：她的艺术永远鲜活（Such art as hers can never grow old）。

---

① 对于奥斯汀在《理智与情感》中表现出的超前的女性主义意识，详见第二篇深度解读。

【深度解读】之二：
《理智与情感》中超前的女性主义意识

> 尽管生活在女性没有足够话语权的18世纪末和19世纪初，奥斯汀在这部小说里却展示出了超前的女性主义意识。她所塑造的埃莉诺和玛丽安是类似于"新女性"的形象；她还采用了女性视角对男性人物加以审视和书写。此外，奥斯汀还通过对姐妹情谊的描述，传达出女性要结成同盟对抗外部压迫和歧视的理念。

在奥斯汀时代，女性的工作权利非常有限，女性写作得不到社会的认可。作为奥斯汀第一部公开发表的小说，《理智与情感》早在1795就完成了初稿，几经修改后于1811年匿名出版。当时此书在报纸上刊登的出版信息是：一位女士创作的一部小说（A Novel By A Lady）。小说封面上则以一位女士的画像代替了作者的名字。尽管奥斯汀在世时发表的四部作品已经使她很富有，但这只是个案，也是她历经挫败之后的幸运。事实上，《傲慢与偏见》曾屡次被出版商拒绝，几经波折后才得以面世。

不妨设想一下，倘若奥斯汀生活在弗吉尼亚·伍尔夫的时代，她是否也会成为一领风骚的先锋人物？她的客厅是否也会让文艺界人士趋之若鹜？至于作品出版，如果像伍尔夫夫妇那样有自家的出版公司就更不必受那些冷眼了。倘若要在文学史上找一个与奥斯汀境遇类似的人物，美国诗人艾米莉·迪金森大概最为接近。两位女性都生活在远离大都市的乡村。年轻时也曾体验过爱情的滋味，但最终还是孑然一身，英年早逝。生前籍籍无名，死后声名鹊起。奥斯汀的六部代表作中，《诺桑觉寺》和《艾玛》是在她去世后由姐姐桑德拉整理出版的。迪金森的一千多首诗歌则都是身后由其姐姐整理出版的。尽管两位女性平静的乡村生活乏善可陈，但她们都是精神世界格外丰富的女性。她们在文字中表露出的乐天的态度、诙谐的谈吐以及睿智的思考，为她们赢得了无数读者。

和后世的女作家们相比，奥斯汀和迪金森可谓生不逢时。BBC纪录片《真实的简·奥斯汀》里提到了这么一个细节：在温切斯特大教堂里安放着奥斯汀的墓碑，墓碑上回忆了她的很多美德和优点，却唯独没有提及她最大的成就——小说创作。她在世时，奥斯汀的家人也没有公开她作家的身份。由此可见，在那个时代，大众对女性写作还是嗤之以鼻的。奥斯汀也深知这一点，所以她写作时非常低调，尽量避免被仆人和外人发现。

虽然不能公开自己的作家身份，奥斯汀还是笔耕不辍，她用自身的努力践行了后殖民主义理论家弗兰兹·法农的理念："成为积极主动的作者，成为历史的主体而非客体"（罗伯特·杨著，容新芳译，149）。写作无疑是奥斯汀能够采取的积极行动，文字的力量足以教育和感染身受多重压迫的女性。虽然不像当代作家多丽丝·莱辛和伍尔夫那样总被冠以"女性主义"作家的头衔（她们本人也并不认可这一头衔），奥斯汀却在实质上践行了女性主义写作的理念。她在文字中彰显了女性身份，强化了女性意识，以此对抗夫权中心话语；她在《理智与情感》中塑造的女性形象也已经具备了"新女性"的部分特质。

一、女性书写："新女性"形象的塑造

女性主义者很早就意识到了女性发声的重要性，意识到了两性之间以及女性自身之间展开对话的重要性。早在1792年，英国女权主义者玛丽·沃斯通克拉夫特就出版了为女性权利大声疾呼的论著《为女权辩护》。中产阶级出身的沃斯通克拉夫特在书中控诉了女性所遭受的不公正待遇，指出改变这一局面的渠道之一是教育，因为"得不到教育，被与现实世界隔开来，

因此大部分女性难免会变得无知而懒惰"(沃特斯著,朱刚,麻晓蓉译,195)。她认为,教育能赋予女性成长以及改变现状的力量。显而易见,沃斯通克拉夫特认为女性之所以陷于被压迫的困境,是因为她们被排除在男性主宰的现实世界之外,局外人的处境让她们集体失声,也无力反抗。除了来自男性和夫权话语的压迫,女性之间的沟通不畅也是导致女性陷入困境的根源之一。伍尔夫就曾这样抱怨:"(女性之间)交流的缺乏让我感到何其郁闷!我想,改变这种现状的唯一出路是要采取某些行动"(转引自 Roe,211)。

为了表达自己的立场、观点及应对策略,伍尔夫提出了"双性同体"的理念,这个理念的提出也从一个侧面验证了伍尔夫的态度:她希望能同时拥有局内人和局外人两种身份,既能够作为女性发声,也拥有和男性一样的主导话语权。在伍尔夫看来,只有同时兼具男性和女性的气质才有可能成为伟大的作家,历史上最伟大的一些剧作家和诗人都是双性同体,比如莎士比亚、济慈、柯勒律治、雪莱、托尔斯泰以及写出了《追忆似水年华》的普鲁斯特。伍尔夫这样阐释双性同体:"任何一个从事写作的人,若是想到自己的性别那就是毁灭性的。对于一个不折不扣的男人或者女人来说,它是毁灭性的;人必须是具有女子气的男性或者具有男子气的女性"（伍尔夫，627）。

在伍尔夫之前的女性主义者往往还局限于强调"女性语言"的重要性和独特性。比如法国女性主义批评家伊瑞盖莱认为"女性的存在必须由一种不同的话语来定义，采用不同的话语是因为从生理和逻辑思维上看，女性本身的特质就是：差异性，发散性，复数性和多元化"（Zhu Gang, 231）。黑人女作家艾里斯·沃克则倡导彰显黑人女性话语，谋求黑人女性话语的独立权。与这些前辈相比，伍尔夫显然更进了一步。双性同体旨在同时掌握男性和女性话语，以此改变女性被男性排斥在外的局面。

生活在18世纪末的奥斯汀显然还没有如此鲜明的女性主义立场，但她用自己的方式践行了女性话语，并勾勒出了"新女性"（New Woman）的形象。"新女性"这个概念最初由女作家莎拉·格兰特在其1894年的一篇文章中提出，之后经作家亨利·詹姆斯进一步阐释，用来指代当时欧美国家出现的一批受过良好教育且具有独立精神的职业女性。"新女性"形象后来成为维多利亚时期"房间里的天使"（Angel in the House）女性形象的一种对照。广义上来说，理想的新女性独立自主，受过良好教育，肉体和精神上都不再依附于男性。她在情感、婚姻和职业等方面都拥有自主选择权。对于新女性来说，家庭生活不再是她的全部和中心，她努力谋求在公共领域从事有创造性的工作。那么我们不妨来看一看，《理智与情感》中的诸多女性哪位更接近"新女性"的定义？

达什伍德母女三人性格不同，但有一点相同。她们可以过衣食无忧的生活，一旦境遇改变也能用理性的态度去面对，这种坚忍不拔、随遇而安的个性使她们成为生活的强者。当她们不得不离开诺兰庄园，搬到简陋的巴顿乡舍后，母女三人在短暂的伤感和抑郁后，调整了心态，积极面对新生活。她们打算在现有基础上对房屋进行装潢修缮："一个妇女，一生从未攒过钱，现在居然要从一年五百镑的收入中攒钱完成所有这些改建工作。在改建工作没有完成之前，她们倒明智地认为，就按现在的样子，这房子也满不错了。她们都在各忙各的私事，在四周摆上自己的书籍等物，以便给自己建个小天地。"（29）知足常乐的心态，实用的生活技能，让这个女性之家充满了希望，也因此赢得了房主约翰·米德尔顿爵士的喜爱。

受过良好教育的新女性不仅应当具有独立的特质，还应具有反省的精神。玛丽安最初不认同姐姐的理智与冷静，对于自己不顾一切的冲动性格，她自我辩解说："这样说公平吗？合理吗？我的思想就这么贫乏？不过，我明白你的意思。我一直太自在，太快活，太坦率了。我违背了拘泥礼节的陈腐观念！我不该那么坦率，那么诚挚，而应该沉默寡言，无精打采，呆头呆脑，虚虚掩掩。我假若只是谈谈天气马路，而且十分钟开一次口，那就不会遭此非难。"（48）但在经历了一系列打击之后，玛丽安意识到了过分放纵情感的害处以及自己性格中自私的一面，她决定改变自己："我已经订好了计划，如果我能坚决执行的话，我就会控制住自己的情感，改变自己的脾气。这就不会再使别人感到烦恼，也不会是我自己感到痛苦。"（343）这样的自省精神以及由此带来的成长难能可贵。

但由于时代的局限，小说中三位女性并不是真正意义上的"新女性"，因为她们无法拥有自主选择职业的机会。事实上，不只是女性，那个时代的男性在择业和婚姻方面也未必有百分之百的自由。小说中的爱德华时常情绪低落，他痛恨自己游手好闲，无法自立，但又不得不顺从母亲的意志，放弃自己喜欢的牧师职业。他苦于无法摆脱现有的困境，只能期待将来自己的后代能够"尽量不像我——感情上、行动上、身份上，一切都不像我"（103）。男性尚且如此受制于社会地位和经济条件，女性的自由则更为有限。小说虽然没有明确提到这一点，电影里借埃莉诺之口表达出了这种无奈。有一次埃莉诺和爱德华散步聊天时,埃莉诺感慨了一句"我们连想赚点钱都不可能"①。一句话就道出了18世纪女性的心酸。埃莉诺和玛丽安俩姐妹都受过良好教育而且有一定的艺术鉴赏力,却不得不成为"房间里的天使"。尽管思想足够独立,生活上不依附男性,在恋爱关系中也可以坚持自己的选择,但埃莉诺和玛丽安无法走出家庭去从事有创造性的工作,她们归根结底还是名不副实的"新女性"。

二、女性视角:对男性的审视与书写

在这部以女性叙事为主的小说里,男性人物数量并不少,但他们都是处在被女性凝视的地位。女性人物审视着眼前的几位男性:谁更理智冷静,谁更热情冲动,谁比较枯燥乏味。他们的成长与改变在这几位女性的眼皮底下一览无余,对他们的褒贬也完全由女性来完成。即便他们之间的同性友谊也要靠女性来牵线搭桥。布兰登上校对爱德华的帮助,俩人惺惺相惜的友谊,都是借助埃莉诺这个关键人物才得以实现。

小说中对理智与情感的观察与探讨,不只局限于书中的女

---

① 引自2005版《理智与情感》影片字幕。

性,也包括三位男主人公:威洛比、爱德华和布兰登上校。他们时刻在被女性"观看",他们的故事也完全由女性来书写。"性格开朗,感情充沛"(48)的威洛比从一出现起就被玛丽安视为理想的情人:"他有这样的气质,正中玛丽安的心意;因为他把这些气质不仅和他那幅迷人的外表,而且和他那颗火热的心结合了起来。这颗心如今为玛丽安的心所激励,变得更加火热,博得了她的无比钟情。"(48)

相比之下,爱德华的内敛与稳重在玛丽安眼中则是不够完美的体现,她在母亲面前数落爱德华的不是:"我觉得,可以真正吸引我姐姐的那种魅力,他连一丝一毫都不具备。他两眼无神,缺乏生气,显不出美德与才华。除此之外,他恐怕还没有真正的爱好。"(17)玛丽安认为爱德华的平淡无味与威洛比的热情生动形成了鲜明的对比,爱德华与姐姐之间表现出来的爱情状态远不是她理想中那种状态。姐姐埃莉诺对爱德华的评价则与妹妹相反,她通过自己的观察得出了如下结论:"整个来说,我敢断言,他只是渊博,酷爱读书,想象力丰富,观察问题公允而准确,情趣风雅而纯洁。他各方面的能力和他的人品举止一样,你越是了解,印象越好。"(20)除了姐妹俩,母亲达什伍德太太也想方设法接近爱德华。经过一番观察,"她确信他品德高尚。就连他那文静的举止,本是同她对青年人既定的看法相抵触的,可是一旦了解到他待人热诚,性情温柔,也不再觉得令人厌烦了。"(16)

相比较对于爱德华的苛刻,玛丽安对布兰登上校则比较宽容。她无法忍受爱德华的克制和冷漠,却把布兰登上校的内敛和冷静理解成老成持重:"玛丽安非常通情达理地认为,一个三十五岁的男人可能早已失去了情感的敏锐性和对欢乐的强烈感受。她完全可以理解上校的老成持重,这是人类所必需的。"(35)但是当玛丽安与威洛比相恋之后,她眼里就完全容不下任何人了,尤其是对她情有独钟的布兰登上校。小说中这样写道,玛丽安因为布兰登上校"既不活泼,又不年轻,就对他存有偏见,硬是设法贬低他的长处。"(50)在盲目的激情与爱情里,玛丽安不再像初次见面之时视上校的"老成持重"为值得称道的优点,而视其为性格缺陷,加以诋毁。

在埃莉诺看来,过于相信自己判断的玛丽安和威洛比对布兰登上校冷眼相看,这种做法有失公正,对此她直言不讳:"我的被保护人(用你的话说),是个很有理智的人;而理智对我总是富有魅力的。是的,玛丽安,即使他是个三四十岁的人。他见的世面多,出国过,读过不少书,有个善于思考的头脑。我

发现他在许多问题上都能给我提供不少知识,他回答我的问题时,总是非常干脆,显示出良好的教养和性情。"(50-51)

小说中还有一个耐人寻味的细节,即玛丽安给威洛比画像。在这部女性作家书写的故事里,男性成为被女性观察和描摹的对象,女性掌握着两性关系中的主动权以及对男性的书写权,这种从内到外的女性视角足以显示出奥斯汀超前的女性主义意识。

三、姐妹关系:压迫、误解、和解、结盟

除了以上所探讨的女性形象和女性视角,姐妹关系(sisterhood,有时也译成"姐妹情谊")也是女性主义研究者关注的问题。姐妹关系泛指女性之间的关系,如同两性关系一样,姐妹关系中也存在着歧视、误解与压迫,存在着女性内部的斗争,因此它既是女性遭遇困境的根源之一,也是解决性别歧视的突破口之一。当女性意识到这种内部斗争的危害,携起手来结成同盟,姐妹情谊就会成为对抗性别歧视的有力武器。

小说中,达什伍德母女四人由富贵跌入贫贱的命运是由约翰·达什伍德太太一手造成的。这位自私势利的女性亲属不仅使她们失去了原本可能得到的资助,还取代达什伍德太太成为

诺兰庄园的主人。失去了家园和财产的达什伍德母女四人只好搬到偏远的巴顿乡舍，从此告别安逸舒适的生活。尽管房东约翰爵士也是个爱热闹的好心人，寄人篱下的滋味并不好受。埃莉诺姐妹俩不得不时常应约翰爵士之邀去他家做客，席间还常常成为约翰爵士和他岳母詹宁斯太太打趣的对象，虽然他们并非出于恶意。此外，埃莉诺的痛苦很大程度上来自露西和她分享所谓的秘密。露西早在几年前就和爱德华秘密订婚了，她不无炫耀地把这件事告诉了埃莉诺并要她守口如瓶。基于自己对爱德华人品的信任和了解，埃莉诺没有责怪爱德华，反而是露西不停地来和她分享秘密让她饱受折磨。

除了这些由其他女性造成的痛苦，理智与情感的冲突让姐妹俩之间也一度存在着猜疑和误解。对于玛丽安和威洛比过于冲动和自我的性格，埃莉诺时有微词："对自己的想法谈论得太多，不看对象，不分场合。他爱对别人匆忙下结论，注意力一旦被什么东西吸引住了，便专心致志地尽情欣赏，连通常的礼貌都不顾了；本来是一些符合人情世故的礼仪，他也动辄加以蔑视。处处表明他办事不够谨慎小心。"（49）这一小段话就已经把两者的性格缺陷暴露无遗：热情，专心，但过于专注于自己的感受而忽略了旁人的做法显然是不够符合礼仪的；对什么人与事都仅凭一面之交或一面之词而仓促下结论,也是性格不够沉稳冷静的表现。情感固然可贵,但倘若失去了理智的约束,就不再值得称赞。对于理智与情感之间的平衡,姐姐埃莉诺显然把握得更恰如其分。

在埃莉诺看来,理智的人,或者说表现得很理智的人,一方面是因为个性与气质使然,另一方面则是良好的教育、丰富的阅历以及善良的心地融合在一起形成的一种外在表现。他们往往更包容,不妄下论断。他们努力去加深自己对这个世界的了解和认知,并在这个过程中不断修正自己。理智能够拴住情感这匹野马的缰绳,避免过激和失礼的言行。相反,情感充沛以及过于相信自身感受的人则容易变得偏执。不仅如此,在奥斯汀那个时代,女性的过于主动及情感的过于外露不太符合社会规范。玛丽安就是这样一个反例,她始终"觉得纵情任性不会真正丧失体面,克制感情本身就不值得称道。在她看来,这不仅没有必要,而且是理智对陈腐错误观念的可耻屈从"(53)。玛丽安崇尚情感的自由表达,布兰登上校倾心于她多半也是因为这种热力四射的不羁性格。

因为喜爱,布兰登上校对玛丽安的性格缺陷选择性失明,"他的目光表明,他只注意到事情好的一面;玛丽安有颗火热的心"(233)。在这一点上,布兰登上校远不如埃莉诺那样是非分明,埃莉诺能够保持清醒的判断,哪怕对自己的亲妹妹也不包庇。埃莉诺对玛丽安的评价还不够严厉,事实上,被热情蒙蔽了双眼的玛丽安甚至缺乏一颗感恩善良的心。当爱德华问及她们母女在新家的处境时,玛丽安的回答是:"我们的处境糟糕极了。"(88)当然这立刻遭到了姐姐埃莉诺的斥责:"你怎么能这样说?你怎么能这样不公平?费拉斯先生,他们是非常体面的一家人,待我们友好极了。"(88)玛丽安所谓的热情其实是对自己喜爱的人和事热情如火,但是对待看不入眼的人却冷若冰霜。比如对待露西姐妹俩,因为志趣不相投,玛丽安毫不掩饰自己的冷淡与轻蔑。

玛丽安认为随心所欲地按照自己的方式去生活才叫活得真实,而无须考虑家人和朋友的感受,所以她任性地糟蹋自己的健康,情绪激动暴躁,甚至歇斯底里:"要我在悲痛的时候装出高兴的样子——噢!谁会这样要求呢?"(188)同样在情感遭受重创时,姐姐埃莉诺的表现就与之相反。在意外得知爱德华和露西有着四年的秘密婚约时,"转瞬间,她几乎为感情所压倒——情绪一落千丈,两条腿几乎都站不住了。但是她千万要顶住,她竭力克制自己的抑郁之感,结果立即见效,而且当时效果还不错。"（134）埃莉诺努力克制自己，把屈辱、震惊和痛苦都掩藏在平静的外表之下，玛丽安对此很难理解。两姐妹虽然相亲相爱，却存在着理念上的不同和对彼此的误解。

不过在姐姐的潜移默化下，玛丽安有所转变。在接到威洛比那封无耻的回信之后，玛丽安第一次学着有意识地"克制自己"，强打精神和众人一起进餐。虽然极其勉强，而且是一种接近麻木的心不在焉的状态，但也表明了她在向"理智"的一面靠近。此外，玛丽安对爱德华的态度也由诟病到赞赏："他是天下最有良心的人……他最怕给人带来痛苦，最怕使人感到失望，他是我见过的人中最不自私自利的人。"（240）这个180度大转弯的评价可以看出玛丽安克服了一己之见，学会冷静理智去看待周围的人和事物。姐妹俩在理智与情感的问题上逐渐达成一致，一些误会也得以澄清。

埃莉诺与玛丽安之间的姐妹情谊是她们在遭遇情感困惑时的安慰剂，是追求爱情过程中的有力支撑，也在收获爱情之后得到了升华。从广义上来说，母亲也是姐妹情谊的组成部分。玛丽安生病之际，最渴望的就是母亲能陪伴在身边，母亲是姐妹俩的坚强后盾。玛丽安康复后对埃莉诺说："现在，我将只为自家人活着。你、母亲和玛格丽特今后就是我的一切，你们三

人将分享我全部的爱。"（343）

当女性结成同盟，男性往往就成为远景，处在被动和被选择的地位。布兰登上校心甘情愿地跑腿打杂，最后终于赢得了玛丽安的心；威洛比带着终生的忏悔走出了玛丽安的生活；爱德华因露西转投弟弟罗伯特的怀抱而重获得自由，与埃莉诺终成眷属。

在以夫权话语为中心的社会，彼此同情、相互理解的姐妹关系是女性对抗外部压迫和歧视的前提。姐妹关系一旦由对立和冲突走向和解，就能成为强有力的姐妹同盟。

四、结 语

何为淑女？何为君子？淑女是否为君子的标配？妹妹玛丽安在恋爱中的表现远非淑女，而布兰登上校则具备谦谦君子的美德；姐姐埃莉诺知书达理，而爱德华秘密订婚并隐瞒的行为却难免有失君子风范。奥斯汀笔下的 19 世纪婚恋故事，并非如想象中那样保守和循规蹈矩。透过这样一个故事，我们看到的是她洞悉人性的敏锐以及颇具个性的婚恋观。奥斯汀在《理智与情感》中所塑造的类似"新女性"的形象、她的女性视角以及小说中贯穿始终的姐妹情谊，体现了她超前的女性主义意识，这在19世纪初的英国是难能可贵的。

弗吉尼亚亚·伍尔夫在她一篇名为"一间自己的房间"的随笔里,阐述了女性应当拥有"一间自己的房间"的理念,其含义并不是指女性将自己与外部社会孤立和隔绝起来,而是指女性能拥有独立和自主,能在职业上享有和男性同等的自由。女性文学研究者认为,只有当女性的写作职业化,有市场需求并成为一种群体意识时,女性文学才正式出现,而18世纪和19世纪初女作家们的创作显然还不具备这几个要素。但正是在包括奥斯汀在内的这一代女作家们的努力下,女性作家才最终赢得了自己的地位和发言权,她们逐渐从家庭走向社会公共舞台,与男性共享小说创作的天地。

【深度解读】之三：
浪漫型艺术的精品
——电影《理智与情感》及李安的导演艺术

> 电影艺术与小说艺术的相互成就不容忽视。导演李安充分调动绘画、音乐以及诗歌这三种强调主观感受的艺术元素，将影片打造成一部浪漫型艺术精品，提升了作品的审美价值，提高了观众的审美感受。这部影片同时也是他超越文化背景的局限，原汁原味呈现西方故事的一个代表作，是其导演艺术日臻完善的力证之一。

2017年是简·奥斯汀逝世200周年。英格兰银行正式了发行以她为肖像的新版10英镑纸币，纸币上引用了《傲慢与偏见》里的一句话：要我说，毕竟没什么比读书更有趣的事了！(I declare after all there is no enjoyment like reading!) 到目前为止，奥斯汀是除英国女王之外第二位出现在英镑上的女性。1813年面世的《傲慢与偏见》至今销售已达两千万册，并曾六次被改编成电影，七次拍成电视剧。英国人对这部作品和奥斯汀的热爱可见一斑。

发表于1811年的《理智与情感》是英国现实主义文学的早期代表作。奥斯汀在故事中讲述了中产阶级家庭的婚恋生活，内容平实，语言诙谐幽默。李安在将这部作品搬上大银幕时，虽然延续了奥斯汀讲故事的平易风格，却借助绘画、音乐以及诗歌将影片打造成一部浪漫型艺术精品，提升了作品的审美价值，提高了观众的审美感受。这部影片同时也是他超越文化背景的局限，原汁原味呈现西方经典的一个代表作，是其导演艺术日臻完善的有力见证。

一、主体的艺术：绘画、音乐及诗歌

根据黑格尔的美学理论，表达美的艺术可以分为象征型艺术、古典型艺术以及浪漫型艺术。建筑是象征型艺术的最佳表现形式，雕刻能完美实现古典型艺术的诉求，这两者都是相对外在和客观的艺术。绘画、音乐及诗歌则是浪漫型艺术的具体表现形式，也是更强调主观感受的主体艺术。在《理智与情感》中，李安充分调动了绘画、音乐及诗歌这三种相对感性的艺术表达手段，把这部原本现实作品成分更多的作品打造成一部浪漫型艺术精品。

影片对绘画元素的运用主要体现在"相框构图法",即很多镜头借助门框或者窗框打造出一幅画的感觉。对音乐元素的利用体现在片中的钢琴配乐,尤其是主题曲之一"父亲的最爱"(My Father's Favorite)。此外,影片还借助莎士比亚的十四行诗来传情达意,烘托主题。

李安刚移民美国之初,曾在长达六年的时间潜心汲取除电影艺术之外的养分,接触了大量的音乐、抒情诗、影像作品、时尚杂志以及报纸期刊等不同的媒介及艺术形式。在《理智与情感》这部片子中,李安运用了绘画、音乐、文学等艺术元素来烘托气氛、抒发情感、刻画人物、突出主题、交代背景以及推动情节发展。巧妙的构图,音与画的结合,对白中融入的诗歌,增强了李安视听语言的诗性表达。影片中,钢琴和文学都是配角,但在李安导演的妙手下,配角也格外出彩,让观众迅速走近人物内心世界,产生共鸣,形成评价。

1. 绘画:

奥斯汀的小说以人物对话见长,人物心理活动也很丰富,大段的景色描写却不多。读小说时,读者的注意力大多在人物身上,小说语言的吸引力更胜于画面感。电影给人的印象却与此不同。李安适度保留了诙谐风趣的对话，但更突出整体画面感的营造。无论是自然风光的展现，还是将人物置于画框中，影片都用更直观的感受来抒发情感，渲染气氛。

影片中出现了很多"画中人"的设计和镜头，这种画框的设计定格了人物的美感，从服饰到肢体语言都再现了19世纪的英伦风尚。在这些画面中，人物的距离设置和层次感的设计都颇为讲究，以此表达出不同的立场和情绪。影片中最经典的一副"画框"式镜头是在开头不久处。镜头正对着室内的一条走廊，从近处到远处能看到三重门。随着舒缓的钢琴声，爱德华从远处缓缓走来。门框起到了画框的作用，人物就成了画中人。爱德华走近后一转身，我们从他背后看到的又是这样一幅画面：埃莉诺轻抚着客厅门边，入神地听着客厅里的玛丽安弹着钢琴。倚门而立的埃莉诺身着浅色长裙，披着一条深色的纱巾，背影窈窕端庄，这俨然就是一副19世纪丹麦艺术家卡尔·威尔海姆·霍尔索（Carl Vilhelm Holsoe，1863—1935）的油画。这位画家擅长描绘室内和窗边的女子背影，他画中的女子往往衣着素净，气质典雅，置身于恬静安逸的氛围之中。

玛丽安忘我地弹奏，埃莉诺在门外不能自已地流下了眼泪。这眼泪中不仅有对失去的亲人的怀念，也有对眼前人的关怀以及对未来母女四人生活的忧思。百感交集的情绪化作无声的眼泪。镜头推近，埃莉诺转过身来发现了爱德华。看到她的眼泪，爱德华上前递上了自己的手帕，或许正是埃莉诺的隐忍与宽厚激起了爱德华的爱慕与陪伴的愿望。当埃莉诺转过身来看爱德华，那一秒的眼神对视令人动容。爱德华的关切与心疼全在那条手帕里，这条手帕后来也成了埃莉诺最痛苦时的情感寄托。

在这幅画面中，爱德华和埃莉诺始终位于门框构成的画框正中，他俩中间是客厅深处面目模糊不清的玛丽安。随后爱德华和埃莉诺转身往外走，此时玛丽安才有了一个脸部特写，脸上写满了惊讶和不满。三个人构成的这幅画面，传递出爱德华和埃莉诺之间情感质的飞跃以及玛丽安的不解。当俩人一路往室外走出了画面，埃莉诺的母亲带着满意的神色从右手边的楼梯走下来。镜头随之又往上一摇，观众看到站在楼上栏杆边的约翰·达什伍德夫人探出头来望向两人远去的背影。主要人物依次出现在画面里，不同的距离和空间方向的设计，显示出各自不同的心态和地位。爱德华与埃莉诺心在逐渐靠近，埃莉诺的母亲只能作为旁观者暗自窃喜，但是他们的命运全都掌握在高高在上的约翰·达什伍德夫人手中。看到这里，观众们不由得转喜为忧：这对恋人浑然不觉即将等待着他们的坎坷，身为爱德华的姐姐，约翰·达什伍德夫人怎会任由如此不登对的爱情继续下去？当观众们入神地观察着这幅画面时，在他们背后还有一位审视者——导演李安，只有他眼里看到的才是囊括了演员与观众的完整画面。在他设计的这种分层次分角度"凝视"的画面里包含了大量的信息，有人物关系的交代，有悄无声息情感升华，还有悬念。观众的关注和情绪被充分调动起来，期待着故事的进一步发展。

　　影片中另一处令人印象深刻的"相框构图法"镜头是在13分左右处。埃莉诺坐在窗前写信，窗户朝外敞开，窗框自然而然起到了画框的作用。镜头先是摇到埃莉诺身后，她端庄的背影正处在窗框的左下方，与她一同入画的是窗外的小妹妹玛格丽特和爱德华，一近一远，一静一动。然后镜头转向埃莉诺脸部，她抬起头望向窗外。顺着埃莉诺的视线，观众看到的是这样一幅画面：绿色的草地上，爱德华正陪着玛格丽特练习剑术。镜头随即又给了埃莉诺脸部特写，只见她露出了会心的微笑。这样的镜头转换重复了两次，直到玛格丽特和爱德华注意到窗内的埃莉诺并与她招手示意。

　　而当镜头里只有埃莉诺时，看上去更像是一幅油画。书桌上一盏造型质朴的台灯，小瓷瓶里插着一把素净的花。坐在桌前的埃莉诺一身典雅的藏青色衣裙，质地轻盈的白纱衣领衬着淡金色的盘发。身后是光线昏暗的客厅，突出了镜头前埃莉诺明亮的脸部。光影的对比、复古的家具、雅致的插花、沉静的女子还有阳光明媚的窗外，从女子的服饰装扮到屋内的布景，再次让人想起了卡尔·威尔海姆·霍尔索的油画，几乎就是那幅名为"画室内坐着的女人"（Lady Seated in a Drawing Room）的复刻。在短短的不到一分钟的时间内，观众看到了不止一幅"画"：埃莉诺、爱德华和玛格丽特同框、爱德华和埃莉诺草地上舞剑以及端坐桌前的埃莉诺。风景画和肖像画的各种元素融为一体，爱情的诗情画意扑面而来，琐碎生活中的美好不言而喻。

在影片的拍摄中，摄影机机位的设置、调度、长短镜头、近景远景深景的选择，都是导演的"叙事手段"，这些利用摄影技巧创造出来的"画作"相当于小说中的作者型介入性叙事。它传达出导演本人的意图，直接影响着观众对人物和故事的理解。这个意图未必与小说作者一致，而且影片与小说的对等性与忠实度也都取决于导演本人。所以将小说改编成电影，如同翻译一样，是导演的再创作和艺术再加工。

2. 音乐：

　　除了绘画，钢琴艺术和诗歌也充分发挥了它们在影片中的诗性功能。家人或朋友晚餐后聚集在客厅里弹琴歌唱，或是诵读小说诗歌，这是19世纪英国中产阶级家庭普通的场景。这些文艺活动并非附庸风雅，而是与平淡的生活融为一体，又为之增添愉悦与寄托。黑格尔认为，作为浪漫型艺术的核心表现形式，音乐有助于表达心境，"声音在音乐里可以直接引起情感（尽管是不明确的）"（黑格尔著，朱光潜译，112）。不仅如此，在这部影片里，钢琴曲是"年代感塑造的重要元素"（徐慧文，119），也起到了锦上添花的作用。

　　影片中的音乐以不同的形式出现：一是以钢琴为主乐器的纯音乐；二是玛丽安的自弹自唱；三是舞会上欢快的小步舞曲；四是配合不同场景的背景音乐。这其中，钢琴是影片中最有表现力的音乐语言。英国作曲家帕特里克·道尔为影片创作了钢琴配乐，他也因此获得了当年奥斯卡最佳原创配乐的提名。

　　影片中玛丽安有大量的镜头都是在弹奏钢琴，这成为她情绪表达和宣泄的最主要方式。思念父亲之时，玛丽安会弹奏"父亲的最爱"这首钢琴曲。玛丽安向来只关心自己的感受，而不像姐姐那样时刻关心着家人的喜怒哀乐和柴米油盐。她活在自己理想世界里，随时等待炙热的情感来燃烧她，过于自我使她与家人在情感上也是疏离的。虽然也爱姐姐，但她对姐姐的处世方式和情感态度不无微词，对于姐姐的恋人爱德华更是不屑一顾。她只关心自己的情感，却不知道姐姐默默的付出。姐姐埃莉诺又何尝不思念父亲，但她一方面为妹妹的焦虑和情绪化担心，一方面还要顾及母亲的心情。对于这段乐曲的设计，有评论者认为虽然由玛丽安弹奏，但其实是对埃莉诺性格的展现："乐曲一开始由一段管弦乐引入，继而钢琴奏出主旋律，钢琴的主调在其中反复三次，一直平静舒缓，充实地表达了埃丽诺清醒隐忍的理性气质。"①

除了这首钢琴曲外，玛丽安自弹自唱的歌曲"悲伤的泉，你不要再哭泣"（Weep You No More, Sad Fountains）也是影片中至关重要的一首插曲。当她在乔爵士和詹宁斯夫人的聚会上唱起这首歌时，姗姗来迟的布兰登上校在门外听到并被深深打动，从此陷入了执着的单相思中，所幸俩人后来走到了一起。

---

① 更多关于片中音乐部分的分析，详见李升平所写的《女孩·古钢琴·十四行诗——《理智与情感》原声乐评》一文，https://movie.douban.com/review/1104870/。

我们先来看下完整的两段歌词:

Weep You No More, Sad Fountains
悲伤的泉,你不要再哭泣 　　　　(笔者译)

Weep you no more, sad fountains.	悲伤的泉,你不要再哭泣。
What need you flow so fast?	你何必流得如此匆匆?
Look how the snowy mountains,	你看那雪山,
Heaven's sun does gently waste.	是怎样在阳光下温柔地消融。
But my sun's heavenly eyes,	但是我天庭上的太阳,
View not your weeping,	却不曾看见你哭泣,
That now lies sleeping,	眼泪已然安睡,
Softly, now softly lies,	轻轻地,轻轻地睡去,
Sleeping.	睡去。
Sleep is a reconciling,	睡眠让你与一切讲和,
A rest that peace be gets.	和平赐予你安宁。
Doth not the sun rise smiling,	你不见太阳笑盈盈地升起,
When fair at even he sets?	当他将命运摆平之后?
Rest you then, rest, sad eyes,	睡吧,你就安睡吧,悲伤的眼睛,

Melt not in weeping,	不要在哭泣中丢失了自己,
While she lies sleeping.	当她已然安睡。
Softly, now softly lies,	轻轻地,轻轻地睡去,
Sleeping. Melt not in weeping,	睡去。不要在哭泣中丢失了自己,
While she lies sleeping,	当她已然安睡,
Softly, now softly lies,	轻轻地,轻轻地睡去,
Sleeping.	睡去。

这首由民谣改编而来的歌词据说最早出现于文艺复兴时期,可能取自约翰·道兰1603年出版的一部诗集①。这首诗最初面对的读者是中产阶级,有一种说法认为该诗中的安睡的"她"指的是1603年驾崩的伊丽莎白女王。在这部影片中导演选择了这首诗歌,一方面用以烘托埃莉诺母女不得不寄人篱下的悲情,另外也暗示出玛丽安身上所散发的人文主义气息,即强烈的自我意识和对个人情感的追求。从文艺复兴时期开始,欧洲人逐渐把眼光从神转向人,注重对人性和个人情感的关注,这一传

---

① 更多相关介绍可参看南希·斯奈德所写的"A Review of the Elizabethan Poem 'Weep You No More Sad Fountains'"一文。https://letterpile.com/writing/Weep-You-No-More-Sad-Fountains-Review-of-the-Elizabethan-Poem。

统到浪漫主义时期得到了充分彰显。《理智与情感》虽然被视为一部代表性的现实主义作品，但也不乏浪漫主义色彩。李安在拍摄这部作品时利用各种艺术手段强化了作品浪漫主义的成分，把影片打造成了一件浪漫型艺术精品。

3. 诗歌：

在追求浪漫型审美的过程中，李安还调动了诗歌这一元素。为了展现玛丽安与威洛比之间跌宕起伏的情感，影片选择了莎士比亚十四行诗的第一一六首，全诗如下：

Sonnet 116
第一一六首　　　　　　　（屠岸译）

Let me not to the marriage of true minds

让我承认，两颗真心的结合

Admit impediments. Love is not love

是阻挡不了的。爱算不得爱，

Which alters when it alteration finds,

要是人家变心了，它也变得，

Or bends with the remover to remove.

或者人家改道了,它也快改:

Oh no! It is an ever-fixed mark

不呵!爱是永不游移的灯塔光,

That looks on tempests and is never shaken;

它正视风暴,绝不被风暴摇撼;

It is the star to every wandering bark,

爱是一颗星,它引导迷航的桅樯,

Whose worth's unknown although his height be taken.

其高度可测,其价值却无可计算。

Love's not time's fool, though rosy lips and cheeks

爱不是时间的玩偶,虽然红颜

Within his bending sickle's compass come;

到头来总不被时间的镰刀遗漏;

Love alters not with his brief hours and weeks,

爱决不跟随短促的韶光改变,

But bears it out ev'n to the edge of doom.

就到灭亡的边缘,也不低头。

  If this be error and upon me proved,

  假如我这话真错了,真不可信赖,

I never writ, nor no man ever loved.

算我没写过，算爱从来不存在！

无论从情节的推动、情境的渲染还是情绪的刻画，这首诗都选择得恰如其分。玛丽安和威洛比的一见钟情源于一场暴风雨。后来威洛比变心离去，玛丽安独自一人跑到山坡上远眺威洛比的庄园，此时又是一场暴风雨袭来，玛丽安因此身染重疾，命悬一线。暴风雨不仅是故事发生的重要契机，也意味着人物命运的重大转折。诗歌内容影射着两人暴风雨般骤然而至的情感，也暗示着其短暂。但更重要的是，莎翁借这首诗表达的是对爱的信仰："莎士比亚已多次指出，能征服时间的是两种力量，即人的后裔和人的创作（诗）。这两种力量都是具体的。这首诗里，莎士比亚又加上一种力量：爱，或者说，对爱的信仰。这是一种抽象的东西，它能征服时间。"（莎士比亚著，屠岸译，233）影片中，尽管不乏变心和滥情的情节，但导演显然想要借助莎翁的诗歌表达这样一种信仰：真正的爱可以经得住暴风雨的考验以及时间的磨砺。布兰登上校的不离不弃、埃莉诺对爱德华的理解与宽容都是有力的证明。

在这首十四行诗出现之前，影片中爱德华朗诵的另一首诗歌片段恰好与之相呼应。这首诗节选自英格兰浪漫主义抒情诗人威廉姆·考柏（William Cowper, 1731—1800）的长诗《海上被弃者》（The Castaway）：

No voice divine the storm allayed,	天不从人愿，风暴未歇，
No light propitious shone,	吉光未现，
When, snatched from all effectual aid,	当一切有益的援助都已无望，
We perished, each and alone:	我们逐一孤独地死去：

这首诗创作于 1978 年，是诗人创作的最后一首诗。诗歌的关键词之一也是"暴风雨"，讲述的是大西洋上风暴骤起，一艘驶离艾尔比恩海岸的船只遭遇不测，船上的人不幸葬身海底。整首诗笼罩在怀疑、焦虑和绝望的情绪中。爱德华念了几句之后，玛丽安很激动地又念了一遍，因为她觉得爱德华念得毫无生气。小说中玛丽安的原话是这样的："我简直坐不住了，那么优美的诗句，常常使我激动得发狂，可是让他那么平淡无味、不动声色地一朗读，谁还听得下去！"（18）这段小插曲将玛丽安冲动急躁的性格暴露得一览无余，同时也暗示出她命运中的那场"暴风雨"即将袭来。被抛弃的绝望，孤独地消亡，或许

就是她不得不面对的现实。

影片结尾处布兰登上校给玛丽安念了一首诗的片段,同样也离不开"大海"这个意象。该诗节选自英国文艺复兴时期诗人埃德蒙·斯宾塞(Edmund Spenser, 1552—1599)的代表作《仙后》(*The Faerie Queen*)卷五的第二章①:

Doe eate the earth? it is no more at all,　　大地并未消失,依然如故,
Ne is the earth the lesse, or loseth ought,　不论何物,落入海中,
For whatsoever from one place doth fall,　　终为潮水,流至他处。
Is with the tide unto another brought:　　　有所失,必有所得,
For there is nothing lost, that may be found, if sought.　只需追求。

从主题上看,这几句诗契合了布兰登上校与玛丽安的曲折情感经历,也是他坚定不移追求爱情的写照。爱情未必都有圆满的结局,有所得必有所失,坚持是唯一的真理。上校对爱情的执着追求和患难与共与威洛比始乱终弃的行径形成了鲜明对比,增强了对后者的讽刺感。与威洛比疾风骤雨般的情感相比,

---

① 这几句诗的译文参照影片字幕翻译。

上校内敛含蓄却坚定不移的情感无疑更令人动容。

影片中选取的这几首诗歌都是文艺复兴和浪漫主义文学的杰出作品,这再一次证明了导演的浪漫主义倾向。不过值得一提的是,这种气质上的转变未必都是导演一人的功劳,同时也要归功于负责剧本改编的艾玛·汤普森。汤普森不仅在影片中成功扮演了埃莉诺这个角色,还凭借出色的剧本获得了当年奥斯卡最佳改编剧本奖。汤普森出生于戏剧世家,父亲是导演,母亲和姐姐都是演员。她本人毕业于英国剑桥大学文学系,此前也曾写过剧本。深厚的文学功底显然对剧本创作和改编大有裨益。

二、横跨东西的华人导演:融合、超脱及入乡随俗

李安是目前唯一获得过奥斯卡最佳外语片奖和最佳导演奖的华人导演,其代表作有:《推手》(1991)、《喜宴》(1993)、《饮食男女》(1994)、《卧虎藏龙》(2000)、《理智与情感》(1995)、《断背山》(2005)、《少年派的奇幻漂流》(2012)以及《比利·林恩漫长的中场休息》(2016)。其中,《理智与情感》获得了当年奥斯卡金像奖七项提名。《卧虎藏龙》为他赢得了奥斯卡金像奖最佳外语片奖。2006年,李安凭借《断背

山》获得了第78届奥斯卡金像奖最佳导演奖。同年,他入选了《时代周刊》"影响世界的一百人"。2013年,因执导《少年派的奇幻漂流》李安再获奥斯卡金像奖最佳导演奖。2016年,他被授予"大不列颠奖"杰出导演奖。

李安在台湾生长了二十多年,其后在美国接受了十多年的高等教育,1978年移民美国后游走于东西方之间。尽管受西方文化影响很深,但李安在大众眼中的形象更接近于一个温和、宽容的东方士大夫。他自己也承认,"中国文化在心中已根深蒂固"(力子,65),自己的个性和眼光都是中国式的,很难改变。正因为如此,有研究者认为,李安"在具有现代性的视野中做出文化的梳理与融合,提炼出新的文化意象与审美价值,从而形成'新儒家文化'电影创作特征"(王倩,85)。但也有研究者指出,李安执导的西方电影,如果不自报家门,完全看不出出自东方导演之手。对于这两种观点,笔者倾向于后者。

"无论电影叙事内容多么激烈,李安也坚持其镜头语言内敛与克制的一贯作风"(索微微68)。把这种"内敛与克制"作为其东方式表达的具体表现,并将此作为李安电影创作艺术"新儒家文化"的特征之一,这种说法值得商榷。把李安镜头语言的特征完全归结于其东方性格,倒不如归因于他深谙东西文化之道后的顿悟以及包容的心态。因为内敛与克制不仅仅是东方特色,也是英国性格的特征之一①。李安的长处在于他能够以更大的格局,用更为宽阔的视野去理解人性,去探索不同的题材。他既不执着于东方文化的刻板表达方式,也不一味盲从跟风,拜倒在好莱坞的裙角之下,而是努力将东西方文化中优秀的表达方式融会贯通,并积极利用当代先进的影视技术和手段。

李安在拍摄中国题材的影片时,对东方传统与文化的把握精准到位,在拍摄国外题材的影片时,李安则能够入乡随俗。比如《饮食男女》是对东方的孝道及家庭观的呈现;《推手》和《喜宴》则着力表现东西方文化的冲突与矛盾;《卧虎藏龙》和《少年派的奇幻漂流》是他将东西方元素融合在一起的典范;《断背山》和《理智与情感》则完全西化。以《断背山》和《理智与情感》这两部影片为例,一个发生在美国,一个发生在英国;一个是同性恋爱题材,一个是传统的婚恋故事;一个生发于美国西部牛仔文化,一个讲述英国维多利亚时期中产阶级的生活,李安都能够把故事讲得很地道,让西方观众也能喜爱并推崇。事实上,无论是《断背山》里主人公情感的含蓄和内

---

① 英国文学作品中不乏表现内敛与克制的英国性格的作品,比如日裔英籍作家石黑一雄的《长日留痕》,在本系列专著的第一卷里已有深入讨论。

敛,镜头语言的克制,还是《理智与情感》中平静的叙事,都是出于作品本身人物性格刻画的需要。

《断背山》的故事背景是20世纪60年代的美国,那时同性恋爱还远不为大众所接受,所以两位主人公的情感是无法言说的。就像影片的结尾,两件套在一起的外衣永远挂在衣柜里。合上衣柜门时不为人知,只有在无人之时打开衣柜,才能把那份遥远的爱拥在怀中。在那个年代,这种压抑的情感是最真实也最恰当的表达方式。同样,在《理智与情感》中,李安也更认同理智的表达方式,所以他的镜头语言展示出的是激烈情感之后沉静的美,是冲动之后的克制美。整体的沉静感,是李安作为导演对作品的诠释。他曾不止一次在访谈中提到,电影不是简单地把文字转化为影像,而是要采用恰当的表现方式去再现。导演在讲故事时要用理性战胜冲动的情感,让观众自己去理解和判断。

真正的大家不会局限于一种艺术门类或一种文化。以文学界为例,国内有分量的文学家大多学贯中西,既有深厚的中华文化底蕴,也对西方文学颇有研究。钱钟书、沈从文、老舍、白先勇、木心等都在此列。木心先生曾在一篇随笔中回忆自己大学时选择专业,本想考中文系,但他的国文导师极力劝阻,说服他学习西洋文学，因为"西洋文学对小说创作的启发要大得多"（白先勇，42）。这种说法未必完全客观，但在中文功底深厚的前提下汲取西方文学中的养分，视野会更加开阔。对于李安来说，国际化视野让他能够摆脱身份的局限，真正随着故事和人物走，并把握住作品相应的文化内涵。如果说文学作品背后总有作者的声音，那么电影也同样，观众最终"听到"和"看到"的不再是小说原作者，而是导演本人，这种再创作也是电影艺术的魅力之一。

三、结语

电影艺术与小说艺术的相互成就不容忽视。《理智与情感》影片中所添加的浪漫型元素提升了作品的观赏度，也为原著赢得了更多读者。作为一个东方导演，把西方的故事讲好不是件容易的事。文化融合之路向来艰难，比如美国电影中的黑人形象塑造。随着时代的不同，黑人形象在美国白人电影中的表现不一。20世纪50年代，在种族融合主义的大势所趋下，"黑人得以进入主流——但必须付出代价：使自己适合白人心目中的黑人形象并吸收白人的风格，外貌及举止的规范。紧随着民权运动之后，在20世纪60年代和70年代，对黑人文化认同有一种更具进步意义的肯定，对差异有了一种更积极的态度并出现了对表象的争夺。"（罗伯特·杨著，容新芳译，273）。同样，来自东方的导演想要在国际舞台上拥有一席之地，一开始往往不得不经历一个妥协、顺从和融合的过程。融入得不好，就会变得非东非西，不伦不类。有些东方导演可能会采取亲近性的或凸显争议的方式去再现西方文化，而在李安导演的作品中，既没有那么多刻意讨好的元素，也没有刻意突出东西方文化的差异，而是尊重故事本身的手法及文化意蕴。在这方面，李安无疑是个懂得变通的典范。

如果说在他导演的早期生涯，李安更加关注东西方文化的碰撞与融合，例如《推手》和《喜宴》这类作品，那么在《断背山》和《理智与情感》时期，他则尝试做一个"忘本"的国际化导演。在处理东西方文化碰撞的题材时，他适度保留了自己的东方本色。而在讲述西方故事时，他则努力跳脱出东方视角的局限。"东方"这个身份没有成为他的障碍，而是他被世界认可的特色之一。李安曾说过这样一句话："人人心中都有一座断背山，那是一个永远也无法抵达的梦。"为了达到自己理想的境界，李安始终在不断摸索。无论是失败还是成功的案例，他所拍摄的每一部电影作品都是他通往梦想之巅的基石。

参考文献

[1] Levenson, Michael H. Ed. The Cambridge Companion to Modernism. Cambridge：Cambridge University Press. 2011.

[2] Marcus, Laura. Woolf's Feminism and Feminism's Woolf. The Cambridge Companion to Virginia Woolf. Roe, Sue & Sellers, Susan. Eds. Shanghai Foreign Language Education Press, 2001.

[3] Richetti, John. Ed. Cambridge Companion to the Eighteenth-Century Novel. Cambridge：Cambridge University Press, 1998.

[4] Roe, Sue. Ed. The Cambridge Companion to Virginia Woolf [C]. Shanghai Foreign Language Education Press. 2005.

[5] Showalter, Elaine. A Literature of Their Own. Beijing：Foreign Language Teaching and Research Press, 2005.

[6] Watt, Ian. The Rise of the Novel. Berkley and Los Angeles：University of California Press, 1957.

[7] Woolf, Virginia. Selected Works of Virginia Woolf. London：Wordsworth Editions Limited, 2005.

[8] Zhu Gang. Twentieth Century Western Critical Theories. Shanghai Foreign Language Education Press, 2008.

[9] 爱德华·科普兰. 简·奥斯丁. 上海：上海外语教育出版社, 2001.

[10] 贝尔·胡克斯. 女性主义理论：从边缘到中心. 晓征, 平林译. 南京：江苏人民出版社, 2001.

[11] 范小红. 奥斯丁的爱情乌托邦与婚姻异托邦——以《理智与情感》和《傲慢与偏见》为例. 西安外国语大学学报, 2016（24-

1）：99-102.

［12］刘炳善编．伍尔夫散文．北京：中国广播电视出版社，2000.

［13］克拉斯诺娃．埃玛·汤普森——理智与情感．蔡小松，译．世界电影，1997（2）：197-210.

［14］李容．《理智与情感》和奥斯汀的心灵风景线．电影文学，2014（23）：153-154.

［15］李升平．女孩·古钢琴·十四行诗——《理智与情感》原声乐评，https://movie.douban.com/review/1104870/.

［16］力子．融合中西之长创造完美电影——李安访谈录．当代电影，2001（6）：63-65.

［17］罗伯特·杨．后殖民主义与世界格局．容新芳，译．上海：译林出版社，2008.

［18］玛格丽特·沃特斯．女权主义简史．朱刚，麻晓蓉，译．北京：外语教学与研究出版社，2008.

［19］莎士比亚．莎士比亚十四行诗．屠岸，译．北京：外语教学与研究出版社，2016.

［20］苏珊·S.兰瑟．虚构的权威，女性作家与叙述声音．黄必康，译．北京：北京大学出版社，2005.

［21］索微微．东西融合视角下李安电影的审美特征研究．电影评介．2016（6）：67-69.

［22］尚玉峰．论李安电影的成功及其对中国电影"走出去"的启示．电影评介，2016（5）：20-25.

［23］王迪．李安电影对英美小说改编的审美维度．电影文学，2016（647-2）：84-86.

［24］王家湘．二十世纪的吴尔夫评论．外国文学，1999（5）：

61-65.

［25］王倩．导演李安的"新儒家文化"电影创作．电影文学，2016（649-4）：85-87.

［26］王静．解构电影《理智与情感》中的二元对立．电影文学，2014（21）：94-95.

［27］王童康．PBS改编版《理智与情感》中电影风景的如画风格．大学英语，2016（13-2）：177-179.

［28］徐慧文．李安电影视听语言的美学特征．电影文学，2015（645-24）：117-119.

［29］张承凤．李安电影的诗学特征．中华文化论坛，2016（1）：174-179.

［30］朱虹编选．奥斯丁研究．北京：中国文联出版公司出版，1985.

（本章作者：黄春燕）

2.《名利场》

Vanity Fair

作者简介

作者威廉·麦克皮斯·萨克雷（William Makepeace Thackeray，1811—1863），英国现实主义代表作家之一，以讽刺作品见长。萨克雷出身富裕之家，大学时期曾学习绘画，后来也曾学习过一段时间的法律。家道中落后，他不得不靠文学创作来维持生计。代表作品有《势利者集》（The Book of Snobs，1848），《名利场》（Vanity Fair，1848），《潘丹尼斯的历史》（The History of Pendennis，1850），《纽可谟一家》（The Newcomes，1855），《维吉尼亚人》（The Virginians，1857—1859）。

《名利场》是英国文学史上最杰出的讽刺作品之一，萨克雷在这部小说中展现了19世纪初期英国中上层社会的唯利是图和尔虞我诈，塑造了一批性格各异的人物，对社会的丑陋及人性的卑劣予以讽刺。但是和另一位现实主义大师查尔斯·狄更斯相比，萨克雷的讽刺更为温和，不像狄更斯那样在作品中强烈呼吁社会变革。

除了讽刺效果，萨克雷在小说中采取的介入性叙事也极具特色，不过这种强调作者权威的作者型叙事声音一直饱受争议。E. M. 福斯特在他的《小说面面观》里指出："将人物的一切和盘托出：这就等于是在心智和情感方面的双重自我贬低。你是试图跟读者称兄道弟来掩饰你作为创作者的种种不足"（福斯特著，冯涛译，169），福斯特认为萨克雷和菲尔丁都属此类。这种观点颇具代表性。不过需要指出的是，为了消减作者型叙事声音对读者的干扰，萨克雷还使用了书信体以及戏剧表演这两种形式。书信是个体型叙事声音，突出了小说中人物的主体性；戏剧表演是一种"展示"而非"叙述"，所以这两种形式都是对作者型叙事的有益补充和平衡。

《名利场》不仅以讽刺和叙事特色吸引着读者，同时也是一部情节曲折的爱情小说，几对恋人展示出不同的婚恋观。本章将重点讨论爱米丽亚·赛特笠和威廉·都宾这一对欢喜冤家的情感之路以及蓓基·夏泼和罗登·克劳莱之间建立在利益基础上的婚姻关系。

小说曾在1998年由BBC翻拍成六集电视剧，印度籍女导演米拉·奈尔在2004年将其搬上好莱坞的大荧幕。在她之前该小说已经被翻拍过六次，其中四次是默片。本章将以2004年的电影版本为研究对象，从人物和情节设置、性格诠释和元素混搭这三个方面探讨导演主体性在影片中的投射。

撷英采华

片段 1：

Perhaps in Vanity Fair there are no better satires than letters. Take a bundle of your dear friend's of ten years back—your dear friend whom you hate now. Look at a file of your sister's! How you clung to each other till you quarreled about the twenty-pound legacy! Get down the round-hand scrawls of your son who has half broken your heart with selfish undutifulness since; or a parcel of your own, breathing endless ardour and love eternal, which were sent back by your mistress when she married the Nabob—your mistress for whom you now care no more than for Queen Elizabeth. Vows, love, promises, confidences, gratitude, how queerly they read after a while! There ought to be a law in Vanity Fair ordering the destruction of every written document (except receipted tradesmen's bills) after a certain brief and proper interval. (Thackeray, 1994: 229)①

译文：

在名利场上，再没有比旧信更深刻的讽刺了。把你好朋友十年前写的一包信拿出来看看，——从前是好朋友，现在却成

---

① 小说的英文引文均出自外研社 1994 年版本。以下只在引文后标注页码，不另加注。

了仇人。或是读读你妹子给你的信,你们两人为那二十镑钱的遗产拌嘴以前多么亲密!或是把你儿子小时满纸涂鸦,小孩儿笔记的家信拿下来翻翻,后来他的自私忤逆,不是差点儿刺破了你的心吗?或者重温你自己写给爱人的情书,满纸说的都是无穷的眷恋,永恒的情爱,后来她嫁给一个从印度回国的财主,才把它们送还给你,如今她在你心上的印象不见得比伊丽莎白女王更是深。誓言,诺言,道谢,痴情话,心腹话,过了些时候看着无一不可笑。名利场上该有一条法律,规定除了店铺的收条之外,一切文件字据,过了适当的短时期,统统应该销毁。(萨克雷著,杨必译,1994:221)①

片段 2:

As his hero and heroine pass the matrimonial barrier, the novelist generally drops the curtain, as if the drama were over then: the doubts and struggles of life ended: as if, once landed in the marriage country, all were green and pleasant there: and wife and husband had nothing to do but to link each other's arms together, and wander gently downwards towards old age in happy and perfect fruition. But our little Amelia was just on the bank of her new

---

① 小说的中文引文均出自译林出版社1994年版本,个别引文作者有所改动,以下只在引文后标注页码,不另加注。

country, and was already looking anxiously back towards the sad friendly figures waving farewell to her across the stream, from the other distant shore. (319)

译文：

在一般小说里，等到男女主角结婚以后，故事便告一段落，好像一本戏剧已经演完，人生的疑难艰苦已经过去；又好像婚后的新环境里一片苍翠，日子过得逍遥自在。小两口子什么也不必管，只消成天勾着胳膊，享享福，作作乐，直到老死。可怜小爱米丽亚刚刚上得岸来，踏进新的环境，已经在往后看了。她遥遥地望着隔河的亲人们悲悲戚戚地对自己挥手告别，心里十分焦愁。(301)

片段3：

Undismayed by forty or fifty previous defeats, Glorvina laid siege to him. She sang Irish melodies at him unceasingly. She asked him so frequently and pathetically, Will ye come to the bower? That it is a wonder how any man of feeling could have resisted the invitation. She was never tired of inquiring, if Sorrow had his young days faded, and was ready to listen and weep like Desdemona at the stories of his dangers and his campaigns. (546)

译文：

葛萝薇娜虽然经过三四十次的挫折，倒并不灰心，继续想法子笼络他。她不断地对他唱歌,歌儿全是"爱尔兰歌选"里挑出来的。她老是可怜巴巴地问他"你愿意到凉亭里来吗?"真不明白一个感情丰富的人怎么能够挡得住这样的引诱。她一遍又一遍地探问他什么伤心事使你的青春黯然无光?像苔丝迪蒙娜一样,她愿意倾听他过去遭到的危险和经过的战争,而且也愿意在听了故事以后掉眼泪。(506)

片段 4:

She thought of her long past life, and all the dismal incidents of it. Ah, how dreary it seemed, how miserable, lonely and profitless! Should she take laudanum, and end it, to have done with all hopes, schemes, debts, and triumphs? (677)

译文:

她回想过去半辈子的升沉,一件件全是不如意的事。唉,人生多么悲惨,多么凄凉,多么寂寞空虚!一念转着不如吞些鸦片结果了自己完事。以后再也不必使心用计,争胜要强,什么前程,什么债务,全都丢开手吧。(628)

片段 5:

"It is not that speech of yesterday," he continued, " which moves you. That is but the pretext, Amelia, or I have loved you and watched you for fifteen years in vain. Have I not learned in that time to read all your feelings and look into your thoughts? I know what your heart is capable of: it can cling faithfully to a recollection and cherish a fancy; but it can't feel such an attachment as mine deserves to mate with, and such as I would have won from a woman more generous than you. No, you are not worthy of the love which I have devoted to you. I knew all along that the prize I had set my life on was not worth the winning; that I was a fool, with fond fancies, too, bartering away my all of truth and ardour against your little feeble remnant of love. I will bargain no more: I withdraw. I find no fault with you. You are very good-natured, and have done your best, but you couldn't—you couldn't reach up to the height of the attachment which I bore you, and which a loftier soul than yours might have been proud to share. Good-bye, Amelia! I have watched your struggle. Let it end. We are both weary of it."（852）

译文：

  他接着说："你激动的原因，并不是昨天的一席话。爱米丽亚，那些话不过是个借口。这十五年来我一直爱你，护着你，这点儿意思还猜不出来吗？多少年来我已经懂得怎么测度你的感情和分析你的思想了。我知道你的感情有多深多浅。你能够忠忠心心地抱着回忆不放，把幻想当无价之宝，可是对于我的深情却无动于衷，不能拿相称的感情来报答我。如果换了一个慷慨大量的女人，我一定已经赢得了她的心了。你配不上我贡献给你的爱情。我一向也知道我一辈子费尽心力想要得到的宝贝物儿不值什么。我知道我是个傻瓜，也是一脑袋痴心妄想，为了你的浅薄的、残缺不全的爱情，甘心把我的热诚、我的忠心，全部献出来。现在我不跟你再讲价钱，我自愿放弃了。我并不怪你，你心地不坏，并且已经尽了你的力。可是你够不上——你够不上我给你的爱情。一个品质比你高贵的人也许倒会因为能够分享我这点儿爱情而觉得得意呢。再见，爱米丽亚！我一向留神看着你内心的挣扎。现在不必挣扎了。咱们两个对于它都厌倦了。"（786）

影片资料

类型：剧情/爱情

片长：141分钟

出品：焦点电影（Focus）公司摄制

导演：米拉·奈尔

编剧：朱利安·费罗斯

摄影：托德克兰·奎因

主演：瑞茜·威瑟斯彭饰蓓基·夏泼

　　　萝玛拉·嘉瑞饰爱米丽亚·赛特笠

　　　乔纳森·莱斯·梅耶斯饰乔治·奥斯本

杰姆斯·鲍弗饰罗登·克劳莱

获奖情况：又名《浮华新世界》《浮华若梦》。曾获 2004 年第 61 届威尼斯电影节金狮奖提名。

剧情梗概

蓓基·夏泼的父亲是一名穷困潦倒的画家，母亲是法国歌剧演员。双亲都去世后，蓓基被送到了平克顿女子学校半工半读。出身富家的爱米丽亚·赛特笠是夏泼在这里唯一的朋友。结束六年的住读生活后，蓓基随爱米丽亚一起回到了后者家中，打算休假数日之后再开始自己家庭教师的职业生涯。

在爱米丽亚家做客的时候，蓓基试图引诱爱米丽亚的哥哥乔瑟夫·赛特笠。乔瑟夫是东印度公司的职员，时任卜雷格·窝拉地方的收税官。尽管乔瑟夫愚蠢、肥胖，爱慕虚荣，蓓基还是不愿放过这个可以改变自己地位的机会。遗憾的是，这个胆小的胖子在未来的妹夫乔治·奥斯本的警告下，放弃了向蓓基求婚，玩了把失踪。

十天的假期结束后，蓓基如约来到了毕脱·克劳莱爵士的家中。毕脱爵士有一位有钱的独身姐姐克劳莱，这位老小姐打算把遗产都留给毕脱爵士的二儿子罗登·克劳莱。蓓基于是又开始谋算起来。她一面千方百计赢得了克劳莱老小姐的欢心，一面和罗登秘密结了婚。没想到蓓基的如意算盘最终却落了空。克劳莱小姐得知俩人的秘密婚事以及蓓基的出身后，取消了罗登的继承权。小夫妻俩一贫如洗，此后只能靠坑蒙拐骗行走江湖。罗登在赌场里混吃骗喝，罗登太太蓓基使出浑身解数爬上了上层社会，一度风光无限。但后来罗登撞破了蓓基与斯丹恩勋爵的私情，毅然决然选择了离婚，只身一人远赴异国任职。身败名裂的蓓基从此浪迹江湖，直到后来再次遇到了乔瑟夫。蓓基略施小计就再次驯服了这个胖子。

性格软弱的爱米丽亚家道中落，尽管与青梅竹马的乔治·奥斯本结婚生子，却一直得不到嫌贫爱富的老奥斯本的承认。乔治牺牲在战场之后，爱米丽亚把全部感情都寄托在儿子身上。乔治的好朋友威廉·都宾少佐一直爱慕着爱米丽亚，他十几年忠心耿耿地陪伴在爱米丽亚母子身边，然而爱米丽亚却看不到都宾的付出。伤透了心的都宾终于决定彻底放下这段感情，远走他乡。爱米丽亚在最后一刻意识到自己的糊涂与自私，将都宾挽留了下来。

【深度解读】之一:
萨克雷
——《名利场》的说书人

《名利场》被公认为英国文学史上最杰出的现实主义讽刺文学作品之一,作者萨克雷则是一位出色的名利场的说书人,一位真实的历史故事的讲述者。他利用作者型叙事声音,化身为故事中的"我",对人物品头论足,随时发表感想,并与读者对话。此外,萨克雷还采用了书信体这种个体型叙事声音以及戏剧表演的形式,以期适度消解作者权威,减少对读者的干预。

如果说简·奥斯汀至少在《理智与情感》这部作品中试图让自己与作品中的人物分身,但还是有意无意地化身其中,萨克雷在《名利场》中则毫不犹豫地树立起自己的作者权威,采用了非常"响亮"甚至有点聒噪的作者型叙事。他在小说开头"开幕以前的几句话"里就迫不及待地亮出了自己的身份:在名利场上演戏的傀儡戏团的领班。故事开场后,这个领班就以

"我"这个第一人称叙事者的口气不断地介入故事的叙述。"我"不仅是戏团领班,同时也是这个名利场的说书人、讲故事的、写书的。这个说书人简直无所不在,对什么都要评上三言两语。他看热闹,也议热闹;他批评人物,也和读者探讨。他有时会假装一幅宽容的心肠劝读者不要对人物太苛刻,殊不知他自己的话语最尖刻。他有时也会拿出全知型叙事者的权威来,告诉读者不为人知的幕后故事,或将人物内心不可告人的秘密透露给读者。不过他有时候也会欲言又止,抛个悬念,让读者自己去想象和揣摩人物的内心活动。

太响亮的作者型叙事声音,会使读者对作者权威产生反感和质疑,干扰读者的独立判断,使文本的意义趋向封闭而不是开放。在这种情况下,聪明的作者会适当隐藏自己。萨克雷在这部小说中就用到了不少书信体这种个人型叙事声音,以此来消解过于频繁的作者干预和介入,让读者听一听或看一看人物自己的观点和内心的想法,与人物产生情感共鸣,暂时从作者的声音里解放出来。此外,萨克雷还在小说中加入了重在展示而非叙述的戏剧表演。个体型叙事声音和戏剧表演都在一定程度上成为作者型叙事声音的有益补充和平衡。

一、说书人：作者型叙事声音

小说中，作者型叙事声音不绝于耳，由于它说话的方式和对象不同，它几乎同时实现了旁白、内心独白和戏剧性独白的功能。当这个声音交代故事背景和人物历史时，它类似于旁白；当这个声音对自己的某些观点进行阐释和批判（自省）时，则是它的内心独白；当这个声音和书中的人物即受述者对话，给他建议和指导，或者提出批评时，则类似戏剧性独白中主人公和诗中的另外一个人对话，而读者则是倾听这段对话的观众。不仅如此，这个作者型声音有时还会和读者推心置腹地攀谈，谋求与读者达成共识。这个絮絮叨叨的作者型声音，有时会让读者觉得亲切，有时会颇有共鸣，但偶尔也会反感，觉得"他"话太多，剥夺了读者阅读的乐趣。

小说的第一章，爱米丽亚和蓓基结束了在平克顿女子学校的生活，准备一起回到爱米丽亚家。简单介绍出场人物和告别场景后，萨克雷用几句话就结束了这段，"在我们的故事里，这客厅的门从此关上，再也不开了"（11）；"两个女孩子从此开始做人。再见吧，契息克林荫道！"（12）在形容克劳莱小姐彻底拒绝蓓基和罗登的求和请求时，萨克雷这样写道："寂寞的老婆子说到这里，伤心得号啕大哭。她在名利场上串演的一出戏，名为喜剧，骨子里确实够凄惨的。现在这出戏即刻就要闭幕，花花绿绿的灯笼儿一个个地灭掉，深颜色的幔子也快要下来了。"（297）这样的表述犹如是给舞台上的表演配上了旁白，对画面进行解释性说明，同时也把故事的进展交代给观众。萨克雷时刻不忘提醒读者，自己的身份是陪着他们一起观看名利场上各种好戏的戏班领班。

这个戏班领班也随时发表自己的高谈阔论。比如下面这段对"名利场"的解释和说明：

> 请忠厚读者务必记住。这本书的名字是"名利场"；"名利场"当然是个穷凶极恶、崇尚浮华，而且非常无聊的地方，到处是虚伪欺诈，还有各式各样的骗子。本书封面上画着一个道德家在说教（活脱是我的相貌！），他不穿教士的长袍，也不戴白领子，只穿了制服，打扮得和台下听讲的众生一个样儿。可是不管你是戴小帽挂小铃儿的小丑，还是戴了宽边帽子的教士，知道了事情的真相总得直说不讳。这样一来，写书的时候少不得要暴露许多不愉快的事实。（92）

作家的道德感是文学界长期以来一直关注的问题。萨克雷认为作家有责任和义务在作品中扮演道德家的角色，宣扬正确的道德观和价值观。小说中借助"我"之口实现了这个愿望，但他又否认自己在小说中讲道说法，因为"我不愿意像近来有些小说家那样，把读者哄上了手，就教训他们一顿"（219）。他认为自己所做的，不过是陪着读者们把名利场的各种热闹看个仔细，至于个中滋味和道理，则靠读者自己慢慢体会，"我存心是忠厚的，我的目的，就是陪着你们走遍这个市场，什么铺子、赛会、戏文，都进去看个仔细，等到咱们体味过其中的欢乐、热闹、铺张，再各自回家去烦恼吧！"（219）

除此以外，每个人物的性格特征也常被"我"一语点破，倒是省了读者不少麻烦；"我"也会时不时发表对人物的看法，并且和读者一起讨论。比如在"我"看来，爱米丽亚是个"天真和气的人"，是个"小傻瓜"（13）。当爱米丽亚心灰意冷到想一死了之时，"我并不赞成她的行为，也不希望勃洛葛小姐当她模范，行动学着她。勃洛葛小姐知道怎么节制自己的感情，比那小可怜儿强得多"（209）。至于蓓基，"说句老实话，她的确不是天使"（14）。当蓓基万般悔恨地拒绝毕脱爵士的求婚时，忍不住掉下眼泪，"我"的评论是："这恐怕是她这一辈子最真心的几滴眼泪"（171）。还有愚蠢、肥胖又爱慕虚荣的乔瑟夫·赛特笠，"我"形容他是"肥大的花花公子"（24），又讽刺说，"满面胡子的男子汉往往像最爱卖俏的姑娘一样，喜欢听人家奉承，打扮的时候吹毛求疵，长得漂亮些就自鸣得意，对于自己迷人的本事估计得清楚着呢"（28）。这个"我"还享有走近人物内心窥探他的秘密的特权：

> 他心里惦记着楼上的女孩子（写小说的人有个特别的权利，什么事都瞒不过他），肚里思忖道："那小东西不错，她兴致很高，又有趣儿。吃饭的时候我替她捡手帕，她看着我怪有意思似的。她的手帕掉在地下两回呢。这会儿谁在客厅里唱歌？让我上去瞧瞧。"（30）

这段乔瑟夫·赛特笠的心理活动，由"我"向读者倒个一干二净。写书的仗着自己的特权，刺探着人物内心的秘密，偷看女孩子们闺房里的秘密。"我"的"揭秘"最具可靠性，但这同时也让读者有看戏和出戏的感觉。这个无所不知的"我"有时也会卖个关子，拒绝和读者共享秘密。当爱米丽亚婚后遭丈夫冷落而伤透了心时，写书的人问读者："我们有权利偷听她的祷告吗？有权利把听来的话告诉别人吗？弟兄们，她心里的话是她的秘密，名利场上的人是不能知道的，所以也不在我这小说的范围里面"（303）。故作神秘的"我"吊足了读者的胃口。

这个"我"冷眼看着名利场上演的各种好戏："我向来喜欢观察人性，每逢时髦场里娶妇嫁女最忙碌的时节，我总爱到汉诺佛广场的圣·乔治教堂里去看热闹"（183）；有时又成为故事的群众演员，然后煞有介事地向读者剖析自己心理活动。比如下面这一段：

> 记得有一回名利场里有人请我吃晚饭，我看见托迪老小姐也在那里，一味对那矮小的白丽夫蕾斯太太奉承讨好。白丽夫蕾斯太太的丈夫是个律师，她虽然出身很好，却穷得不能再穷，这是大家都知道的。
>
> 我心下暗想，托迪小姐为什么肯拍马屁呢？莫非白丽夫蕾斯在本区法院里有了差使了吗？还是他太太继承了什么遗产呢？(178)

化身书中人物，假借心理活动的方式来表明自己观点，用类似于内心独白的方式，不留痕迹地引领读者和自己一起就某个问题进行思考和讨论，萨克雷也是煞费苦心了。在小说第六章"游乐场"，萨克雷更是和读者讨论起故事的写法来。题材该怎么处理，风格是选择典雅、诙谐还是浪漫。故事的情节本可以怎样安排，自己打算怎样安排等等。时不时与读者讲几句体己话的萨克雷，反复向读者解释自己的写作风格和手法，似乎是在拉拢读者，谋求他们的信任，又仿佛他是在和读者商量好了之后得到读者认可之后才把故事讲下去似的。

有研究者指出，英国文学中，早期的菲尔丁的小说最大的特色就是"叙述者的形象和作用"（申丹等，28），叙述者的频繁出现不仅使读者意识到作者的在场以及权威，而且"叙述者与读者之间的这种亲密交流大大丰富了小说的内涵"（申丹等，28）。不过菲尔丁小说中的叙述者大多是第三人称全知叙述者，而《名利场》中随时随地现身的"我"则是第一人称全知叙述者，这个"我"直接对读者说话，随时随地对小说中的人物进行观察和评价，让读者感到自己仿佛也成为这个"我"的共谋或者同伴，一起来观察和分析故事情节以及故事人物，极大地提升了读者的主体地位和参与感，使读者与作者亲密无间，甚至在某些时候成为共谋。

二、书信体：个体型叙事声音

无所不在的作者型叙事声音贯穿始终，但是在需要交代琐碎的故事情节时，萨克雷就动用了"书信体"这个武器，让私人信件来讲述来龙去脉。正如戴维·洛奇在他的《小说的艺术》里所分析的，有时萨克雷为避免读者的怀疑和反感，会"一反惯例地让他的叙述者保持沉默，大量利用书信体写作让读者知道来龙去脉，因为这样会让事态发展更显得逼真自然"（洛奇著，卢丽安译，85）。书信体叙述可以看作是个体型叙事声音的一种，在小说中成为作者型叙事声音的有益补充。

小说中一共出现了14封完整的书信和数封短信及小纸条，其中有6封出自蓓基之手：

第6页，平克顿小姐写给赛特笠太太

第52页，小奥斯本写给妈妈

第69页，乔瑟夫写给蓓基

第82页，蓓基写给爱米丽亚的第一封信（9页）

第111页，别德·克劳莱太太写给平克顿小姐

第113页，平克顿小姐给别德·克劳莱太太的回信

第114页，蓓基写给爱米丽亚的第二封信（5页）

第126页，一位隐名的读者写给"我"

第179页，蓓基写给罗登

第186页，蓓基写给布立葛丝小姐

第213页，爱米丽亚写给乔治

第279页，奥斯本先生的律师写给乔治

第287页，蓓基写给罗登的小纸条："重要消息，别德太太已去。今晚向爱神要钱，看来他明天就要动身，留心别让人看见信。利"

第621页，罗登写给蓓基

第622页，蓓基给罗登的回信

最长的两封是蓓基写给爱米莉亚的信，分别是9页和5页，信中详述了她的境遇和身边的人物及故事，很难想象这么长的信是如何写就的。信中有大量活灵活现的对话，充分展示出蓓基的善于察言观色和见风使舵。而通过蓓基写给布立葛丝小姐和罗登的信，读者又能看出她的能言善辩和偷奸耍滑。萨克雷

让蓓基通过写信的方式讲述自己的故事，从另一个侧面展现了蓓基的个性，把观察和评判权暂时交给读者。他把自己在小说中的"我"的身份设置为"男子汉的身份"和"兄弟的身份"(93)，同时这个男性也是非上流社会的门外汉。这样一个男性叙事声音和视角勾勒出来的女性形象和信件里女性声音的自我阐述相互补充，有助于读者对人物和事件形成更完整和客观的判断。

同样，小说中其他人物之间的信件既是对写信者本人个性的展露，也是对信中所涉及的人物的补充描写。此外，这些信件还承担了细节交代的任务。有趣的是，化身为小说中的"我"的作者自称也收到了一封匿名读者的来信，信中表达了对爱米丽亚这个人物的意见："我们一点儿也不喜欢她，这个人没有意思，乏味得很。"(126) 这种假借读者之口和读者来信来传达作者声音的方式不乏创意。

三、戏剧表演：展示而非叙述

除了作者型叙事声音和个体型叙事声音，小说中还穿插了"戏剧演出"。这种演出不同于叙事者的"陈述"，它是对故事的一种"展示"。在戏剧表演环节中，故事中的人物相互凝视和评价，互为表演者和观众，彼此之间产生某种情感，达成某种默契，酝酿某种情绪，而小说之外的读者则旁观者清。所选择的剧目本身也和小说本身产生互文性，当然前提是读者对这部作品也有所了解，这就对读者也提出了要求。个人体验不同的读者会得到不尽相同的诠释，这也是阅读的开放性和多样化的表现之一。当小说中插入戏剧表演时，同时存在着影片的演示机制、观众的观看机制以及角色的表演机制，丰富了小说的叙事手段和形式，加深了内涵，拓宽了联想空间。可以说，书信体的个体型叙事和戏剧表演都在一定程度上削弱了作者型叙事有可能造成的介入感，消解了作者权威。

小说中提到当时的英国上层社会正流行一种源于法国的字谜戏。在斯丹恩勋爵举办的一次宴会中，蓓基就借戏剧表演大出了一番风头。在这些戏剧中，出现了东方服饰、黑奴、土耳其军官、回教徒、苏丹等东方元素。也穿插着希腊背景、《荷马史诗》中的故事和人物、莫扎特的歌剧《唐璜》、根据15世纪法国小说改编的歌剧、法国芭蕾舞《夜莺》中的人物和情节等西方元素。所有这些混杂一起，充分展现了19世纪英国上层社会特有的文化，这种文化既有古希腊罗马文明的影响，也充满着纸醉金迷的糜烂气息，还夹杂着殖民文化带来的异国风情。

台上的蓓基光芒四射，风情万种，台下看戏的更是热闹，抛花鼓掌。最兴奋的当属斯丹恩勋爵，如醉如狂，为之倾倒。蓓基的丈夫罗登·克劳莱"看着妻子风头这样健，心里惶恐，觉得她和自己已越离越远。他一想到老婆本领高强，比自己不知厉害多少，心里有一种类似痛苦的感觉"（607）。同为台下看戏，蓓基这个夜莺，接过斯丹恩抛过来的花儿，紧搂在胸口，"活像个小丑"（605）。斯丹恩勋爵对蓓基的垂涎之心已昭然若揭，罗登则痛苦地意识到自己与妻子的渐行渐远。而作为观众的读者呢，在看了这一出好戏后，也不由得担忧起这对小夫妻的前途来，好奇斯丹恩勋爵和蓓基会怎样把戏做下去。这种三角关系下暗藏的危机果然在下一章就引发了故事的高潮：罗登被蓓基和斯丹恩设计陷害进了拘留所。出了拘留所之后的罗登回到家中发现了妻子和斯丹恩的苟且。他一怒之下暴打了斯丹恩，并与蓓基彻底决裂，这对小夫妻在名利场以婚姻为名的战略合作到此宣告结束，一出好戏落幕。

正是前面所述的那场戏中戏为这场高潮做了铺垫，戏中戏增强了整个故事的戏剧性，使人物性格更为鲜明。除此之外，整个小说也是由"我"陪着读者看完的一场戏剧表演。主角是两个有名的木偶人儿：伶俐的蓓基洋娃娃和害羞的爱米丽亚洋娃娃，还有一个笨手笨脚的都宾玩偶。大戏落幕时"我"这样感叹道："唉，浮名浮利，一切虚空！我们这些人里面谁是真正快活的？谁是称心如意的？就算当时遂了心愿，过后还不是照样不满意？来吧，孩子们，收拾起戏台，藏起木偶人，咱们的戏已经演完了。"（807）戏早已演完，但直到一百多年后的今天，名利场上的纷纷扰扰仍让人意犹未尽，这都要归功于萨克雷这个出色的戏班领班和说书人。

四、争议：讽刺效果、现实主义

小说中的作者型叙事声音大量采用了自由间接引语，其优势在于突出主体意识，同时弱化叙述者的干预，从而避免影响讽刺的效果。在《名利场》中，说书人"我"相当于"同故事叙述者"，既置身事外，又时刻融于其中。故事的发展和走向决定了"我"这个讲故事者会不会丢掉饭碗，会不会遇到故事讲不下去的尴尬。"我"并没有做出一副义愤填膺的样子，而是轻松调侃，很少说重话，但读者仔细掂量之后，往往会觉得字字鞭辟入里，一针见血。一笑过后有时是无奈，有时是理解的心酸，有时则是憎恶。名利场的不堪与丑陋都被萨克雷用四两拨千斤的手法展现出来。至于怎样去领悟，或者能悟到几分，则要看读者自身了。

在表达同情与讽刺的手法上,萨克雷和简·奥斯汀颇为相似。两者都不喜过于多愁善感的感伤主义文学,也避免让读者感觉过于沉重、严肃或愤怒。尽管他们都对人物所遭受的不幸或失败给予同情,对自私与贪婪的丑恶嘴脸嗤之以鼻,但无论是表达何种情绪,他们都选择用嘲讽或讥诮这种较为轻松的方式表达出来,而不是让文字间充斥着阴郁或愤怒的情绪。对于奥斯汀来说,在女性人微言轻的年代,女性作家很难像男性作家那样理直气壮地成为道德评判家,言论的主导者,她们只能隐晦和婉转地表达出自己的立场与观点。而萨克雷的克制也是出于他自身的局限性。他的犀利与尖锐是含而不露的,他的讽刺看似轻松实则深刻,也因此对读者提出了更高的要求。

对于萨克雷这种作者堂而皇之地介入性叙事,不同的研究者有不同看法,比如读者反应理论代表人物伊瑟尔就"把《名利场》作为现实主义小说的典型代表来分析小说阅读对读者的要求"(申丹等,67)。福斯特显然是反对萨克雷的作者介入,他认为这种试图拉近与读者的距离,对读者推心置腹的做法不可取,对此他的解释是:"这实在很危险,通常都会导致读者的热情降低,导致读者的心智和情感两方面的松弛,更糟的甚至会显得滑稽可笑,这等于出于友好邀请读者来到人物背后,看清楚他们是怎么被挂起来的……这么一来,读者的亲近感是赢到了,却牺牲了作品能够带来的幻觉和崇高感"(福斯特著,冯涛译,70-71)。叙事学家罗宾·R. 沃霍尔则认为,萨克雷"正代表了不严肃的反讽调侃的男性特征,是对现实主义小说的反诘或解构"(申丹等,67),换句话说,萨克雷的介入性叙述增强了故事的虚构性,让读者意识到作者的在场,从而削弱了现实主义小说的再现真实性。

现实主义之后的作家尤其是现代主义作家们反对这种全知叙事者或者介入性叙事者的声音,他们认为小说应该多层次多角度展示人物的心理真实,对人物的解读应该是多样化及开放性的,无须众口一词。例如,现代派代表人物之一伍尔夫就"不仅认为小说家应该最大限度地控制全知叙述者的声音,而且还应该尽量减少代表个人价值之观点的干预,从而使得不同人物对于同一事件的感受各有不同的意义"(申丹等,100),只有这样才有可能展示人物真实的内心世界,而这也正是小说的使命或者小说创作的意义所在。

介入性叙述是否影响到小说的真实性并因此而脱离了现实主义小说的范畴?萨克雷本人对此早已在小说里作了回答,他表面上承认自己书中写的全是琐碎无聊、非常肉麻的废话和细节,但却打定主意要写这些小人物的小细节,而不是"大刀阔斧、英雄好汉的事迹"。在小说开始不久处,萨克雷写了这样一段话:

> 琼斯①在他的俱乐部里看这本书看到这些细节,一定会骂它们琐碎、无聊,全是废话,而且异乎寻常地肉麻。我想象得出琼斯的样子,他刚吃过羊肉,喝了半品脱的酒,脸上红喷喷的,拿起笔来在"无聊""废话"等字样底下画了道儿,另外加上几句,说他的批评"很准确"。他本来是个高人一等的天才,不论在小说里在生活中,只赏识大刀阔斧、英雄好汉的事迹,所以我这里先警告他,请他走开。(10)

正是这种立场确立了萨克雷现实主义作家的身份。西方文学受古希腊罗马史诗传统的影响,长期把歌颂大人物的英勇事迹和传奇作为创作的题材。文艺复兴时期文学逐渐把目光从神转移到人自身,18世纪初的小说则假借回忆录和传记的形式来

---

① 琼斯是个普通名字,这里代表随便什么张三李四。

讲述人物的传奇和历险,及至现实主义时期作家们才开始把眼光投向普通人物的寻常生活。不仅如此,萨克雷还格外关注女性这个弱势群体的命运,丰富了现实主义文学的题材。

从英国文学的传统看,自从小说这一形式在乔纳森·斯威夫特等人笔下逐渐成形后,女性角色大多是以反面形象出现的"非正统派主角"(anti-hero)①,或者是居于弱势或被动地位,比如丹尼尔·笛福的《摩尔弗兰德斯》(1722)。随着19世纪初简·奥斯汀的六部经典作品问世,以正统角色出现的女性主人公越来越多,女性人物在小说中的地位和关注度日益得到加强,比如乔治·艾略特的《米德尔马契》(1871—1872)。这种改变除了要归功于女性作家的努力,萨克雷等男性作家也功不可没,尤其是他的《名利场》,为英国现实主义文学增添了两个独具特色的女性形象。

---

① 陆谷孙先生主编的《英汉大词典》(1994)将 anti-hero 定义为:(小说戏剧中)不按传统主角品格塑造的主人公,非正统派主角,(缺乏英雄品格的)反英雄。根据 M. H. 艾布拉姆斯主编的《文学术语汇编》(2005)中给出的定义,anti-hero 最早出现在16世纪的流浪汉小说中。作为正统派主角(hero)的反衬,非正统派主角(anti-hero)出身卑微、卑鄙无耻、性格被动、缺乏影响力、为人狡诈。

五、结语

综上所述,考虑到作者型叙事声音有可能给读者造成的干扰,萨克雷用书信这种个体型叙事声音和戏剧表演来进行平衡,至于效果如何,相信每位读者都有自己的判断。虽然研究者们对萨克雷的叙事手法始终有争议,但毫无争议的是,《名利场》是英国文学史上最杰出的现实主义讽刺文学作品之一;萨克雷则是一位出色的名利场的说书人。

【深度解读】之二：
《名利场》上演的人生悲喜剧

> 爱情的悲喜和人间百态在名利场上一览无余。罗登与利蓓加，爱情的奴隶与冥顽不灵的石头无法达到灵与肉的同一，最终一拍两散。都宾和爱米丽亚，爱情的傀儡坚持到最后梦想成真；柔弱的寄生藤在命运的眷顾下终得真爱。除了情感戏，名利场上种种名与利的明争暗斗、世态的炎凉、人性之丑恶，都经由萨克雷的一支生花妙笔呈现在读者眼前。

萨克雷在《名利场》这部九百多页的作品中，淋漓尽致地上演了几对恋人曲折的情感戏，也赤裸裸地暴露了人性。情感戏中最让人过目不忘的是其中两对：一对是罗登与利蓓加①，爱情的奴隶与冥顽不灵的石头无法达到灵与肉的同一，最终一拍两散。另一对是都宾和爱米丽亚，爱情的傀儡坚持到最后终

---

① 利蓓加是蓓基·夏泼的昵称，此篇统一使用利蓓加一名。

于梦想成真；柔弱的寄生藤在命运的眷顾下得到了真爱。除了情感戏，名利场上的明争暗斗、世态的炎凉以及人性的丑恶也都一览无余。

一、爱情的奴隶和冥顽不灵的石头：罗登和利蓓加

萨克雷在讲述这对冤家的情感之路时，用了不少战争和军队的比喻，生动形象，戏谑的风格又让人忍俊不禁。这对冤家一路你攻我守，你进我退，最后以两败俱伤结束。罗登远走高飞，客死他乡；利蓓加混迹于下层人群中，一落千丈的境遇令人唏嘘。曾经的炽烈情感和风光都化为乌有，幸好他们的儿子小罗登在姑妈的照料下过上了安定幸福的生活。

逢场作戏的利蓓加在罗登这个一度全心全意的爱情奴隶面前，偶尔也流露出几分真情。恋爱中的克劳莱上尉被利蓓加迷得神魂颠倒，丑态百出，"爱神的倒钩箭头把他身上的厚皮射穿了"（157）。这个傻大个的骑兵在与利蓓加的交锋中屡吃败仗："这一次两军相遇，这类的小接触一直没有停过，结局都差不多，说来说去也叫人腻味。克劳莱重骑兵每天大败，气得不得了。"（159）将爱情比喻成战争未免有点过于夸张，但正是这种言过其实的比喻制造出一种荒诞的气氛来，也增强了讽刺

意味。

尽管屡战屡败,罗登还是执迷不悟:"利蓓加的一言一语在他都是天上传下来的神谕,她的一举一动无一不是又文雅又有道理"(182),情人眼里出西施。这个傻大兵心甘情愿地把利蓓加当作司令,服从她的一切命令:"如果他的团长命令他带着军队往前进攻,他也不过这样顺从。"(182)把夫妻关系等同于部队中的上下级关系,绝对服从和执行命令,罗登的这份顺从也是天地可鉴。

罗登痴心恋着利蓓加,利蓓加却打心底里看不起她,不过她绝不表露出来,而是在罗登面前扮演着体贴贤良的妻子,这让罗登越发地死心塌地,"变了个欢天喜地依头顺脑的好丈夫"(199)。在即将出发去战场前,罗登把身边几乎所有的财产都留给了利蓓加,连崭新的军装都舍不得穿走,脱下来留给利蓓加,以保证她一个人生活无忧:"克劳莱上尉一辈子自私,难得想到别人,最近几个月来才做了爱情的奴隶。"(341)不过随着时间的推移,罗登终于逐渐看清利蓓加的面目,她对孩子的冷漠尤其让中尉伤心:"唉!你这没见世面,没人理,没人管的小可怜儿!在别的孩子们心里口里,妈妈便是上帝的别名,你崇拜的却不过是一块冥顽不灵的石头。"(445)因为孩子的关系,夫妻俩的隔阂越发加深。直到罗登被利蓓加和斯丹恩勋爵设计陷害，又撞见了他俩在一起暧昧，矛盾才彻底激化。罗登终于决定与利蓓加决裂，远走他乡奔赴新的职位。利蓓加自从罗登这么一闹，在斯丹恩勋爵那里也失了宠，从此便走上了下坡路，费劲心计谋算的名与利都灰飞烟灭。

值得注意的是，战斗这一夸张的比喻不仅用在罗登夫妇之间，也频繁地用在其他人物身上。比如小说中提到，别德太太为了争夺对克劳莱太太的控制权，简直是殚精竭虑。她一面牢牢"看守"着克劳莱小姐，一面辛辛苦苦搜集了很多利蓓加的"罪证"，"她知道罗登和他的太太准在想法子向克劳莱小姐进攻，这些资料可算是武装这屋子必需的军火和粮草。"（222）借助这种能攻能守的战术，别德太太果然"打了一个了不起的大胜仗"（227），克劳莱小姐彻底取消了罗登的继承权，一个子儿都没留给他。可怜别德太太如此苦战了一场，自己最终却也没捞到什么战利品，预想中的几千镑财产一不小心被她儿子的一袋烟葬送了，克劳莱小姐的财产几乎都留给了毕脱·克劳莱一家。这场遗产争夺战中，鹬蚌相争渔翁得利。

萨克雷在形容乔治·奥斯本和老奥斯本的关系时，也用了战斗的比喻，"儿子的胆子还比他大两倍，不但能攻，而且能守。"(245)至于利蓓加更不用说了,无论何事她都拿出了战斗的精神,为自己一寸寸地赢得土地,赢得土地就意味着财富、地位和尊严:"她很聪明地用全副精神来盘算将来的事,因为未来总比过去要紧得多。她估计自己的处境,有多少希望,多少机会,多少疑难。"(179)

二、爱情的傀儡和柔弱的寄生藤:都宾和爱米丽亚

小说中最感人的场景都是发生在都宾与爱米丽亚之间。都宾对爱米的执着与默默关心,被误解后的愤然离去,让这个外表并不讨喜的少佐赢得了读者的喜爱;而爱米丽亚的愚昧无知则激起了读者的反感,幸好她最后有所觉悟。在描写这对情人的恋爱关系中,萨克雷走的是温情路线,他一方面叹息爱米丽亚的不觉悟,另一方面将都宾的柔情蜜意写得丝丝入扣。都宾和爱米丽亚之间这出缠绵悱恻的爱情喜剧为名利场上令人心酸的种种增加了一抹温暖的亮色。

都宾早在第一次见到乔治·奥斯本青梅竹马的恋人爱米丽亚时,就爱上了这位甜美可爱的少女。不过作为奥斯本的死党和守护者,都宾把这份爱慕深藏在心里,一藏就是十几年。他心甘情愿地照顾着这对小情人,为他们鞍前马后。看到爱米丽

亚开心,他"仿佛做爸爸的一样欢喜"(61)。心地善良的都宾还特别多愁善感:"都宾心肠最软,每逢看见女人和孩子受苦,就会流眼泪,忍不住哭起来。倘若你要笑他没有丈夫气概,也只得由你了。"(213)女性主义理论家萧瓦尔特曾提出过这样的观点:男性多思辨,女性重情感;男性多清醒,女性多疯狂;男性多干枯,女性多水质。把女性的特质安在男性人物身上,萨克雷这么做,多少有点讽刺的意味吧。

都宾在极力促成并且操办了爱米丽亚和乔治的婚礼后,尝到了成人以来最凄惨冷清的滋味。他明白自己这么做,"都只因为他爱她太深,不忍见她受苦;或者应该说他自己为这件事悬心挂肚得没个摆布,宁可一下子死了心。"(266)对于都宾的痴心,爱米丽亚完全没有感觉,她并不怎么看得起他,觉得他唯一的好处就是对自己丈夫的忠诚。就是这样一位柔情似水的都宾,在爱米丽亚的丈夫战死沙场后,无微不至地照顾着她和她的家人。他和爱米丽亚保持着通信并珍藏着她的每一封来信。日复一日,都宾的头发渐渐花白,"可是他的感情没有改变,也没有衰老,像成年人记忆中的童年一样新鲜。"(508)读者为这份痴情感动的同时,也不难看出其中的讽刺来。作为旁观者的读者早已看出都宾的自欺欺人,他爱慕的那个完美女孩与现实中的爱米丽亚相差甚远，或许他明白却宁愿欺骗自己，这种情境上的反讽把都宾这个爱情傀儡的形象刻画得入木三分。

自私的爱米丽亚从未对都宾的关切心怀感恩，她以为一切都是理所当然的。不过当她听说都宾已结婚后，再写信时就有点酸溜溜的："夫妻之间的感情应当比一切都神圣和热烈，应当胜过其他一切的感情，可是我相信你一定肯在你心里留一个缝儿给你所保护和疼顾的寡妇和孤儿。"（508）都宾收到这封信后死的心都有了，爱米丽亚的迟钝与冷漠让他绝望："尽管他赤心忠胆，拿出一片真情来爱她，她始终是冷冰冰的。看来她是执意不愿意知道他多么爱她。"（509）失意的都宾远走他乡。

十多年后当都宾回到了伦敦，他依然时刻惦念着爱米丽亚，而爱米也还是把他当作招之即来挥之即去的奴仆，两人的关系可以用下面这一段话来概括：

> 这个女人有本事把都宾少佐捏在手里任意使唤，因为哪怕是最软弱的人也有个把人可以凭他驱遣。她一时把他呼来喝去，一时抚慰他，叫他拿这样做那样的，简直把他当作一条纽芬兰大狗。他呢，只要她说："嗨，都宾！"就准备狗一样跳到水里去，或是嘴里衔

着她的网袋在她后面跟着走。如果读者到现在还没有发现都宾少佐是个傻瓜,那么我这本书真是白写了。(777)

都宾的忍耐是有限的。当爱米丽亚因为都宾的忠告而与他翻脸时,这个老实人也终于爆发了:"如果换了一个慷慨大量的女人,我一定已经赢得了她的心了。你配不上我贡献给你的爱情……我并不怪你,你心地不坏,并且已经尽了你的力。可是你够不上——你够不上我给你的爱情。"(786)执着的都宾终于放手了,他"挣断了爱米丽亚牵着他的铁链子"(786),宣告自己独立的决心。连在门外偷听的利蓓加也佩服都宾这一回的勇气,打定主意要替两人挽回局面。也正是因为利蓓加把乔治曾经约她私奔的秘密告诉了爱米丽亚,后者才彻底从盲目的爱中醒悟过来,给都宾写了封信并且等待他的归来。

在讲述这对恋人的故事时,萨克雷花费了不少笔墨描写都宾的多愁善感、软弱的性格以及对乔治和爱米的愚忠,言语中的戏谑不能不让读者感觉到是对18世纪感伤浪漫主义的戏仿和讽刺,增强了这出爱情喜剧的喜剧色彩。

三、名利场上的人生百态

萨克雷在小说中借"我"之口坦白说:"我向来喜欢观察人性。"(183)这个"我"陪着读者们看尽了名利场的各色人物以及人性的丑陋,包括对金钱与名利的渴望、女性之间的虚情假意和嫉妒心理、父母与子女之间的亲情、主仆之间的阳奉阴违,以下略举几例。

小说中的一干人物对克劳莱太太的巴结和奉承全是看在钱的分上,每个人都在觊觎着这位老小姐的遗产分配:"随便什么老太太,银行里有了存款,也就有了身份。如果她是我们的亲戚(我祝祷每个读者都要二十来个这样的亲戚!),我们准会宽恕她的短处,觉得她心肠又软,脾气又好。"(101)金钱至上的社会,亲情也变了质,友谊更是稀有之物。靠赛特笠先生的帮助而发家的奥斯本老头儿就是个忘恩负义、趋炎附势的典型。他在赛特笠落魄后非但没有伸出援助之手,还落井下石地取消了儿子乔治与爱米丽亚之前默认的婚约。奥斯本一心想让儿子攀亲附贵:"每当他遇见有身份的人物,便卑躬屈节,勋爵长,勋爵短,那样子只有英国的自由公民才做得出。他回家之后,立刻拿出缙绅录来把这个人的身世看个明白,从此便把他的名字挂在嘴边,在女儿面前也忍不住提着勋爵的大名卖弄一下。他趴在地上让贵人的光辉照耀着他,仿佛拿波里的叫花子晒太阳。"(147)

除了对金钱与名利的渴望,女性之间的虚情假意和嫉妒心理也是萨克雷着力讽刺的一面。除了利蓓加和爱米丽亚,小说中还有不少其他女性人物。女性彼此之间虽然不乏温情,比如爱米丽亚对朋友的一片真心,但更多的是虚情假意。乔治的两位妹妹在对待爱米丽亚的态度上就可见一斑。她们认为爱米丽亚沉闷无趣,没有出息,埋怨哥哥为了她而怠慢了自己。但是玛丽亚妹妹在和自己的未婚夫谈起爱米丽亚时,却假装很热心地说:"你喜欢亲爱的爱米丽亚,我瞧着真高兴。她是我哥哥的未婚妻。她没有什么本事,可是脾气真好,也不会装腔作势。我们家里的人真喜欢她。"(129)这个姑娘一边向未婚夫宣誓了主权,一边努力做出一副热心肠的样子来,难怪尖嘴利牙的萨克雷也忍不住说道:"好姑娘!她那热心热肠的'真'字儿里面包含的情意,有谁量得出它的深浅?"(129)

女性之间还难免会嫉妒彼此的美貌,尽管她们嘴上决不会承认:"这样看起来,一个女人给别的女人瞧不起,倒是一件非常值得骄傲的事。"(128)只有不太美貌的女性才有可能得到同性的喜爱，而爱米丽亚这种有男性缘的女子就只能遭到冷落了："爱米丽亚温和沉静，而且长得也不能算太美丽，因此大家很喜欢她。后来先生们吃完晚饭，从一百五十联队回来，见了她都十分赏识。不消说，这么一来，太太们就对她有些不满。"（312）萨克雷对女性心理阴暗面的讽刺可谓一针见血。

四、结　语

在《名利场》中，萨克雷借助夸张、比喻、类比以及戏仿等多种修辞手法，将几对恋人悲喜交加的爱情戏和人间百态呈现在读者面前。大戏早已落幕，留给读者的是无限回味。

【深度解读】之三：
导演主体性在影片中的投射
——论《名利场》影片的改编

> 印度籍女导演米拉·奈尔 2004 年在翻拍这部英国经典名著时，过多融入了个性化解读，对影片的情节发展、人物性格定位和整体基调都做了调整和改变。米拉·奈尔将故事变成了皆大欢喜的喜剧性结局；把利蓓加塑造成几乎完全正面的角色，是个成功的女权主义者；她还在影片中强行插入了过多的印度元素，造成了不太协调的混搭。导演过多的主体性干预，削弱了原著的讽刺力度，减少了人物的性格魅力，也影响了影片整体的视觉效果，审美效果大打折扣。

2004 年，印度籍女导演米拉·奈尔将《名利场》搬上好莱坞大荧幕。由于小说原著是九百多页的大部头，人物众多，情节繁杂，即便电影最后的长度为 2 小时 21 分钟，想要再现故事原貌也不容易。事实上，受导演本人主体性的影响，影片与原著相差甚远，具体表现为对情节的调整、人物定位的篡改和过多印度及东方元素的插入。影片对小说的部分细节作了修改，将故事结局变成了皆大欢喜的团圆结局。对于女主人公之一蓓基·夏泼（昵称利蓓加）的人物定位，影片也是来了个本质性的转变。把一个欠缺传统女性美德的非正统派主角（anti-hero）打造成了几乎完全正面的女主角，这不仅有悖萨克雷的初衷，也大大削弱了作品的批判性和讽刺意味。除此以外，导演主体性对影片的影响还表现在片中使用了过多的东方元素，包括印度歌舞、东方服饰和色彩。殖民文化固然是英伦文化不可分割的一部分，但东西方多种元素的混搭使得影片风格变得混乱，影响了整体的视觉效果，审美效果也大打折扣。

一、从"没有主角"到绝对主角

原著的全称是：《名利场——一部没有主角的小说》。"没有主角"可以从两个角度去理解：一是爱米丽亚与利蓓加平分秋色，谁都不占据更显著的地位；二是从"hero"的狭义来解读，将其理解为"正面角色"或"正统角色"，也就是说，小说中没有完美的正面角色，都是非正统角色，包括男性角色在内。两个女主人公性格都有缺陷，很难说谁更符合大众审美标准。淑女型的爱米丽亚温柔善良，人见人爱，但她在爱情关系中表现出来的盲目愚蠢和自私自利甚至比利蓓加的世故圆滑更令人生厌。虽然萨克雷将两位女孩都设计成各有缺陷的圆形人物，影片却把利蓓加塑造成不可争议的女主角，美化了她的形象，突出了她性格中可取的一面，淡化甚至抹去她丑陋低俗的一面。

如果非要在原著中找出一个相对突出的女主角来，利蓓加的形象的确更为鲜明。她聪明伶俐、能言善辩且性格坚韧，是一个"不择手段、虚荣而又自私的女冒险家"（周煦良，198），绝非是具有传统美德的女性。对人物定位进行如此根本性的改变，源于导演本人对作品和角色的认知。导演米拉·奈尔曾在一次采访中表示，她认为利蓓加"是文学作品中最伟大的女性人物"①。扮演利蓓加的美国女演员威瑟·斯彭谈到自己对角色塑造时，也认为利蓓加"是个女权主义者，是个非常现代的角色"②。正是基于这种认识和定位，影片中的利蓓加才呈现出与原著相差甚远的面貌。人物过于时尚，俨然一个自信、多才多艺、意志坚强的当代女权主义者。为了显示她的成功，影片将

---

① 更多请看 http：//www.1905.com/mdb/film/1921105/feature/。

② 更多请看 http：//www.1905.com/mdb/film/1921105/feature/。

结尾篡改成皆大欢喜的团圆结局，利蓓加重新赢得了乔瑟夫的心，当上了印度总督夫人。影片中的这个成功女性远非小说中那个努力挣扎在声色犬马之中的贫家女孩。小说中的利蓓加不肯服输想要出人头地，费尽心机最后还是功亏一篑；也曾享尽荣华，最终还是流浪街头。这样大起大落的人生，让人看尽浮华，看透名利，顿悟人生还是赤条条来去无牵挂的好，读罢掩卷仍回味三匝。相比之下，影片过于个性化的解读，对利蓓加形象的美化，使小说原有的讽刺性大大降低，对人物的同情与喜爱的程度反而不及对小说原型。

《名利场》虽然是"一部没有主角"的小说，但很显然是围绕着两位女主人公的爱情与命运展开的小说。萨克雷对女性倾注了充分的同情和关注，揭露了女性所遭遇的不公与不幸。小说中无论是男性还是女性角色都不甚完美，哪怕是接近完美的都宾也存在着性格和外表上的缺陷。在男女关系方面，利蓓加对罗登的蔑视和操纵利用，爱米丽亚对都宾的爱的长期无视和自私占有，都体现出男性在女性面前弱势的一面。爱米丽亚的哥哥乔瑟夫尽管拥有更高的社会地位和足够的金钱，也一度是居高临下抛弃利蓓加的无情人，最后却还是被利蓓加玩弄于股掌之间。但与此同时，女性在男权社会的悲惨境遇也一览无余。一度达到成功巅峰的利蓓加被幡然醒悟的罗登抛弃，沦落江湖。尽管作者暗示，利蓓加最后在乔斯那里谋了财害了命（影片改动了这一情节），又变成了有钱人，但曾经的名与利都灰飞烟灭，她使出命来为自己谋算的一切消失殆尽，利蓓加归根结底还是一个令人唏嘘的悲剧人物。而影片中把利蓓加塑造成了一个胜利的女权主义者，未免过于强调女性的力量，忽略了时代的局限性和女性能量的有限。一部深刻的讽刺力作被浅化成爱情喜剧，一幅19世纪初英国社会的宏大画卷被缩减成一个个零碎的片段，这样的改编能否得到萨克雷本人和后世读者的认同呢？

二、人物性格的重新诠释

除了改变人物的定位以及故事的结局，影片对人物性格的诠释也很难令人信服。对于利蓓加这个人物，萨克雷虽然给予了充分的同情，但还是毫不留情地进行了讽刺。利蓓加一出场，萨克雷就如此评论：

> 原来利蓓加心地并不忠厚，胸襟也并不宽大。这小姑娘满腹牢骚，埋怨世人亏待她。我觉得一个人如

> 果遭到大家嫌弃，多半是自己不好。这世界是一面镜子，每个人都可以在里面看见自己的影子。你对它皱眉，它还给你一副尖酸的嘴脸。你对着它笑，跟着它乐，它就是个高兴和善的伴侣；所以年轻人必须在这两条道路里面自己选择。我确实知道，就算世人不肯照顾夏泼小姐，她自己也没有为别人出过力。(14)

这段评论给人物定下了整体的基调。命运固然不公，但利蓓加自己也不是盏省油的灯，远非爱米丽亚那种善良且与世无争的角色。当然利蓓加性格如此怪不得她自己，"她说自己从来没有做过孩子，从八岁起就是成年妇人了"（16）。过早地踏入社会，又没有母亲替自己谋划婚姻大事，她只能"打定主意要把自己从牢笼里解放出来"（18），利蓓加不得不为谋生而使出全身解数。这种立志自强的精神特质自然会得到女权主义者的推崇，大概也是导演米拉·奈尔认为的她的伟大之处之一吧。

尽管如此，我们还是不能忽略人物本身的性格缺陷。利蓓加的虚情假意、逢场作戏都令人生厌。比如她和爱米丽亚之间的友谊，小说中有这样一句话说出了这段友情的本质："一个人真心诚意，另一个做了一场精彩的假戏"（71）。但是影片中却呈现出利蓓加对爱米丽亚十足的真诚。她不仅很深情地说出"她是我唯一的朋友"①,还在战乱时放弃独自逃回伦敦的机会,留下来陪伴怀有身孕的爱米丽亚。这段情节明显抄袭了美国影片《飘》中斯嘉丽和梅兰妮的那一段。导演有意无意地把利蓓加的形象朝斯嘉丽靠拢,她与爱米丽亚以及乔治之间暧昧的三角关系也类似于《飘》中的情节。这种对人物性格以及人物关系的误读不仅有违作者本意,也使得人物形象趋于正面化和单一化。

电影对于利蓓加形象的美化还体现在她与丈夫罗登的关系上。小说中利蓓加对于丈夫罗登表面温柔和顺,做出一副情深义重的样子,实际上根本看不起他。罗登即将上战场前,想尽一切办法给利蓓加留下足够的财物,替她安顿好生活,"对她的那份儿疼爱尊敬,在他说来真是极头田地的了"(340),可是利蓓加是如何打发他的呢?且看下面这一段:

> 利蓓加看见爱人生了气,连忙甜言蜜语哄他,百般摩弄他。她这人天生兴致高,喜欢打闹开玩笑,往往脱口就说出尖酸的话儿来,哪怕到了最为难得的时

---

① 台词引用出自2004版影片《名利场》中文字幕。

候也是这样。好在她能够及时节制自己的脾气，当时她做出一副端庄的嘴脸对罗登说："最亲爱的，你难道以为我没有心肝吗？"说着，她急急地弹了弹泪珠儿，望着丈夫的脸微笑。（341）

这样的妻子对丈夫能有几分真心？更别提后来利蓓加和斯丹恩勋爵设计陷害罗登，将他送进拘留所去。而影片中观众看到的是利蓓加与罗登分别时的情真意切，她被斯丹恩占便宜时的抗争与无辜，而利蓓加微笑背后的虚假与冷酷则全都消失不见，这不能不说是对原著的再次误读。

小说中利蓓加对儿子的冷淡与无情也是令人心寒的一点，罗登也因为这一点与她隔膜渐深。电影中非但没有表现出她母爱的缺失，反而把她打造成一位具有牺牲精神的母亲。在影片快结束时，利蓓加流浪在外，身份名誉尽失，她对爱米丽亚解释说，因为怕自己的处境影响到孩子，所以她放弃了对孩子的探视权。没有读过原著的观众看到这里恐怕要为这伟大的母爱掬一把同情泪了。

如前所述，利蓓加形象改变之后，总让人或多或少看到《飘》中斯嘉丽的影子。一部拍摄于2004年的电影或许是为了向六十年前的经典影片致敬，但这种致敬是否无形中伤害了原著和作者，令人深思。利蓓加身上固然有值得肯定的特质，她也偶然有真情流露的时候，但一味突出她的优点，而完全抹去她性格中丑陋的一面，反而使人物失去了说服力，也让观众对她的同情度大大降低，这不能不说是一种遗憾。

三、各种元素的混搭

影片整体的风格不太统一，无论是从人物的服饰与妆容，还是影片整体的色调以及配乐，都显得过于混乱，有失和谐。在萨克雷的原著中，英伦风与法国元素交织在一起，其中点缀着异国风情的印度元素，恰如其分地展现了19世纪初英国社会的风貌：既受到法国文化的影响，也不乏殖民文化的色彩。影片中，英国中上层家庭的客厅文化、钢琴弹唱的优雅传统、盛大的社交舞会、曳地的长裙，盛装的贵妇等这些很典型的英伦元素都有所展现，但是影片过分强化了印度元素，添加了小说中原本没有的印度风格的场景和情节，这种改编值得商榷。

小说中一幕重要的场景是几位年轻人结伴去游乐场，利蓓加原本指望乔瑟夫（昵称乔斯）能在游乐场和她表白，可惜愿望落空。小说中提到了游乐场里有法国歌舞和杂耍，并没有明确指出东方元素,但电影里呈现出的是一个充满了东方杂耍和印度风的游乐园,还设计了一出乔斯把自己从印度带回来的鹦鹉送给利蓓加的桥段:"绿色的草坪,夏泼红色的裙子,金色的头发,红白小花发饰,手拿饱和度更高的红色假花,乔斯红条绿底的衣服,绿色的绸裤体现出他憨厚滑稽的气质,印度男仆橘红色的上衣,手上拿着蓝色的鹦鹉。这里乔斯和夏泼一绿一红,印度男仆和鹦鹉一黄一蓝,两对补色融在一个画面当中。"(程竹,35)一个画面中出现了七种艳丽的颜色,渲染出了浓郁的东方风情,几乎要让人忘记这是一个英国故事。

还有一处很明显的东方元素植入是印度歌舞。小说中提到了英国上层社会一度流行源自法国的演戏猜字谜游戏。书中详细描写了贵族们在一起演的戏码,有的取自东方传说,有的来自《荷马史诗》,其间还穿插着法国歌舞。戏剧的高雅,法国歌舞的浪漫,古希腊罗马传统挥之不去的影响,东方元素作为猎奇的元素掺杂其间,小说中将东西方元素混搭在一起的做法真实可信,不显突兀。但影片则完全取消了这一部分内容,用一段印度歌舞表演取而代之,利蓓加则是其中的领舞。印度风格的音乐、舞美以及服装,让观众们恍惚觉得看到的是一部宝莱坞歌舞片。滥用东方元素一方面可能是导演自身的情结使然,另一方面也暴露出她对英伦风格的理解不够准确，对作品时代感的再现有失精准。

四、结语

翻拍文学名著，在某种程度上相当于翻译一部文学作品，是在原作基础上进行的再创作。这种再创作要在信息对等的基础上进行，可以适度进行"异化"型的演绎，但不能忘记忠实于原著这个准则。一部影片的主题、人物定位、视觉再现等难免会受到导演本人理解力和艺术水准的制约，但如果影片过多地受到导演主体性的干预，而忽视了原作者的意图，恐怕很难算是一种理想的诠释。《名利场》2004年的这个版本，对于没有读过原著的观众来说，仅仅通过影片可能很难了解原著的深度与广度，也很难充分领会到作家对人性与丑陋的社会现象的深刻讽刺。

参考文献

［1］Thackeray, William Makepeace. Vanity Fair A Novel Without a Hero. Beijing：Foreign Language Teaching and Research Press, 1994.

［2］安德烈·戈德罗，弗朗索瓦·若斯特．什么是电影叙事学．刘云舟，译．北京：商务印书馆，2010.

［3］蔡耀坤．美质中藏——读杨必译《名利场》．中国翻译，1994（1）：23-26.

［4］程竹．试析2004年典国电影《名利场》的服装造型设计．电影评介，2013（1）：35-37.

［5］戴维·洛奇．小说的艺术．卢丽安，译．上海：上海译文出版社，2010.

［6］范馨悦．《名利场》中主人公悲剧命运的女性主义解读．文艺评论，2014（10）：166-168.

［7］福斯特．小说面面观．冯涛，译．北京：人民文学出版社，2009.

［8］马嘉．文学翻译的多维连贯性和小说翻译批评——兼评杨译《名利场》的文体连贯性．解放军外国语学院学报，2004（27-2）：68-71.

［9］萨克雷名利场．杨必，译．南京：译林出版社，1994.

［10］申丹，韩加明，王丽亚．英美小说叙事理论研究．北京：北京大学出版社，2005.

［11］孙致礼．评《名利场》中译本的语言特色．中国翻译，1984（10）：37-41.

［12］王敏琴．《名利场》中隐含作者的不连贯现象．外语研究，2003（79-3）：76-79.

［13］杨绛．萨克雷《名利场》序．文学评论，1959（3）：101-112.

［14］张俊萍．"约翰生博士的字典"——评《名利场》中"物"的叙事功能．国外文学，2005（98-2）：82-87.

［15］周煦良．外国文学作品选（第3卷）．上海：上海译文出版社，1986.

（本章作者：黄春燕）

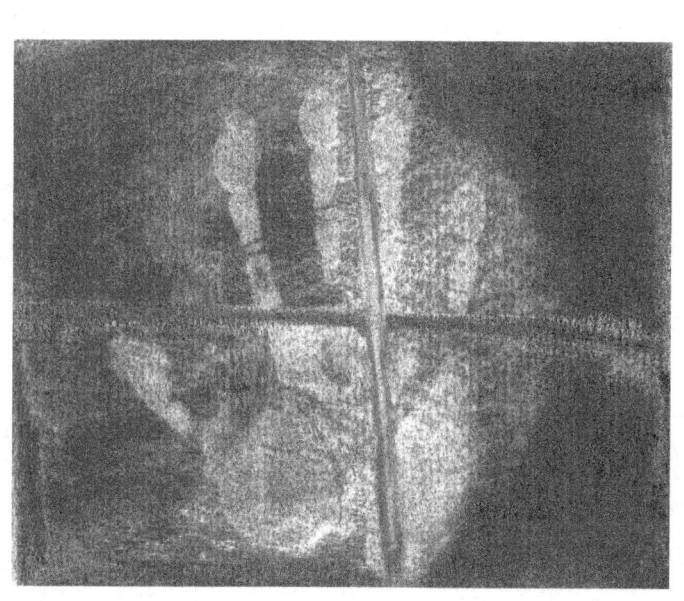

3.《远大前程》

Great Expectations

作者简介

狄更斯（Charles Dickens，1812—1870），19世纪英国杰出的批判现实主义小说家，生活在维多利亚女王时期，9岁时与家人来到伦敦，住在伦敦最贫穷的街道，不久父亲因债务被关进监狱。12岁时他便到鞋油作坊当童工，以微薄的收入贴补家用。幼年的生活经历对他的创作影响深刻，在他的许多作品中都能看到他童年的影子。15岁时，狄更斯被送到一家法律事务所做实习生，很快自学了速记，并离开事务所到一家报社作记者，后又当过杂志编辑、演员和剧作家。丰富的人生经历使他了解了社会的黑暗及底层人民的疾苦，为他的创作提供了多样化的素材，也对他未来思想的形成产生了深刻的影响。

狄更斯一生共创作了14部长篇小说，代表作有《雾都孤儿》(Oliver Twist, 1838)、《老古玩店》(The Old Curiosity Shop, 1841)、《大卫·科波菲尔》(David Copperfield, 1850)、《艰难时事》(Hard Times, 1854)、《双城记》(A Tale of Two Cities, 1859)、《远大前程》(Great Expectations, 1861)等。另有多部中短篇小说和游记。作为一名批判现实主义作家，狄更斯在作品中展现了维多利亚时代英国社会的现实，表达了不公正社会制度的批判，鼓励推动社会变革。

《远大前程》又名《孤星血泪》，是狄更斯后期最成熟的作品之一，也是国内读者最为熟知的外国文学作品之一。1860年该小说以连载的方式正式发表于狄更斯自己创办并编辑的杂志《一年四季》，深受读者欢迎。

撷英采华

片段1：

That was a memorable day to me, for it made great changes in me. But, it is the same with any life. Imagine one selected day struck out of it, and think how different its course would have been. Pause, you who read this, and think for a moment of the long chain of iron or gold, of thorns or flowers, that would never have bound you, but for the formation of the first link on one memorable day. (Charles Dickens, 2016: 62-63)①

译文：

对我来说，这一天是终生难忘的一天，因为这一天在我身上引起了巨大的变化。谁过上这样的一天，也会终生难忘的。

---

① 小说英文引文均出自这个版本。以下只在引文后标注页码，不另加注。

请诸位设身处地想一想吧，假使你们一生中也有这么一个不同寻常的日子，这一天会和平常过得多么两样啊！读者诸君，请你们暂时放下书来想一想吧，人生的长链不论是金铸的也好，铁打的也好，荆棘编成的也好，花朵串起来的也好，要不是你自己在终生难忘的某一天动手去制作那第一环，你也就根本不会过上这样的一生了（狄更斯著，王科一译，2011：79）。①

片段 2：

I crossed the staircase landing, and entered the room she indicated. From that room, too, the daylight was completely excluded, and it had an airless smell that was oppressive. A fire had been lately kindled in the damp old-fashioned grate, and it was more disposed to go out than to burn up, and the reluctant smoke which hung in the room seemed colder than the clearer air-like our own marsh mist. Certain wintry branches of candles on the high chimneypiece faintly lighted the chamber; or, it would be more expressive to say, faintly troubled its darkness. It was spacious, and I dare say had once been handsome, but every discernible thing in it was covered with dust and mould, and dropping to pieces. The most prominent object was a long table with a tablecloth spread on it, as if a feast had been in preparation when the house and the clocks all

---

① 小说中文引文均出自这个版本。以下只在引文后标注页码，不另加注。

stopped together. An epergne or centre-piece of some kind was in the middle of this cloth; it was so heavily overhung with cobwebs that its form was quite undistinguishable; and, as I looked along the yellow expanse out of which I remember its seeming to grow, like a black fungus, I saw speckled-legged spiders with blotchy bodies running home to it, and running out from it, as if some circumstances of the greatest public importance had just transpired in the spider community. (73)

译文：

我经过一个楼梯平台，走进她说的那个房间。那里也是不见一线天光，屋子里空气混浊，一股味儿叫人喘不过气来。潮湿的旧式壁炉里刚刚生了火，看上去是熄灭的份儿多，旺起来的份儿少。弥漫在屋子里迟迟不散的烟，看来真比清新的空气还冷——很像我们沼地里的雾。高高的壁炉上点着几支阴森森的蜡烛，把屋里映照得影影绰绰——如果用词再贴切一些，应当说是几支蜡烛影影绰绰地搅动了满屋子的黑暗。屋子很大，多半从前一度也很堂皇，只可惜如今已非复昔日，屋里纵然有几件物件还依稀可辨，哪一件不是霉尘满布，眼看就要变成破烂。最惹眼的是一张铺着桌布的长桌，仿佛盛宴刚要开始，忽然举宅上下，满屋钟表，都统统停住不动了。桌布中央放着一件类似装饰品的玩意儿，结满了蛛丝，根本看不清它的本来面目。我还记得，我当时仿佛觉得那玩意儿像一个黑蘑菇，在泛黄的桌布上愈长愈大。顺着长长的桌布望去，看见一些腿上长着斑纹，身上花花点点的蜘蛛都以这里为家，纷纷奔进奔出，好像蜘蛛界发生了什么了不得的大事似的。(92)

片段 3：

All other swindlers upon earth are nothing to the self-swindlers, and with such pretences did I cheat myself. Surely a curious thing. That I should innocently take a bad half-crown of somebody else's manufacture is reasonable enough; but that I should knowingly reckon the spurious coin of my own make as good money! An obliging stranger, under pretence of compactly folding up my bank-notes for security's sake, abstracts the notes and gives me nutshells; but what is his sleight of hand to mine, when I fold up my own nutshells and pass them on myself as notes! (198-199)

译文：

世界上形形色色的骗子，比起自骗自的人来，实在算不上一回事，我就是编造了这些借口来欺骗我自己的。你说奇怪不奇怪！假使我天真无知，把别人伪造的赝币当作真币收受下来，这倒也不足为怪；怪就怪在明明是自己伪造的赝币，却明知故犯，把它当作顶呱呱的真币！要是我受了一个陌生人的骗倒也罢了，他至多向我大献殷勤，借口为我的安全着想，替我把钞票用纸包好，趁此来一个调包，把钞票换成一堆废纸塞给我；可是他这一招比起我来，算得什么呢——我是把我自己的一堆废纸用纸包好，冒充钞票塞给我自己的！(250)

片段 4：

We came to Richmond all too soon, and our destination there was a house by the green; a staid old house, where hoops and powder and patches, embroidered coats, rolled stockings, ruffles and swords, had had their court days many a time. Some ancient trees before the house were still cut into fashions as formal and unnatural as the hoops and wigs and stiff skirts; but their own allotted places in the great procession of the dead were not far off, and they would soon drop into them and go the silent way of the rest. (239)

译文：

转瞬就到了雷溪芒，看见大草地上有一幢庄严静穆的古老宅第，那就是我们的目的地。想当年此处乃是皇宫所在，每当朝觐之期，宫女如云，彩裙缤纷，粉白黛绿，俏斑争妍；男士们身披锦绣，长袜过膝，衣光剑影，交相辉映。屋前的几棵古树至依然修剪得端端正正，装腔作势，令人觉得昔日的箍托肥裙，朝臣假发，遗风依稀犹在。可是这几棵树和它们死去的伙伴也只是咫尺之隔，眼见得就要加入那个巨大的行列，寂然而终。(303)

片段 5:

The sun was striking in at the great windows of the court, through the glittering drops of rain upon the glass, and it made a broad shaft of light between the two-and-thirty and the Judge, linking both together, and perhaps reminding some among the audience how both were passing on, with absolute equality, to the greater Judgment that knoweth all things, and cannot err. (402)

译文:

太阳通过法庭大玻璃窗上的亮闪闪的两点照了进来,在三十二个男女犯人和大法官之间洒下一大片阳光,阳光把双方连为一片,也许旁听席上有人见了这个景象就会想到,这双方也即将以绝对平等的地位,去听候那位洞察一切、绝无舛错的更高的审判者的审判了。(514)

片段 6:

The June weather was delicious. The sky was blue, the larks were soaring high over the green corn, I thought all that country-side more beautiful and peaceful by far than I had ever known it to be yet. Many pleasant pictures of the life that I would lead there, and of the change for the better that would come over my character when I had a guiding spirit at my side whose simple faith and clear home-wisdom I had proved, beguiled my way. They awakened a tender emotion in me; for my heart was softened by my return, and such a change had come to pass, that I felt like one who was toiling home barefoot from distant travel, and whose wanderings had lasted many years. (419)

译文：

  时值六月，气候美妙宜人。长天一片澄蓝，碧绿的庄稼上云雀凌空穿飞，我只觉得这郊野的风光比往常真不知要美妙多少倍，宁静多少倍。一路上想着我今后就要在这里过一辈子，脑海里勾勒出一幅又一幅赏心悦目的图景；又想到我一旦把那个心地纯朴、头脑清晰、善于治家度日、我看准了没错的人儿娶来做我的伴侣，给我指引人生的道路，那么我往后为人行事也就会高尚一些。这样漫思遐想，既遣散了旅途的寂寞，又在我心里唤起一脉柔情，因为这次归家，我的心肠已经软了许多；经历了这些人事沧桑，我觉得自己像是个在异乡绝域漂泊经年的人，如今光着脚板，涉水跋山，千里迢迢地归来了。(538)

影片资料

类型：剧情

片长：128 分钟

出品：BBC 电影公司（BBC Films）

导演：迈克尔·内威尔

编剧:大卫·尼克尔斯

摄影:约翰·马西森

主演:杰瑞米·艾文饰匹普

海伦娜·伯翰·卡特饰郝薇香小姐

拉尔夫·费因斯饰马格韦契

杰森·弗莱明饰乔

荷丽黛·格兰杰饰艾丝黛拉

获奖情况:2013年第三届国际电影节最佳女配角奖(海伦娜·伯翰·卡特)。

剧情梗概

小说以第一人称讲述了主人公匹普的成长历程,展现了人性的复杂性及环境对人的巨大作用。全书共分为三个部分:第一部分描写了匹普的童年生活。脾气暴躁的姐姐和心地善良的姐夫乔在乡间开着一家铁匠铺,过着简单的生活,小匹普的梦想就是长大后像姐夫一样做一个铁匠。一天,匹普在教堂墓地见到一个逃犯,并从家里偷了食物和锉刀给他。不久,匹普被介绍到家境富有性情古怪的郝薇香小姐的沙堤斯庄屋,在那里他见到了美丽但冷漠的艾丝黛拉,并对其一见倾心。在那之后,他的内心发生了变化，开始对自己的出身、家庭及生活感到羞耻。一天，他忽然受到一位神秘人物的资助，到伦敦去接受上等人的教育，匹普对此欣喜若狂。小说的第二部分描写匹普在伦敦的生活及从他一个乡下小子到所谓"绅士"的变化。花着匿名恩主的钱，受到身边不良影响，匹普很快就染上了奢靡的习气。他一直以为资助他的是郝薇香小姐，而且她会把艾丝黛拉嫁给他。当他曾帮助过的逃犯马格韦契突然出现在他面前时，匹普才明白自己的恩主原来是这个他所鄙视的逃犯。第三部分描写匹普从梦幻中醒来，为了保护马格韦契而经历的一系列事件。在交往的过程中，他对马格韦契的认识和态度有了很大的转变，对这个待他如父亲般的人产生了感情，负起了责任。在马格韦契出逃失败去世后，陷入人生低谷的匹普得到了乔的悉心照顾和慷慨帮助，重又认识到友谊和亲情的可贵。他加入了朋友的公司，并在几年后回乡探亲时与艾丝黛拉重逢。

【深度解读】之一：
《远大前程》的空间描写

> 在任何一部文学作品中，空间描写都起着至关重要的作用。它可以象征人物的性格，奠定叙事的基调，表明作者的态度，并对故事的发展起到渲染作用。本文将从地理空间和个人空间入手，分析《远大前程》中的空间描写对人物刻画和故事发展的作用。

20世纪中期，文学批评学界开始把探讨的目光从时间转向空间。1945年约瑟夫·弗兰克的《现代文学中的空间形式》，以及其后W.J.T.米歇尔的《文学中的空间中形式：走向一种总体理论》，埃克斯·雷比肯的《空间形式与情节》，鲁思·罗侬的《小说中的空间》等，都对文学作品中的空间问题进行了理论和实践方面的分析与探索。乔治·普莱认为："没有地点，人物仅仅是抽象概念"。普莱所说的"地点"，是指人物性格生成的"场所"，这其实也就是我们所说的空间（龙迪勇，205）。黑格尔也从美学的角度这样说道："作为主体，人固然是从这外在的客观存在分离开来而独立自在,但是纵然在这种自己与自己的主体统一中,人还是要和外在世界发生关系。人要有现实客观存在,就必须有一个周围的世界,正如神像不能没有一座庙宇来安顿一样。"(黑格尔,312)这里的周围的世界指的也是我们所说的空间。

由此可见,空间对于万事万物都是基本的、必需的,在任何一部文学作品中,空间的描写都起着至关重要的作用。空间描写,为作品中的人物搭建起一方舞台,是人物的性格或思想感情的象征,同时奠定故事叙事或明快或阴暗的基调,表明作者的态度及叙述者的情绪,并能对故事的发展起到渲染作用。

《远大前程》采用了第一人称叙事,空间的描写随着叙述者匹普的视角展开,呈现出匹普对事物及人物的认识和态度。"这种描写的方式也代表19世纪中期以后一段时间现实主义文学创作的共同特点,用恩格斯的话来说,就是描写典型环境,目的正是为了塑造这种环境中的典型人物"(高玉秋,77)。本文将从地理空间和个人空间这两大方面分析《远大前程》中空间描写对作品中的人物塑造及故事发展的作用。

一、地理空间

地理空间指的是故事发生的大的区域概念,即城市或乡村。

在《远大前程》中，所涉及的乡村是匹普成长的村庄及沼地，城市则是指狄更斯的伦敦。

1. 乡村

正如狄更斯的一个儿子所说的那样，晚年的狄更斯虽然每天行走于当地乡间，但是他从未喜欢过乡村："我认为，他从来没有精确地了解，或者说从未想要精确地了解到乡村景色和声音……"但幸运的是，作为小说家的狄更斯没有大谈特谈村庄、森林和田野。（赵炎秋，238）或许正是因为狄更斯对乡村缺乏精确的了解，在《远大前程》中他对乡村的描述非常朦胧模糊，以至于主人公匹普生长的村子竟然连个名字都没有。作为故事的起始地，《远大前程》中的乡村并没有一般典型的英国小说中乡村的田园牧歌似的优美和宁静。

在小说的开头，我们看到的最早的空间描述是：

> 蔓草丛生的凄凉所在是教堂公墓……墓地对面那一大片黑压压的荒地就是沼地，沼地上堤坝纵横，横一个土墩，竖一道水闸，还有疏疏落落的牛群在吃草；沼地的那一边，有一条落在地平线底下的铅灰色线条，

就是河流；远处，那阵阵紧吹的急风有个老窝，就是大海。……而河边平地上是我们住的村庄，离开教堂大约有一英里多路，周围是一大片赤杨林子和秃顶树。

(1-2)

这段描述中所用的"蔓草丛生""凄凉""黑压压""阵阵紧吹的急风"和"秃顶树"这一系列形容给整部作品打下了阴郁的基调，读者从中可以推测，接下来要讲述的不是一个轻松愉快的故事。

作为一个孤儿，匹普的生活是灰暗的。幼年时生活在脾气暴躁的姐姐家，经常挨打受骂，他的内心没有孩子应有的无忧无虑。因此匹普眼中的乡村也是一派凄凉，沼地是"阴暗荒凉""寒风萧瑟"的。即使是在小说最后准备送马格韦契出英国的小船上，匹普也感觉四周的景色："很像我故乡的沼地，景色单调，索然无趣，连条地平线也是朦朦胧胧看不分明。"（494）故乡在他的记忆中始终充满了消极色彩。

在小说结尾，经历过命运的大起大落的匹普，满怀着对未来的憧憬回到了乔所在的乡村，此时他眼中的乡村景色才变得明快起来，一如他的心境："时值六月，气候美妙宜人。长天一

片澄蓝,碧绿的庄稼上云雀凌空穿飞,我只觉得这郊野的风光比往常真不知要美妙多少倍,宁静多少倍。"(532)

2. 伦敦

伦敦是狄更斯创作的源泉。他把毕生精力用在对伦敦的观察上,大都市化时期伦敦的混乱无序对狄更斯具有强烈的吸引力,也形成了他特殊的审美趣味:"对于这位未来的小说家狄更斯来说,最为重要的是,他10岁时最大的快乐来源于由罪恶、贫穷和乞讨构成的'光怪陆离'的大都市景观。"(赵炎秋,239)据报道,狄更斯曾颇为得意地说,"在伦敦几百万人中,没有谁比我更了解伦敦"(赵炎秋,252)。一位评论家在1861年也写道:"狄更斯是描写大城市和平民生活尤其是描写伦敦生活的小说家和诗人。除了他,我们不知道能这样称呼的还有谁……这是一个大都市的时代,而狄更斯是大都市的画家……描写都市生活的史诗作者。"(赵炎秋,247)的确如此,对伦敦这个当时的国际都会的深刻了解为他描写19世纪中期的生活提供了便利,伦敦也成为狄更斯小说中最主要的场景。他笔下的主人公也都像匹普一样,虽然生于乡村长于乡村,但都和他自己一样,后来到了这个都市。

基于自己对这个城市的了解，狄更斯对伦敦的描写非常具体清晰。这里的街道都有了自己的名字：小不列颠街、巴索落木围场、齐普赛、新门街、汉麦尔斯密士等，因此呈现出一种确定性。似乎循着他的描写，人们就可以将伦敦浏览一番，以至于有人根据他的描写按图索骥地去参观伦敦。

作为当时世界上最大的帝国的首都，伦敦在所有人的心目中无疑应该是华丽精美富丽堂皇的。初到伦敦的匹普对这个城市的第一印象却与人们称颂的不太一致："当时我们英国人都有一种一成不变的成见——谁要是怀疑我们的东西不是天下第一，我们的人不是盖世无双，谁就是大逆不道。我当时固然给偌大一个伦敦吓呆了，然而要不是由于这个成见，说不定也会有些怀疑：难道伦敦不也是道儿又弯，路儿又狭，相当丑陋，相当肮脏吗？"（179）

和狄更斯的多数作品一样，《远大前程》中对伦敦的描写并没有大都市的富丽堂皇，而是混乱、阴暗、肮脏："我果然来到了斯密士广场：好一个丢人的地方——到处都是污秽、油腻、血腥、泡沫，这些东西似乎都想粘住我。我赶忙拐入一条大街，才算脱了身。一到这条街上，就看见圣保罗教堂的大圆顶在一幢阴森森的石头房子背后向我鼓出了眼睛；据一个看热闹的说，

那幢石头房子便是新门监狱……围墙外站满了人,个个身上酒气冲天。"(181)

匹普发现,伦敦城里不仅环境脏乱不堪,人也冷漠自私、缺乏道德底线。法警是执行法律的工具,理应是规则的化身。但在这肮脏的街道上,一个肮里肮脏的、带着几分酒意的法警却拿大法官当买卖招徕他去旁听法庭审判。不仅如此,伦敦的一切总是显得匆忙、阴暗、混乱无序,这些都给匹普留下了十分恶劣的印象。在这样一个肮脏、堕落的城市,一个来自农村的青年的纯朴天性很容易受到污染,正如恩格斯谈到城市生活对传统规范的破坏:"无家可归的人挤在大城市的贫民窟里;一切传统习惯的约束、宗法制从属关系、家庭都解体了;……突然被抛到一个全新的环境中(从乡村到城市,从农村到工业,从稳定的生活条件转到天天都在变化的、毫无保障的生活条件)的阶级大批地堕落了。"(高鉴国,59)尽管匹普在伦敦的生活衣食无忧,物质生活越来越侈靡,他却感受不到任何心灵的慰藉:"走在伦敦街头,尽管大街上熙熙攘攘,十分热闹,入晚后街灯辉煌,我心头不免感到郁闷,隐隐觉得良心总在责备我不该把家里间可怜的旧厨房抛得那么远;在阒无人声的深夜里,巴那尔德旅馆里那个不会看门的家伙,借值夜为名在四下闲荡,

脚步声一阵阵落在我心上,显得那么空洞。"(204)

二、个人空间

广义的个人空间系指直接围绕着个人的空间和个人在活动中使用的空间。这里的"活动"泛指个人的生命活动、日常生活、劳动生产、人际交往以及认知、情意的思维、心理活动。这里的"空间"系指具体形态的空间,大而言之,如自然空间,社会空间,知觉空间等(周敦耀,16)。本文将以小说中三个人物的个人空间为例,重点讨论两种类型的个人空间:人物的住所和办公区域。

1. 郝薇香小姐家

在空间描写中,家宅同人的关系最密切,也因此常常被作为用来表征人物形象的"空间意向"。匹普来到郝薇香小姐家后,结识了这位古怪的女人及其养女,他的人生观和世界观就此改变。小说对郝薇香小姐的住所由外而内描写得非常细致,以此来展示人物性格。

以下这段是对郝薇香小姐住所的外部空间描写:"这所宅第,砖瓦已年深月久,阴森森的,四面还装着好多铁栅栏。有几扇窗户已经没了；剩下的窗户，低一些的一律护着锈痕斑斑的铁杆。宅前有个院子，装了铁栅门。"(59)铁栅栏，砌死的窗户，护着生锈铁杆，铁栅门，这些描述不仅让读者看到一座陈年老宅，更透露出关于院落主人的第一个重要信息：与世隔绝。

如果往院子里看，则是这样一幅景象："院子里是铺石的地面，收拾得很洁净，不过缝缝隙隙里都长着小草。还有一条小小的通道通向酒坊，通道口的木门敞开着，那头的酒坊也是门窗大开，一直可以望见对面的高高的围墙。里面阒寂无人，荒凉冷落。这里的风似乎比外面还冷，尖声呼啸，从酒坊的门窗里穿进穿出，响得简直和海上摧樯裂帆的狂风没有两样。"(60)院落里有铺石的地面，高高的围墙，还有酒坊，说明家境尚好。但门窗大开的酒坊无人出入，尖声呼啸的风让院子显得格外冷寂。这段关于院落的空间描写又给匹普以及读者留下了这样一个印象：了无生气。

当读者的视线继续往院落深处推进，看到的是一片更加不堪的花园："这扇窗是落地长窗，窗口正对着荒芜的花园的最凄凉的一角。望出去是一大片乱糟糟的白菜梗子，还有一棵不知还是哪年哪月修剪过的黄杨树，像个布丁，树顶上戳出了一簇簇新叶，模样儿既难看，跟原来的色调也不调和，仿佛这个布丁粘在锅子上给烫焦了一小块似的。"（88）疏于打理的花园荒芜凄凉，连树上的新叶带给人的也不是希望，它们如同烫焦的布丁一样令人生厌。乱糟糟的花园更让人看出主人生活的无秩和颓废状态，毫无希望。

外部空间如此令人失望，内部空间又如何呢？小说中这样写道："过道里一片漆黑，只点着一支蜡烛……一看是间挺大的房间，点着好多蜡烛，却没有一线天光透进来。"（61）在院子里形成的荒凉、破败的印象现在增强到黑暗带来的恐怖、阴森的感觉，使得匹普在见到郝薇香小姐之前就先形成了对她的初步认识，这种认识在看到对她本人的描述后得到证实。而随着空间描写的深入，对郝薇香小姐的刻画也更加生动清晰起来：

> 我经过一个楼梯平台，走进她说的那个房间。那里也是不见一线天光，屋子里空气混浊，一股味儿叫人喘不过气来。潮湿的旧式壁炉里刚刚生了火，看上去上熄灭的份儿多，旺起来的份儿少。弥漫在屋子里迟迟不散的烟，看来真比清新的空气还冷——很像我们沼地里的雾。高高的壁炉上点着几支阴森森的蜡烛，

把屋里映照处影影绰绰——如果用词再贴切一些,应当说是几支蜡烛影影绰绰地搅动了满屋子的黑暗。屋子很大,多半从前一度也很堂皇,只可惜如今已非复昔日,屋里纵然有几件物件还依稀辨,哪一件不是霉尘满布,眼看就要变成破烂……(92)

与外部空间相比,住所内部空间更进一步地展现了居住者的生存状态。房间里一片狼藉,黑暗阴森,死气沉沉,成了蜘蛛的栖息地,这种空间描写与对郝薇香小姐本人的描写相得益彰。如果说前面形成的荒凉、阴森的印象只是对一个人的速写,这里对她的画像就基本完成了。遭遇了一系列生活及情感的打击的郝薇香小姐对生活已完全失望,心理变得十分阴暗,一心只想报复所有男性。她的生活不仅凄凉阴暗,而且已经腐朽霉烂。这已不能算是一个活着的人,只是一副有呼吸的躯壳。这个苟延残喘的郝薇香小姐毒害、侵蚀着周围的一切,匹普就是受害者之一,他的人生轨迹也因此被改变。

2. 贾格斯的办公室和住所

作为一个资深精明的律师,贾格斯先生手段高超,但从不表露个人情感,仿佛是一架没有情感的机器。匹普注意到:"贾格斯先生这间屋子只有顶上一扇天窗,没有别的窗子,因此光线极暗;天窗已经经过七修八补,奇形怪状,简直像颗破破碎碎的脑袋,因此从天窗里望出去隔壁几座房子就变得七歪八斜,仿佛是有意怪模怪样地俯下身子来窥探我似的。……贾格斯先生自己坐的高背椅是用乌黑的马毛呢做的,四周钉着一排排的铜钉,活像一口棺材。"(180)这段描写给人一种诡异、冰冷、阴森的感觉,房间里的一切似乎与死亡有着千丝万缕的联系,天窗像"破破碎碎的脑袋"、座椅像口棺材,让人不由得心生恐惧。

不过这样的办公室倒是与贾格斯先生的性格与职业相符。他时刻窥探着所有人的秘密,整日与罪犯打交道,还把许多人送上绞架。至于贾格斯的家,也和他本人一样冰冷无趣:

> 他带领我们走到素荷区吉拉德街,来到大街南面的一幢别有风味的房子跟前——房子气派宏伟,只是油漆剥落,光景凄然,窗户也很肮脏。他取出钥匙开了门,大家跟着走进去,走进一间石头砌成的过厅,里面空无一物,阴森森的,看来平时绝少有人。登上

深褐色的楼梯,来到二楼,一共是三间深褐色的屋子。墙壁上镶着嵌板,嵌板上都镂刻着一圈圈环形的华饰,当贾格斯先生站在这些圈圈跟前迎接我们时,我觉得这些圈圈分明像是某一种圈圈。(意谓绞索)(233)

贾格斯先生的住宅虽然宏伟,但光景凄然。剥落的油漆,肮脏的窗户,看出他对家并不在意。家里本应是家人和朋友情感交流的场所,是个人享受生活的所在,但他的家里却阴森森冷冰冰的,毫无生气,完全没有家的温馨,甚至连装饰墙壁的嵌板上的图案都让人联想到施刑的绞索。房屋主人的强硬冷漠以及个人生活的单调无趣都在这种空间描写中得到了展现。对于贾格斯而言,打官司是他全部的生活,这个所谓家的地方,其实只不过是他的另一个工作场所。屋里的陈设也都是些办公家具,看不到任何家庭生活的痕迹:"房间里有一橱书;我看看书脊,都是些关于证据、刑法、罪犯传记、案例、法令之类的著述……墙角有一张小办公桌,桌上有一盏罩灯,由此可见,他一回到家里就可以把家庭变成事务所,晚上推出公事桌就能干活。"(233)

虽然拥有宽敞的住宅,但对这样一个没有情感和生活能力的人却毫无意义，能利用的也只是一部分。同时，他态度强硬，对一切有着极强的控制欲，连给客人的样样菜肴都要亲自分配："我暗暗留心，发现他总爱把东西都放在自己手边，样样都要亲自分配"（233）。这与前面对他与他人打交道的描述前后呼应，互为印证。

贾格斯先生可以说是这个城市生活方式的典型代表。他是一名律师，一位付费顾问，一位阴谋的操纵者。他总是能够靠着自己的狡诈和诡计成功地为有罪之人辩护。他从来不打无偿的官司。在与他的当事人打交道时，他既果断又冷静。他从不让个人情感干涉自己的事务，冷酷和追求金钱是他性格中最鲜明的特征。他是当时英国法律制度的缩影，而这一制度又恰恰建立在金钱和服务于有钱人的基础之上（李增、曹彦，66）。

3. 文米克的家

在整部作品的空间描写中，只有贾格斯的秘书文米克的家像是一个与肮脏混乱的伦敦隔离的异质空间："哥特式的窗户真是奇形怪状到极点，一扇哥特式的门矮到简直走不进去。他说的吊桥，其实是块木板，架在一道四英尺来宽、二英尺来深的沟上。不过，看他扯起吊桥、拴好绳子时的那种得意扬扬的神气,倒是怪有意思的——他这当儿的笑,才是心里乐滋滋的笑,不是那种刻板的笑脸了。"(227)一座由块木板充当的小小的吊桥,虽然只是架在一道不深也不浅的沟上,却足以将这座花园中央的小木屋与周围黑沉沉的小巷隔开,在这个工业化城市中建造起一个小小的世外桃源。

在这个世外桃源里,有幽静的小径、人工湖和湖边小亭,湖心还有喷泉,从这些精心的设计可以看出主人对家的用心以及对生活的热爱,正如文米克自己所说的,这"一可以荡涤从新门监狱里沾来的蛛丝尘垢,二可以让老人家高兴高兴"(228)。文米克为自己和老父亲建造了一个温馨舒适的家,对老人照顾得细致周到,以至于老人家虽然失聪,却过得开心满足。对待老人的态度,最能反映一个人的品行,文米克在家中为老人设置的便利设施是其温情与善良的最好佐证。

在这个家里,处处都能看到文米克对生活的热情、他的趣味以及各种技能。他"自己做工程师,做木匠,做铅管匠,做园艺匠,样样都自己干"(228)。同时,这个小小的城堡还是友情的港湾,文米克生活中有关情意的话题都是在这里讨论的。在伦敦,他只是一个职业人,以职业的方式谈论业务,而在这里他真诚地款待朋友匹普,并为他出谋划策。

"在日常生活中，住宅能够鲜明地体现出主人的志趣、爱好、性格和审美水平等诸多方面。同样，在文学作品中，作家也会特别注意联系主人公的相关特点设计人物活动于其间的房舍庭院"（高玉秋，77）。这一点在文米克身上表现得最为充分。作为一个秘书，在事务所里，文米克和其他人一样戴着面具工作。回到这个小小的城堡，他内心深处对家人的爱和对生活的追求就淋漓尽致地挥洒出来。这个小小的城堡，就像是荒漠中的一片绿洲，在伦敦这个冰冷淡漠的都市中保留着爱、亲情和友情。

三、结语

《远大前程》通过对地理空间和个人空间的描写，生动鲜明地刻画出人物性格，为故事发展作好铺垫，使读者对整部作品的理解及对作者写作意图的把握更加精准到位。空间描写大大提升了《远大前程》的感染力，为这部不朽作品的广为流传起到不可或缺的作用。

【深度解读】之二:
社会环境对《远大前程》中主要人物的影响

> 环境对人物的影响是狄更斯小说不断重复的主题之一,他认为不同的环境可以造就不同的人。本文将分析社会环境,即人与人、人与整个社会的关系对《远大前程》中主要人物的影响。

狄更斯晚期的小说《远大前程》被公认为是他最成熟的作品之一。与他的其他弃儿与成长小说相似,故事讲述了孤儿匹普的成长经历以及心理变化,再次表现了狄更斯小说的经典主题——环境对人物影响,即不同的环境可以造就不同的人。根据托马斯·哈代的"性格与环境"小说的模式,"环境可以划分为自然环境和社会环境两种。自然环境是指人物生长、生活的自然处所;社会环境则是指人与人、人与整个社会的关系,也包括当时社会价值取向(经济地位、思想教育、道德伦理标准、男女地位)以及其他社会关系营造下的大气候。"(李增、王丁,62)本文将重点讨论分析社会环境对《远大前程》中几位主要人物的影响。

一、匹普

狄更斯辛酸的童年经历对他的写作影响巨大，在他的笔下出现最多的是弃儿，即"在物质上或精神上不能得到满足，部分或全部被当时的社会所忽视并抛弃的一类儿童。"（陈洁，90）和《雾都孤儿》中的奥立佛·退斯特及《大卫·科波菲尔》中的大卫一样，匹普是狄更斯塑造的另一个弃儿形象。他命运的发展可分为四个阶段，每个阶段都可见清晰的社会环境的烙印。

1. 乡村童年的环境与经历的影响

小匹普连父母的模样都没见过，被脾气暴躁的姐姐一手拉扯大。虽然有善良的姐夫乔的呵护，但多数情况下，他和姐夫就像一双难兄难弟，都免不了姐姐的训斥、责骂，甚至敲打，这样的生活环境造就了他脆弱和易受影响的性格："我这样感情脆弱，原是姐姐一手教养成的。不管谁教养孩子都好，孩子在自己的小天地里，体会最深切、感受最灵敏的，莫过于遭受虐待这回事了……我在她手里挨骂挨打，丢脸挨饿，觉也睡不好，还得这样那样悔罪补过，于是长年累月就养成了这种反抗心理；外加孤苦伶仃、无依无靠，成天抱着这种心理和自己嘀咕，我的生性胆怯和感情脆弱多半就是这样造成的"（69）。

同时，他从邻居们那儿得到的并不是通常长辈对孩子们应有的照顾和呵护，而是无端的指责和训斥，这也使他的幼小的心灵受到伤害，长期担惊受怕的生活使他变得胆怯，宁愿一个人独处："只要他们把我撇在一旁不加理睬，我就心满意足了。糟就糟在他们偏不肯放过我。偏偏老是要谈论我，拿我当作话把儿，仿佛是机会难得，决不肯轻易错过。我简直成了西班牙斗牛场上一头不幸的小公牛，他们那些仁义道德的谈话好比是一根根刺棒，刺得我遍体创作，好不疼痛。"（27）恶劣的成长环境使匹普不敢对未来抱有奢望，只想长大后能跟姐夫乔学徒，做一名铁匠。

2. 进入沙堤斯庄园后的匹普开始迷失

一个偶然的机会，匹普经人介绍来到了郝薇香小姐的沙堤斯庄园，之后他原本平静的生活就起了波澜。郝薇香小姐的宅院到处充斥着腐朽的气息，但庞大的家产仍使各种能与之扯上关系的人趋之若鹜。匹普在这里见到了郝薇香小姐的养女艾丝黛拉。美丽的艾丝黛拉为人傲慢,毫不掩饰对匹普的轻蔑。听到喜欢的女孩对自己的嘲笑,少不更事的匹普开始对自己以及自己的处境不满起来:"过去我从来也没有想到过我的手有什么见不得人,可是这时候竟然也认为自己的手实在生得很不像话。她对我的轻蔑视可着实厉害,竟像有传染性似的,于是连我也轻蔑起自己来了。"(67)

出于对自己的生活状态的不满,他最亲近的也是对他影响最大的姐夫乔在他的眼里也变得粗俗起来。他开始抱怨为什么乔没有更好的教养,那样自己也就不会如此低三下四,受人奚落。他开始为乔感到羞愧,并担心艾丝黛拉会看不起他。虽然这个宅子破败灰暗,里面的人行为怪异,但他已经开始羡慕这个宅子里富有的生活,他感到艾丝黛拉与自己简直就是"一个天上,一个地下"(79)。与自己喜欢的女孩的这种身份及地位的悬殊差别,使匹普对自己形象和地位的不满日益加剧,在他身上引起了明显变化,他开始撒谎,并把自己的这种转变归结为环境的影响:"郝薇香小姐家里有一位骄气逼人的漂亮的年轻小姐说我低三下四,是个寻常小子,我也知道自己很平凡,却又希望自己不要那么平凡才好;我说,我刚才说那些谎话,自己也不知道是怎么搞的,不过反正原因就在这里。"(77)成熟后的匹普在回首这段往事时，反思了在这个宅院的经历对自己的影响："处在这样的环境中，我能变成个什么样的人呢？我的性格怎么能不受影响呢？每次走出这些昏黄朦胧的屋子，来到光天化日之下，我岂止眼睛发花，连头脑都迷糊了，这又有什么奇怪呢？"（106）

随着时间的推移，匹普对自己将要从事的铁匠行业的态度也有了转变，他不再想成为姐夫乔那样的铁匠。不仅如此，他对自己居住的环境也开始不满，家在他的眼里不再是最精致的沙龙，神秘的所在，富丽不足雅洁有余，而是变得粗俗下贱，绝不能让郝薇香小姐和艾丝黛拉到这里来看他。匹普对自己的变化并非心安理得，他明白自己忘恩负义，理应受到惩罚，但他却无力改变，这种内心的斗争让他感到痛苦。随着内心深处对自己和处境的不满日益加剧，却又无力改变，匹普对未来越来越感到迷惘："我常常在星期天黄昏站在教堂公墓里，看夜幕降落，拿我自己的前程跟那一片寒风萧瑟的沼地景色相比较，觉得二者倒颇有些类似之处：一样单调，一样低下，一样看不见出路，一样是浓雾弥漫，大海茫茫。……（118）觉得一时间仿佛天上落下一块厚厚的帷幕，盖没了人生的一切乐趣和美妙的幻想，使我百无聊赖，只有浑浑噩噩耐着性子度日。"（117）

离开郝薇香小姐家后,情况并没有好转,那个院落给他的影响已经深入骨髓。当初由潘波趣带进郝薇香小姐府第时,匹普还是一个胆怯天真的小男孩,从那个破落的豪宅走出的他,已经变得虚荣势利,充满了对财富和地位的渴望。所幸匹普的姐夫乔是个正直朴实的人,在匹普的成长过程中乔给予了他不少正面的影响。在匹普对自己的处境不满时,当他懊恼于自己的平凡,自卑自贱时,是乔让他看到了人性的真和善,并将他从迷失的道路上拉了回来。正如匹普自己反思的那样:"当年我没有逃出去当兵或做水手,并不是因为我忠于所事,而是因为乔忠于所事。我之所以还能沉得住气,干活干得还算卖力,并不是我深深懂得勤劳是一种美德,而是因为乔深深懂得勤劳是一种美德。一个和蔼可亲、光明磊落、尽心竭力的人能起多少移风易俗的作用,固然难以判定,可是我们与这种人朝夕相处,自己受到的潜移默化则是可得而知的。"(118)

虽然在匹普的成长过程中,乔的善良正直在少年懵懂的爱情及财富的巨大引力面前显得有些势单力薄,但乔的榜样力量在匹普的情感深处埋下的善的种子,是他日后成长与回归的前提。

3. 意外获得的财富促成了匹普的道德滑坡

　　因为心中长期存有对地位及财富的需求及改变命运的迫切愿望，当贾格斯告知匹普他将得到一大笔馈赠时，他显得有些迫不及待，恨不得立刻动身前往伦敦去体会梦寐以求的另一种生活。那个时刻，他感觉自己俨然已经成为上层人士，对养育自己的故乡的一切都趾高气扬起来，仿佛一切都已经无法满足他这个上等人的需求。连满天的星星"都不过是些贫苦下贱的星星，因为这些星星照见的无非是些和我朝夕相处的乡里景物"（161）。对乔，这个世界上对他最好的人，他的态度也明显地苛刻粗鲁起来，拿出一副居高临下的姿态："乔，现在看来很遗憾，只可惜我们在这儿学习的时候，你的进步未免太少了点，你说是不是？"（164），他还认为乔"在读书写字和礼貌规矩方面就很欠缺"（165）。

　　由于这笔意外之财，那些平日对他横加指责的人对他的态度也有了根本性的变化，全都换上了一副毕恭毕敬的嘴脸。匹普说，在特拉白先生的裁缝铺里，"我才第一次毫不含糊地理会到了金钱的威力之大"（169）。特拉白先生变得无比客气，唯恐对我招待不周。一向对匹普指责训斥的潘波趣先生态度的转变也令人瞠目结舌，无数次"我可不可以"地请求与匹普握手，以表示他由衷的敬意。连匹普准备把新衣服暂时在他店里搁一下也被看作是对他的抬举，并把自己的住房让给匹普换装。这些势利小人的令人作呕的表现使得匹普更加确认自己现在已经是上等人，他对乔等普通人开始避之唯恐不及，认为乔现在已经不配和自己站在一起了。

到了伦敦，由于贾格斯先生对他的纵容以及伦敦这个大都会的潜移默化的影响，匹普很快就养成了奢华的习惯，虚荣心迅速膨胀，也变得势利冷漠。听说乔要来看他，按照常理本应该高兴的他表现却令人心寒："虽说我和他情深谊厚，可是听说他要来，我却并不快意；非但不快意，还相当心烦，感到有些羞愧，尤其念念不忘的是彼此的身份悬殊。要是给他几个钱能叫他不来，我宁可给钱"（241）。当乔来到伦敦之后，因为乔的举止不够得体，匹普对他表现得很不耐烦。回到镇上去看郝薇香小姐时，匹普本该也本想回乔家去住的，却在给自己找了一堆站不住脚的理由后最终选择在镇上饭店住了下来。在参加姐姐葬礼的晚上，"我问他能不能让我睡在我往日睡惯的那个小房间里，他听了这话很高兴，我也很高兴，因为我觉得我能提出这样一个要求，就已经是一件很了不起的事了"（317）。

在伦敦的衣食富足的生活已经完全改变了匹普。现在他回到乡村，竟然觉得能屈尊在自己以前的房间住上一晚已经是一个了不起的善举，这似乎已经是给善良纯朴的乔的一大恩惠。曾经淳朴的乡村男孩，在大都市物欲横流的环境中彻底迷失了自己。

4. 马格韦契回国使匹普看清形势，也使他的人性得到升华

当匹普已经习惯了伦敦的生活并为了艾丝黛拉与另一个纨绔子弟争风吃醋时，在一个雨夜，他当年帮助过的逃犯马格韦契突然出现在他面前，他终于明白正是这个逃犯长期的辛苦劳作才使他有了现在的生活。本以为是家境富有的郝薇香小姐为自己提供了一切，并安排了与艾丝黛拉的婚姻，现在却发现自己的一切都是一个处于社会最底层的逃犯孤独辛苦、年复一年的汗水换来的，这对匹普是一个很大的打击。感觉已经是上等人的他无论如何不愿与逃犯有任何联系，可现实却让他无法与这个人撇清关系，这使他陷入一种无奈的绝望中。他感觉自己的命运已经与这个逃犯的命运紧紧地联系在一起，无法逃脱。但当想到这个人如今又冒着生命危险赶回来看的时候，匹普却又深受感动。

几天的相处和了解之后，匹普对马格韦契渐渐产生了感情。当危险出现时，他把马格韦契安置到朋友处。为马格韦契的安全考虑，匹普和朋友决定把他送出英国。他们周密地安排好他的生活，并为他的出行精心做着准备。当马格韦契受伤并被警察押上小艇，匹普身上善的一面彻底觉醒："我在马格韦契身旁坐定，心想，从今以后他在世一天，我就得一天守在他身旁。……我只觉得他待我恩重如山；这么许多年来始终对我情深意厚，感恩不忘，宁愿倾囊相报。我觉得他对待我，比我对待乔真要高尚千万倍。"（503）马格韦契被判绞刑，匹普每天前往监狱探望照料，为了不让他担心，他隐瞒了自己已经一无所有的事实。

马格韦契在监狱去世后，债主纷纷登门索债，匹普大病一场。这时乔来到伦敦悉心照顾匹普，又倾其所有为他还清所有的债务，并在匹普痊愈时悄然离开。经历过这一切之后，匹普更加深刻地认识到友谊和亲情的可贵。他离开伦敦，回到了幼时的家和乔的铁匠铺，对故乡的回归也意味着他人性的升华。

小说的主人公匹普起初是一个纯朴天真的孩子，但由于受到郝薇香小姐及艾丝黛拉的影响，他开始向往财富和地位。意外获得的财富使他如愿以偿过上了上等人的生活。伦敦这个物欲横流的都市让匹普对物质生活的追求日趋强烈，染上了种种恶习，与善良渐行渐远。直至马格韦契突然出现他才如梦方醒。这个底层囚犯对他当年善行的真情回报让他感动的同时也意识到自己对乔的亏欠。其后乔在他深陷困境时的倾囊相助使他再度认识到亲情和友情的宝贵，这也促成了他最终向善的回归。匹普的经历表明了在人的成长过程中，环境往往起着决定性的影响。

二、郝薇香小姐

古怪的郝薇香小姐对匹普来讲是一个负面影响，而她自己之所以从一个富豪千金变为一座废宅里的幽灵，也完全是由社会环境造成的。

郝薇香小姐自小是一个娇生惯养的孩子，父亲去世后，她继承了丰厚的遗产，却落入同父异母的弟弟和骗子设下的圈套。由于目中无人，情迷心窍，又不听劝阻，郝薇香小姐与一个骗子订了婚，却在婚礼当天发现自己被骗。感情遭受重创的郝薇香小姐从此对生活失去了希望，几乎切断了和外界的一切联系，任凭整座宅子连同自己一同荒废下去。

尽管仍然拥有大量家产，郝薇香小姐的生活却凄凉至极。她领养了艾丝黛拉，以一种扭曲的方式将她养大，作为自己向男人报复的工具。她"逼着艾丝黛拉一一报出她已经迷住了那些男人,姓甚名谁,身份如何。郝薇香小姐在细细玩味这张名单时,那种专心致志的劲儿,只有受尽了创伤、丧失了理性的人才会有。"(340)当匹普对艾丝黛拉诉说自己心中的爱慕以及所受到的伤害时,郝薇香小姐仿佛看到当年自己情感悲剧正在重演,她的良知被唤醒,开始意识到自己的所作所为正在毁掉另一个人的生活:"可是那鬼魅似的郝薇香小姐,手依然按着心房,却似乎整个身子都化成了两道鬼森森的目光,满含着怜悯与悔恨。"(410)为了弥补自己的过失,她同意出资帮助她的亲戚、匹普的朋友赫伯尔特,并请求匹普的原谅。

郝薇香小姐逐渐恢复了正常女性的温情和母性,开始用"匹普,我的好孩子"这样的称呼。匹普感叹道:"她对我的这种深情,我还是第一次看到,我觉得其中有一种诚挚的女性的同情。"(449)遗憾的是,就在她的生活即将回归正轨时,残破的房间壁炉里窜出的火舌将她吞噬,将这个可怜的社会环境的牺牲品永远定格这个幽暗的所在。在整部作品中,郝薇香小姐是一个彻头彻尾的悲剧人物。她自己一生都未能摆脱年轻时那场骗局的阴影,她一手制造了艾丝黛拉的人生悲剧,并在良知被唤醒之际被夺去了生命。

三、艾丝黛拉

艾丝黛拉从小就不知自己的父母是谁，在沙堤斯庄屋那个怪异的环境中长大。在这个阴森的大房子里，在珠宝的诱惑下，她被幽灵似的郝薇香小姐打造成报复男人的工具。畸形的生长环境使她的心理严重扭曲，缺乏这个年龄的少女应有的温柔，以伤害男性为己任，正如她对匹普坦言的一样："我心里没有柔情，没有同情——没有感情——没有这些无聊的东西。"（264）

艾丝黛拉似乎根本没有爱的能力。虽然了解匹普对她的感情，她却不懂得该如何像普通的青年男女那样正常地去爱，她能做的只是不去欺骗他。她警告匹普："我说的可是正经话。如果我们今后要经常相处下去，我劝你还是先相信我这句话。我对什么人都没有用过感情。我心里压根儿就没有什么感情不感情的。"（264）匹普最终也明白，艾丝黛拉完全不懂得什么是爱，无法理解自己对她的一片痴情。

在郝薇香小姐的豪宅里，艾丝黛拉像一个傀儡一样活着，没有自我，心智也不健全。她感到厌烦，想要改变，却又不知该如何正常地生活，所以她只能拿自己的婚姻开玩笑。艾丝黛拉决定嫁给品行低劣的纨绔子弟蛛穆尔，却又向匹普保证："我不会使他幸福的,决不会。"(409)艾丝黛拉始终没有逃出郝薇香小姐为她制定的生活模式,她再次完成了郝薇香小姐赋予她的使命:向男人复仇。用自己的青春和幸福做代价去向一个恶棍复仇,艾丝黛拉这样的一生不能不令人感到惋惜。

四、马格韦契

作为一名逃犯,马格韦契处于社会的最底层。他连自己出生在什么地方都不知道,到处流浪。他讨饭、做贼,能干活的时候也干活,但这种机会不多,因为没人愿意把活给他。他自己提到,"有家小客店里来了个逃兵,教我认字,还有个走江湖的巨人,教我写字,那一阵子我比以前坐牢坐得少了。"(387)由此可以看出,如果有机会接受教育,他的人生或许会是另一种景象,这也更加说明环境对人的塑造作用。

上过公立寄宿学校、混迹上层社会的康佩生使马格韦契的人生误入歧途。同样的罪行,法庭在定罪时却考虑到身份,对打扮得像个上等人的康佩生从轻发落,而对来自底层的马格韦契则给予重判,理由是他只会愈变愈坏。社会的不公更加剧了马格韦契的悲剧。

马格韦契是一个本质善良的人,在被官兵带走之前还主动为帮助他的匹普开脱，说是自己偷了食物，使得匹普免受责罚。在遇到匹普之后，他立志要报恩，不过他对匹普的感情是复杂的。除了报恩因素之外，匹普还是他对抗这个势利社会的工具："我回到本国来，就是为了看看我培养的上等人花起钱来像个上等人的气派。那我才乐呢！……从那戴假发的法官算起，到那些骑着骏马扬起满天尘土的移民为止，个个都是混蛋！我要拿出一个上等人来让他们瞧瞧，我敢说他们那一伙统统加在一块儿，也比不上你呢！"（370）

对于匹普，马格韦契还有着很深的父爱情结，因为这个孤儿使他想到了自己的女儿，他愿意把他当作自己的孩子一样宠溺。在几十年的颠沛流离之后，是匹普又让他感受到了一丝生活的温情，享受到了天伦之乐。同样，匹普也在马格韦契收获了缺失的父爱。和匹普在一起之后，马格韦契的身上也发生了明显的变化。为了能与上等人的匹普在一起，他一再表示会改变自己粗野的说话方式，能够见到匹普并感受到匹普的关心，连他饱经沧桑的脸上的神情也变得温和了。

马格韦契的不幸遭遇源于他从小的生存环境，他性格的形成与改变深受身边人和事的影响。在他和匹普相聚的那段短暂时间里，父子情缘填补了他们彼此生活中的空白，从未有过的亲情将俩人内心的善良和温情激发出来，俩人因此都完成了各自生命中最重要的转变。

五、结语

"人是社会的动物，人的生存和发展离不开特定社会环境。社会环境既是人们通过交往建构起来的社会存在，又是制约和决定人的存在的先在前提。正是在这种生成和预成的关系中展开了人与社会环境之间的互动关系。"（何中华，40）《远大前程》中的主要人物匹普、郝薇香小姐、艾丝黛拉和马格韦契之间，互相作用，彼此影响。每个人的命运都深受周围环境的影响，每个人又作为社会环境的一个组成因素影响着他人。

【深度解读】之三：
电影《远大前程》中的改编手法分析

> 狄更斯的《远大前程》面世以来，多次被改编为其他艺术形式。2012年公开放映的同名电影虽然力求忠于原作，但仍有许多改动。本文将从叙事手法、人物处理和情节设计三个方面分析电影与原作的差异。

2012年由迈克尔·内威尔执导、BBC电影公司出品的《远大前程》公开放映，这是根据查尔斯·狄更斯的同名小说改编成电影的第11个版本。对于这次改编，评论界褒贬不一。总的说来，电影力求忠于原著，很多台词都是小说中的语句。但要把这样一部长篇巨著的内容在短短的120分钟内呈现出来，从内容到表现形式等各方面的变化是不可避免的。本文将从叙事、人物处理和情节设计三方面分析此版本的电影改编和原著的差异。

一、叙事

在小说中，作者使用第一人称叙事，而且采用了叙述自我和经验自我相结合的方式,一方面是成年的匹普对当时的情节进行叙述、回忆或评论,观点成熟、冷静、客观。如在小说的开头,便是叙述自我对故事背景的介绍:"我父亲姓匹瑞普,我自己的教名叫做斐理普。童年时口齿不清,这姓和名我念来念去都只能念成匹普,无论如何也不能念得更完整,更清晰。于是金额就管自己叫匹普,后来别人也跟着匹普匹普地叫开了。"(1)另一方面则是经验自我实时地描述"我"所经历的故事,由于年龄的关系和事件的不确定性,语气稚嫩、紧张、主观性强。比如:"走到沼地上,雾更浓了,迷蒙之中只觉得一切景物都冲着我扑过来,而不是我朝着什么目标奔过去。一个做贼心虚的人,遇到这般情景,着实不好受。闸门、堤坝、河岸,都纷纷破雾而出,冲到我面前,还好像毫不客气地向我大声吆喝……"(17)

这种双重叙事有着自己强大的优势,叙述自我的讲述可以是全面的,对过去的事情进行反思、评论,也可以对经验自我看不到的事情进行叙述。而经验自我又可以对旁观者看不到的内心活动进行描述,增加读者感知的深度。叙述自我和经验自我是第一人称回顾性叙述中特有的双重视角,两种视角"可体现出'我'在不同时期对事件的不同看法或对事件的不同认识程度,它们之间的对比常是成熟与幼稚,了解事情的真相与被蒙在鼓里之间的对比"（艾晓玲，59）。

在电影中，导演舍弃了第一人称叙事，而改用第三人称视角，不可避免地造成一部分内容缺失。如路边杆子上的铁笼子，虽然给了两次特写镜头，但不读原著，观众根本不知道那是个什么东西，它引起的恐怖情绪更无从谈起。电影开头在厨房里姐姐提到"焦油水，你小心点"，也让观众有些不知所云。小说中叙述自我的讲解就使我们明白它的用处："当时不知是哪一位狗大夫，存心复古，提倡用焦油水当作万应良药；乔大嫂的橱里就常年备有这种药水，大概认为这种东西既然那么难吃，就必有神效无疑。"（12）

二、人物的处理

电影《远大前程》对人物的处理上，有三种情况值得引起我们的关注，人物的省略、人物的合并，以及个别小说中人物的保留引起的困惑。

1. 省略

由于篇幅所限，改编电影很难保留长篇小说中繁杂的人物关系，为此只保留故事的中心情节和人物，而对一些边缘人物进行删减是很正常的。在《远大前程》中，一些小说中用来丰富内容、刻画立体人物性格，或为故事情节作铺垫的人物在电影中都没有出现。

（1）奥立克

在小说中，关于奥立克的描述有很多处。虽然只是一个边缘人物，但他在原作中对故事发展起到重要的承接作用。如作为乔的伙计，他与匹普的姐姐发生了冲突。为了报复，他从背后打伤了匹普的姐姐，使她卧床不起，因此才有了毕蒂被请到家中照顾姐姐的情节，这样，匹普自然会与毕蒂接触频繁，毕蒂与乔最后结婚也让人感觉正常。奥立克喜欢毕蒂，但匹普极力保护毕蒂，不让他有机会接近。奥立克曾一度在郝薇香小姐府上看门，是匹普建议辞退了他。这些都使奥立克怀恨在心，并设计暗害匹普，使故事在临近结尾时又加了一层曲折和悬念。

在电影中，因为没有奥立克这一角色连接，毕蒂与匹普的关系就停留在毕蒂曾经在私塾中教过匹普这一层面上，他们也就没有同处一个屋檐下的机会，在生活中毕蒂也就不能在点滴小事上对匹普进行影响，她在故事中及在匹普生活中的重要性相比小说小了很多。

(2) 赫伯尔特的父母马修·朴凯特先生及夫人

马修·朴凯特先生是匹普在伦敦的老师，马修·朴凯特夫妇在小说中对于叙事的作用并不大，但却丰富了人物关系，同时为我们提供了一些那个特定时代的历史素材。比如，通过他们读者可以了解，那个时代英国就已经开始有家政学的教育。但具有讽刺意味的是，作为受欢迎的家政学的教授，他对自己的家政管理却毫无作为，将自己家的大权旁落于女仆手中。书中对朴凯特夫人的描写为我们展现了19世纪中期一些人对爵位制度的病态热衷，这其实是人们对金钱和地位崇拜的另一种表现形式。朴凯特夫人的形象为小说增添了幽默诙谐的色彩。

在电影中马修·朴凯特只是在马格韦契的回忆中出现过，没有任何台词。严格说来不能算作人物，更应看作是背景的一部分。作为教师形象出现的马修·朴凯特在影片中的缺失，使观众觉得匹普在伦敦似乎除了吃喝玩乐，无所事事，这种处理不如小说中的描述真实合理。

2. 合并

电影中的潘波趣先生是小说中三个人物的合并，他使用了种子商人潘波趣的名字、裁缝特拉白的职业，以及教堂里的办事员伍甫赛先生圣诞节午宴上的祷告词。

在小说中，身为裁缝的特拉白先生，在得知匹普受财前后的态度，表现出小商人趋炎附势的嘴脸。伍甫赛先生是教堂里的办事员，他在故事开始时的圣诞节午宴上念饭前祷告，后去伦敦演戏，有时会在酒馆读报，好为人师。潘波趣先生是一位种子商人，他是乔的舅舅，与乔一家尤其是匹普的姐姐关系较密切，是他带匹普到郝薇香小姐家，因此以匹普的恩人自居。

电影中，这几个人物都合并在潘波趣名下，这种改编手法既简化了人物关系，又使一些次要但有用的信息得以展示。而潘波趣的原型之一伍甫赛先生则被改编为圣诞午餐上的一名路人甲，在圣诞节追捕逃犯一场后就没再出现。

3. 保留但处理不当

虽然是改编电影，但它仍然是一个独立作品，应该让观众在没有其他信息辅助的情况下理解故事发展及人物关系。但由于这部电影中保留了某些原著中的人物，却又处理不当，给人以匪夷所思的感觉。比如在电影 24 分 42 秒处，在简易教室的讲台上突然出现一个趴在讲桌上睡觉的老人，影片对此没有任何交代，令观众费解。读过原著的观众才明白她是伍甫赛先生的姑奶奶，在家开了间私塾，毕蒂是她的助手。电影中保留的这个人物，对叙事没有任何帮助，却对观众造成困扰。

三、情节设计

由于人物处理及其他因素的影响，电影中的情节也发生了一些变化。以下试举几例影片对情节的改变、添加，以及个别改编后不太合理的情节。

1. 情节的改变

（1）关于毕蒂和匹普的感情

在书中，这个聪慧的姑娘是匹普愿意敞开心扉的人，也会给匹普坦诚的忠告。在匹普一心想成为上等人时，毕蒂劝他脚踏实地地过自己的平实的生活；当匹普表示对乔的不满时，毕蒂提醒他乔有自己的尊严；在匹普的财富一夜之间化为乌有时，毕蒂又能善解人意，让乔去帮助他同时又不伤害他的自尊心。小说中的毕蒂和乔一样，在匹普的生活中起着非常重要的作用。她是正能量的来源，是匹普的良师益友。而在电影中，毕蒂只是私塾的助教，后来对匹普示爱而没得到应有的回应。她对匹普的影响表现得少了许多，这个人物的重要性也大大降低。

（2）关于贾格斯

贾格斯在小说中是一个精明的冷漠的律师，没有明显的偏向性。他跟所有人都只是业务关系，收取费用并为别人提供相应的法律服务。但电影中他的控制性更强一些，比如，在匹普刚到伦敦时就"擅自"让他加入了一个上流绅士的俱乐部，而在小说中，是后来"史塔舵建议我们申请加入林鸟俱乐部。这个团体无非是让会员们每隔两星期聚会一次，大吃大喝一顿，吃饱喝够就天翻地覆地相互吵闹一通……"（305）同时他表现得好像是郝薇香小姐和蛛穆尔的代言人，当舞会上匹普因蛛穆尔与艾丝黛拉跳舞生气离开后，艾丝黛拉追了出来，向匹普解释，却被贾格斯强硬地叫走。这种表现，使他带有极强的倾向性，失去了这个人物应有的精明冷漠的特性。

（3）匹普和艾丝黛拉的感情

在原著中，艾丝黛拉是一个不懂得真爱，缺乏真情的人，她对待匹普也很轻蔑冷淡。电影中匹普和艾丝黛拉的感情则显得比较正常。在电影32分6秒时，艾丝黛拉教匹普像个绅士一样跳舞，可以看出他们已经相处得像朋友，以至于郝薇香小姐感到惊愕，随即打发匹普离开。匹普向艾表白自己的爱并请她不要嫁给蛛穆尔时，艾丝黛拉更是明显表现出对匹普的感情。

她眼中含泪，深情地对匹普说，"把手给我，你要幸福，匹普。时间会抚平一切伤口，不出一周你就会忘记我的。"然后含泪与匹普深情对视。当匹普向她保证会永远记住她时，她任由其轻抚她的面庞，与匹普接吻时，泪珠从她的脸庞滑落。当匹普恳求她跟他走时，艾丝黛拉表现出明显的思想斗争，她走向匹普，后又停住，满脸泪痕地痛苦地返回到郝薇香小姐身旁。因此，电影中的艾丝黛拉更像一个正常的感情丰富的少女，而不是一个在阴森的豪宅长大，被一个古怪的幽灵般的女人训练成的报复男人的工具，这已经偏离了书中人物的形象。

2. 故事情节的添加

电影进行到1小时46分，在芦苇丛中坐在小船上等待轮船的时候，匹普读着玛丽·雪莱1818年发表的科幻小说《科学怪人》（也被译作《弗兰肯斯坦》）中的一句话："淅沥的雨点稀稀落落地打在松树上发出阴沉的声响，我的蜡烛即将燃尽，在半明半暗的微光中，我看出那生物睁开一只暗黄色的眼睛，我听见了它在呼吸。"这似乎是一种暗示，正如怪物睁开可怖的眼睛，呼吸声响起一样，在这个阴沉的夜晚，灾难即将来临，他们的出逃计划面临厄运。影片所添加的这个细节，在本已阴暗的画面和氛围中加入一丝恐怖的气息,为后面将要发生的事情作好铺垫。

3. 不合理的情节

电影中的有些地方看似保留了原著中的情节,但由于前面相应内容的删减,使得信息链发生断裂,如果不读原著则很难理解这些情节。

(1) 给马格韦契两个英镑

影片保留了匹普再次见到马格韦契时给了他两个英镑的情节。在小说中,匹普拿出这两个英镑是很合理的。因为这是几年前马格韦契托狱友带给小匹普的,是对他的第一次回报。而现在见到马格韦契后,匹普是想把两个英镑还给他,"这笔钱我现在就还给你,请你务必收下。你可以拿去再接济别的苦孩子。"(356)这样既是还清他的钱,与他划清界限,同时在他自己看来也是以一种委婉的方式帮助马格韦契,因为这个时候,匹普还不知道马格韦契在国外过得很好。但是在电影中,由于没有前面赠送英镑的故事作铺垫,直接给一个人两个英镑作为礼物会显得不合情理,特别是在对方已经说明他现在过得很不错的情况下。

(2) 贾格斯吃饭的情节

在原著中,贾格斯请匹普带几个朋友去他家做客。这次家宴使我们有机会通过他的住所及他的行为方式对他的为人有了更进一步的了解。电影中保留了贾格斯请匹普吃饭的情节,而且有些台词几乎与小说中一样,但场面描写却比较混乱。首先,到底谁是主人?贾格斯在办公室对匹普说,"我想见见你们这些铺张浪费的小云雀们。明天晚上好吗?一不用客套,二不用穿礼服,就定在六点钟吧。"这样看,应该是贾格斯请他们吃饭。但是在席间,却有人提议"我们慷慨的主人,本·蛛穆尔"致辞。其次,地点是在哪里?像那样大吵大闹、酒后摔杯子等粗野动作不应是所谓绅士在别人家做客时所为。如果不是在贾格斯家,他的女管家却又在场。所以,这一场面有颇多自相矛盾之处。

四、结语

综上所述,2012版的改编影片《远大前程》在叙事手法、人物处理及情节设计等方面都在原作的基础上进行了一些修改,有些修改较好地表现了故事主题,有利于故事的展开,但有些改编却失去了原作的神韵,使人物失去了原有的特点和个性。

参考文献

[1] Dickens, Charles. Great Expectations. Shanghai: World Publishing Company, 2016.

[2] 查尔斯·狄更斯. 远大前程. 王科一, 译. 上海: 上海译文出版社, 2011.

[3] 艾晓玲. 《远大前程》的叙事特征. 四川大学学报（哲学社会科学版）, 2000（1）: 57-63.

[4] 陈洁. 狄更斯笔下的弃儿形象及其现实意义. 外国文学, 2010（4）: 90-92.

[5] 陈晓兰. 腐朽之力: 狄更斯小说中的废墟意象. 外国文学评论, 2004（4）.

[6] 高玉秋. 居住空间的意象蕴含. 外国问题研究, 2012（2）: 75-78.

[7] 高鉴国. 新马克思主义城市理论. 北京: 商务印书馆, 2006.

[8] 何中华. 试论人与社会环境及其关系. 长白学刊, 1999（5）: 40-45.

[9] 黑格尔. 美学（第1卷）. 朱光潜, 译. 北京: 商务印书馆, 1982.

[10] 李增、曹彦. 论狄更斯《远大前程》中的浪漫主义倾向. 东北师大学报（哲学社会科学版）, 2005（6）: 65-68.

[11] 李增、王丁. 论哈代"性格与环境小说"中的"性格"和"环境"的关系. 外国文学研究, 2004（5）: 62-67.

[12] 龙迪勇. 叙事作品中的空间书写与人物塑造. 江海学刊,

2011（1）：204-215.

［13］阙红玲．狄更斯《远大前程》的浪漫主义手法解读．语文建设，2015（3）：33-34.

［14］任文林．狄更斯小说的叙事风格简评．语言建设，2016（8）：47-48.

［15］王星．七部名著读伦敦．北京：生活、读书、新知三联书店，2014.

［16］熊荣敏、张绍全．论《远大前程》的心理空间构建．外国语文，2012（4）：36-39.

［17］张军、杨大亮．论狄更斯笔下的人物形象．外国文学，2007（10）：55-58.

［18］赵炎秋．狄更斯研究文集．南京：译林出版社，2014.

［19］周敦耀．个人空间刍议．广西大学学报（哲学社会科学版），1996（1）：15-18.

［20］邹德媛．《远大前程》中叙述距离的控制．赤峰学院学报（汉文哲学社会科学版），2012（8）：155-156.

（本章作者：李瑞青）

4.《时光机器》

The Time Machine

作者简介

作者赫伯特·乔治·威尔斯（1866—1946），英国著名小说家、社会改革家和预言家，尤以科幻小说创作闻名于世。威尔斯的著作颇丰，他一生创作了一百多部作品，内容涉及科学、文学、历史、社会、政治等各个领域，是现代最多产的作家之一。《时光机器》（The Time Machine，1895）的小说发行，奠定了他作为科幻小说作家的声誉。此后，他又陆续发表了《莫洛博士岛》（The Island of Dr. Moreau，1896）、《隐身人》（The Invisible Man，1897）、《星际战争》（The War of the Worlds，1898）、《神的食物》（Food of the Gods，1904）等科幻小说，还写了《世界史纲》（The Outline of History，1920）等大量关注现实，思考未来的作品。

1895年出版的科幻小说《时光机器》使威尔斯一举成名，他和法国作家儒勒·凡尔纳一起被称为科幻小说之父。威尔斯的科幻作品改变了凡尔纳科幻小说的乐观主义倾向，重拾了英国文学中那种对前途的忧虑和不安。但由于威尔斯的个性中存在着某种仁慈的气质，因此在其悲观的作品中总是伴有希望的闪光，而且大部分作品结尾还是乐观的。威尔斯在创作时运用了当时的先进科学技术，特别是现代物理学和现代生物学；但他又不拘泥于这些学科，不受这些科学理论的局限。他所关注的不仅仅是科学的进步，而且还有科学进步给人们所带来的美好或不良后果。

威尔斯的科幻小说以软科幻为主，主要描写各种先进的科学技术对未来世界的影响，以及这些科学技术所带来的社会问题。他的作品也展现了未来科技发展的各种可能性，在他的作品中科技不仅给人类带来了便利，也同时产生反作用，他认为科学并不一定是人类的伙伴。在他的作品中充满了科学技术给人类带来的威胁：外星人入侵，社会暴政、战争、人种变异、太阳消亡。当然威尔斯也有其不足之处，他无法摆脱其阶级局限性，虽然能够看到前途的悲剧性命运，却感到束手无策，无能为力。威尔斯善于把科学知识通俗化，并通过小说将其突出出来，正是这种才能使他的科幻小说深受读者欢迎。他的科幻小说常常具有讽刺性，而显现威尔斯一贯的对资本主义的批判意识，而且这也成为威尔斯独特的写作风格。

撷英采华

片段 1：

I am afraid I cannot convey the peculiar sensations of time travelling. They are excessively unpleasant. There is a feeling exactly like that one has upon a switchback—of a helpless headlong motion! I felt the same horrible anticipation, too, of an imminent smash. As I put on pace, night followed day like the flapping of a black wing. The dim suggestion of the laboratory seemed presently to fall away from me, and I saw the sun hopping swiftly across the sky, leaping it every minute, and every minute marking a day. I supposed the laboratory had been destroyed and I had come into the open air. I had a dim impression of scaffolding, but I was already going too fast to be conscious of any moving things. The slowest snail that ever crawled dashed by too fast for me. The twinkling succession of darkness and light was excessively painful to the eye. Then, in the intermittent darkness, I saw the moon spinning swiftly through her quarters from new to full, and had a faint glimpse of the circling stars. Presently, as I went on, still gaining velocity, the palpitation of night and day merged into one continuous greyness; the sky took on a wonderful deepness of blue, a splendid luminous color like that of early twilight; the jerking sun became a streak of fire, a brilliant arch, in space; the moon a fainter fluctuating band; and I could see nothing of the stars, save now and then a brighter circle flickering in the blue. (Wells,

2009:36)①

译文:

  我恐怕形容不出时光旅行中那些特别的感觉。那滋味令人极不舒服。又是感觉就像坐在云霄飞车上失去控制,俯冲而下!同样也有种恐惧的预感,害怕会撞到什么。我加快速度,黑夜和白昼的交替快得就像黑色的羽翼拍打的瞬间。隐约可见的实验室似乎不一会就要从我眼前消失。太阳划过天空,一跃而起,每过一分钟就升起一次,每一分钟就是一天。实验室大概已经毁坏了,我现在位于户外。我隐约看到了脚手架,但是我的速度已经快得让我无法留意眼前任何移动的物体。连爬得最慢的蜗牛都从眼前一闪而过,快得来不及看。白天和黑夜闪烁的交替接连不断,刺得我眼睛疼痛难忍。在断断续续的黑暗中,我看到月亮从新月到满月变幻如梭,还隐约可见围绕在月亮周围的群星。过了一会儿,随着我不断加速,黑夜和白天的跳动交汇成持续不断的灰色;天空呈现出美妙的深蓝色,那颜色如晨曦一样明亮辉煌;蹿升的太阳仿佛一串流火,在天空画出一弯灿烂的亮弓;月亮依稀成为一条较为暗淡的舞动的飘带;星星

---

① 小说的英文引文均出自此版本。以下只在引文后标注页码,不另加注。

已经看不到踪影了,只是偶尔看到一个更为明亮的光圈闪烁在蓝色的天空中。(威尔斯著,秦晓译,2009:37)①

片段2:

After all, the sanitation and the agriculture of today are still in the rudimentary stage. The science of our time has attacked but a little department of the field of human disease, but even so, it spreads its operations very steadily and persistently. Our agriculture and horticulture destroy a weed just here and there and cultivate perhaps a score or so of wholesome plants, leaving the greater number to fight out a balance as they can. We improve our favorite plants and animals—and how few they are-gradually by selective breeding; now a new and better peach, now a seedless grape, now a sweeter and larger flower, now a more convenient breed of cattle. We improve them gradually, because our ideals are vague and tentative, and our knowledge is very limited; because Nature, too, is shy and slow in our clumsy hands. Some day all this will be better organized, and still better. That is the drift of the current in spite of the eddies. The whole world will be intelligent, educated, and co-operating; things will move faster and faster towards the subjugation of Nature. In the end, wisely and carefully we shall readjust the balance of animal and vegetable life to suit our human needs. (60)

---

① 小说的中文引文均出自此版本。以下只在引文后标注页码,不另加注。

译文：

毕竟，今天的卫生事业和农业还刚处于起步阶段。我们今天的科学只触碰到了整个人类疾病的一小部分。但是，即使这样，它还是在不断的稳步发展。我们为了发展农业和园艺业，随处毁掉一种杂草，并种上大约二十种左右有益健康的植物，让这多数的有益植物尽力较量一番从而保持势均力敌。我们最钟爱的植物和动物的种类非常之少。我们通过逐步选育良种的方法对它们加以改进，有改良的新桃子，有无籽葡萄，有更芬芳更大朵的鲜花，还有饲养更方便的新品种牲畜等。对它们的改进是循序渐进的，因为我们对理想的目标还不太确定，只是在不断地尝试，而且我们所知有限，还因为在我们笨拙的手笔之下，大自然也羞于相应且变化缓慢。有一天，所有一切都会更为有序，更加美好。这是大潮的必然趋势，尽管也会出现一些漩涡。全世界的人们都会变得聪慧，富有教养且齐心协力，征服自然的进程将越来越快。最终，我们将巧妙而谨慎地重新调整动植物生存状态的平衡，以适应我们人类的需求。(61)

片段 3：

At first, proceeding from the problems of our own age, it seemed clear as daylight to me that the gradual widening of the present merely temporary and social difference between the Capitalist and the

Labourer, was the key to the whole position... There is a tendency to utilize underground space for the less ornamental purposes of civilization; there is the Metropolitan Railway in London, for instance, there are new electric railways, there are subways, there are underground workrooms and restaurants, and they increase and multiply. Evidently, I thought, this tendency had increased till Industry had gradually lost its birthright in the sky...

... So, in the end, above ground you must have the Haves, pursuing pleasure and comfort and beauty, and below ground the Have-nots, the Workers getting continually adapted to the conditions of their labour...

The great triumph of Humanity I had dreamed of took a different shape in my mind. It had been no such triumph of moral education and general co-operation as I had imagined. Instead, I saw a real aristocracy, armed with a perfected science and working to a logical conclusion the industrial system of today. Its triumph had not been simply a triumph over Nature, but a triumph over Nature and the fellow-man. This, I must warn you, was my theory at the time... But even on this supposition the balanced civilization that was at last attained must have long since passed its zenith, and was now far fallen into decay. The too-perfect security of the Upper-worlders had led them to a slow movement of degeneration, to a general dwindling in size, strength, and intelligence. That I could see clearly enough already. What had happened to the Under-grounders I did not yet suspect; but from what I had seen of the Morlocks—that, by the way, was the name by which these creatures were called—I could imagine that the modification of the human type was even far more profound than among the "Eloi", the beautiful race that I already knew. (94-96)

译文:

首先,从我们自己时代的各种问题说起,资本家和工人间目前的社会差距还仅仅是暂时的,但却正在逐步拉大。在我看来,很明显这就是整个形势的关键所在……现在有这样一种趋势,就是利用地下空间去发展文明社会中那些无须装饰的行业。例如,伦敦有大都会铁路,有新型电气铁路,有地铁,还有地下工厂和饭店,而且它们的数量还在不断增加。我认为,明显可以看出这种趋势持续见长,直到工业在地上逐渐丧失其生存的空间……

因此,最终必然会产生地上的富人和地下的穷人。富人图乐求美,追求安逸,而地下那些贫穷的工人们则要不断适应他们的劳动环境……

我曾梦想的人性的伟大胜利在我脑海中成了另一幅景象。它没有我想象中的那种道德教育和全面合作的胜利。相反,我看到了一个真正的贵族阶级,他们的科技水平几近完美,正在把我们今天的工业系统最终推向一个合乎逻辑的结局。他们的胜利不仅在于征服了自然，而是对自然还有他们同胞的双重征服。不过，我必须提醒你们，这是我当时的看法……但即使是依照这个推测，最终取得平衡的文明也必然已经早走过了它的巅峰时期，现在已经一落千丈，陷入衰退了。地上世界的人们生活太过安逸，导致他们走向缓慢的退化。他们的身材变小，力量变弱，智力降低。这些我早已清楚地看在眼里。地下世界的人经历了怎样的变化我还猜不出来，但是从我对摩洛克斯人的观察来看，可以想象他们的变异比"埃洛伊人"更为巨大。这里顺便提一下，莫洛克斯人是对地下种族的称呼，"埃洛伊人"是指我已经了解的那个漂亮的种族。(95-97)

片段4：

...I tried to look at the thing in a scientific spirit. After all, they were less human and more remote than our cannibal ancestors of three or four thousand years ago. And the intelligence that would have made this state of things a torment had gone. Why should I trouble myself? These Eloi were mere fatted cattle, which the ant-like Morlocks preserved and preyed upon—probably saw to the breeding of...

Then I tried to preserve myself from the horror that was coming upon me, by regarding it as a rigorous punishment of human selfishness. Man had been content to live in ease and delight upon the labours of his fellow-man, had taken *necessity* as his watchword and excuse, and in the fullness of time *necessity* had come home to him. I even tried a Carlyle-like scorn of this wretched aristocracy in decay. But this attitude of mind was impossible. However great their intellectual degradation, the Eloi had kept too much of the human form not to claim my sympathy, and to make me perforce a sharer in their degradation and their *fear*. (122)

译文：

……我试着以科学的眼光去看待这件事情。毕竟，他们比我们三四千年以前的食肉祖先更没有人性，距离更遥远。而且原本把吃人这种事情看作是种折磨的智力水平也已经消失了。我为什么还要自寻烦恼呢？这些埃洛伊人仅仅是被养肥的牲畜，莫洛克斯人像蚂蚁储粮一样把他们存留在那里，需要的时候就猎杀——可能还照料、饲养他们……

然后，我试着驱散这正向我袭来的恐惧，把这一残酷的事实看作是人类的自私所遭受的严厉惩罚。人类心安理得地把自己的舒适和愉悦建立在通报的辛苦劳作上，还标榜这样做是出于*必要性*，并以此为借口。现在，时机到了，人类也真正体会了这一*必要性*。我甚至试图模仿卡莱尔的风格更次这些可怜的没落贵族。但是，我是不可能有这种心态的。不管埃洛伊人的智力退化到怎样的水平，他们仍旧在很大程度上保留有人类的外形，不可能不引发我的同情，也必然使我与他们一起分担他

们的恐惧,共同面对衰退的后果。(123)

影片资料

类型:科幻/剧情

片长:96 分钟

出品:梦工厂

导演:西蒙·威尔斯

编剧:约翰·洛根

主演:盖·皮尔斯饰亚历山大·哈德金

萨曼莎·穆巴饰玛拉

西耶娜·盖尔利饰爱玛

马克·阿蒂饰费比

获奖情况:曾在 2002 年世界原声音乐奖(World Soundtrack Awards)中获得最佳新人奖(Discovery of the Year);在 2003 年第 75 届奥斯卡金像奖中获得最佳化妆提名。

剧情梗概

纽约曼哈顿哥伦比亚大学的机械工程副教授亚历山大·哈德金博士,抱有着孩童一般的好奇心和求知欲,满脑子旁人看来稀奇古怪的理论,是个狂热的科学家。这些理论从来得不到校长的赏识,总是被看作"不切实际的幻想"而打入冷宫。亚历山大一直想向世界证明人类在时空中穿梭旅行是完全可能的,于是自行决定研制建造一部能够穿越时空的时间机器。

可是一天,未婚妻的意外离世让他悲愤不已。他加紧了时间机器的研制,希望能重返过去,拯救未婚妻的生命。时光机研制成功,亚历山大成功穿越到了过去,再次亲眼看见了未婚妻的意外事故。他明白,无论他回到过去多少次,都没有办法救回未婚妻,未婚妻都会因为各种意外事故身亡。为了解开这个谜,亚历山大将寻找答案的希望放在了未来。他不停地穿越,不停地前往未来寻找答案。时间机器载着他成功地抵达了第一个目的地——2030年的纽约。

时间机器的降落地点已经不是他出发时的实验室,纽约周遭环境的改变更是让他大吃一惊。公众图书馆变成了彻底的虚拟真人交互式访问系统。人们所热衷谈论的,是关于在月亮上建立新殖民地的雄伟计划。受到科学家本能的好奇心驱使,亚历山大迫不及待地动身前往另一个未来——2037年。的确,没有什么比看到人类成功殖民月球更激动人心的了。

短短几分钟,就来到了 2037 年,谁也没有料到的是,在未来等待着他的是如此难以想象的险境。人类正在遭遇有史以来最大的灾难——由于事实上对月球无止境开发的殖民计划给月亮带来不可逆转的伤害,月球已经不堪重负脱离了原来运行的轨道,月球的运行轨道正在下降,肉眼就可以察觉天空中的月亮已经变得比过去大得太多,很快将坠入地球。来自月亮的碎片轰击着纽约的曼哈顿区,人们匆忙逃入建立在地下的防空洞中想躲过这场大灾难。

为了逃离可怕的地球生物浩劫,亚历山大调整他的机器来到了年代更加久远的八十万年后的未来(802701 年)。跨越一个冰河纪的地球当然早已彻底改变了模样,不过人类顽强的生命力似乎使一部分人熬过浩劫,生存了下来。就在亚历山大以为地球的一切已经恢复了正常的时候,他却发现了当时的人类已经过了两度的进化历程,主要分为两大类人,例如他首先遇到的爱好和平、温和有礼而且讨人喜爱的埃洛伊人(Eloi),这些居住在平静的世界内。但莫洛克斯人(Morlocks)却完全相反,寄居在地下世界近乎怪物的他们,每当天黑时就会出动掳走埃洛伊人。

为了解救被莫洛克斯人掳走的埃洛伊人玛拉(Mara),亚历山大只身冒险，前往寻找莫洛克斯人的巢穴。除此之外在路上他得到了生化机械人沃克斯（Vox）的帮助，来到了被奉为神圣遗迹的纽约地下铁。在这个充满讽刺的地方，他发现了在这个未来世界的背后隐藏着一个黑暗的秘密，发现了隐藏在莫洛克斯人和埃洛伊人背后的邪恶，紧张刺激的剧情也将由此展开。为了拯救伊洛人，他不惜毁掉时间机器留在那里，并在"未来"找到了属于自己的"快乐"。

【深度解读】之一：
论《时光机器》中的人文忧思精神

  作为科幻小说奠基之作的《时光机器》以科幻的外壳和文学性的表达构筑了一个80万年后的人类未来世界。在这个虚构的未来世界里，大自然、人类社会以及人类自身都发生了难以想象的巨大变化。这些未来变化的构筑与创设，无不基于作者本人的知识经验以及当时所处的社会历史背景，体现了一个充满人文气质的作家对现实世界的关注以及对人类未来命运的忧思。

  《时光机器》是一部科幻的社会警言小说，作者赫伯特·乔治·威尔斯以其非凡的想象力构筑了一个未来80万年后的人类世界。在这个虚构的未来世界里，大自然、人类社会以及人类自身都发生了难以想象的巨大变化。这些未来变化的构筑与创设，无不基于作者本人的知识经验、当时所处的社会历史背景，体现了一个充满人文气质的作家对现实世界的关注以及对人类命运的忧患意识与反思，体现了作者的社会担当与责任感。这份忧患意识与反思精神,即便到了一百年后的今天仍旧散发着时代的光辉,对现实具有指导和批判意义。

一、作品的思想背景与内涵

《时间机器》的创作与威尔斯的人生经历及所处的历史时代背景是密不可分的,有其深厚的思想背景与内涵。威尔斯1866年出生于英国肯特郡一个贫寒的家庭,父母都做过仆人,年少的威尔斯也曾辍学做学徒。少年时这段学徒的经历,使威尔斯形成了一种对资本主义社会进行批判的意识,这种意识贯穿着他的一生。1884年,威尔斯依靠助学金进入英国皇家科学院的前身堪津顿科学师范学校,在这里学习物理学、化学、地质学、天文学和生物学。他的生物学老师是著名的进化论科学家托马斯·赫胥黎,这对他后来科幻小说写作中的进化论思想影响很大。获得学位后,威尔斯曾在伦敦大学函授学院短期教授生物学,期间开始进行创作。

威尔斯开始其创作生涯时,正是英国资本主义发展的鼎盛时期,英国通过工业革命已成为世界上最富有和繁荣的国家。由于当时达尔文的自然选择理论在19世纪末已被人们所接受和推崇,很多学者、思想家和文学家都借鉴其观点,将进化论从生物界引入社会学等其他研究领域。研究者们认为，人类经过不断改进和所谓的优胜劣汰将日趋完美。这种观点让人们对未来充满了乐观的展望，同时也对资本主义社会的阶级压迫以及贫富分化进行了体面的修饰和美化。但具有批判意识的威尔斯则意识到了英国资本主义社会繁荣背后潜藏的社会危机。

威尔斯自称从学生时代起就是一个社会主义者，但是他并不信仰马克思主义，而是热衷于改良主义，不赞成阶级斗争和暴力革命。即使他对当时资本主义的阶级划分颇有不满，也仍然寄希望于阶级矛盾的调和，不希望看到一个阶级对另一个阶级的极度压榨，也不主张以一个阶级推翻另一个阶级。受生物学老师赫胥黎的影响，威尔斯更看重进化过程中伦理道德的作用，他"认为自然选择是人类进化并置身于生命金字塔的顶端，但它不一定是亲人类的力量"（张莹）。而进化过程与伦理道德的冲突则成为他关注的核心问题，这也反映在他之后的科幻作品的创作中。

对社会现实的理性思考和批判激发了威尔斯长达半个世纪的创作，其作品大致可分为三个阶段。第一个阶段是科幻小说，主要写于1900年之前；第二个阶段是社会讽刺小说，写于1900年到1910年之间；第三个阶段主要是1910年之后，通常被称为"思想阐述小说"。在他的诸多创作中，最具代表性的莫过于科幻小说《时间机器》。威尔斯的科幻小说刚问世不久，就有评论家将他比作法国的儒勒·凡尔纳。相比之下，法国科幻作家凡尔纳所关注的是科学技术的实现问题。他的作品围绕着技术和发明的实际可能性展开，做出了许多卓越的预言，并且赞扬科学技术的重大发明和巨大威力，其创作目的在于把读者引入神奇迷人的科幻世界，有着强烈的乐观主义倾向。而威尔斯的科幻作品虽然以科学知识为基础，所表明的却不是实现科学假设的可能性，而是借助科学幻想，在关注科学进步的同时还思考科学进步给人类所带来的利与弊。威尔斯用怪诞的人物、离奇的情节、夸张的手法、诙谐的语言和瑰丽的场景，针砭时弊，揭露现实，委婉地表达出自己对人生和社会的看法，其作品充满了人文主义精神和社会现实意义。

二、作品中体现的人文忧思精神

在《时光机器》这部作品中，威尔斯虽然讲述了一个利用时光机器进行时光穿梭的故事，但实质上却是借助科幻的外表反思社会现实，表达出深切的担忧。威尔斯所生活的维多利亚时代正是"英国科学技术和工业文明发展的高峰时期，民众大多迷信和崇拜科学，以为机器和技术具有万能的本领，能实现人类的一切梦想"（庞好农，76）。威尔斯通过自己的观察，并充分发挥自己的想象力，在作品中反映并预设了当时社会的种种危机和异化，揭示了科技的发展可能造成的后果以及科学可能给自然和人类社会造成的不良影响。

1. 对大自然的忧思

人类与大自然相互依存，人类活动不可避免地对大自然有着影响与作用，同时大自然也对人类有着影响与反作用。然而随着工业化进程的不断推进，在人类与大自然的关系中，人类逐渐掌握主动地位，通过不断改造自然来创造大量财富。在《时光机器》里，威尔斯对无节制征服自然的恶果进行了大胆的设想，对无止境地违背自然规律的行为表示出深深地担忧和悲观的情绪。在他笔下，当时光旅行者穿越到 80 万年后的未来，看到人类已通过征服自然"巧妙而谨慎地重新调整动植物生存状态的平衡，以适应我们人类的需求"（秦晓，61），"空中没有蚊虫，土里也不长杂草，不生霉菌，到处都是水果，还有美丽怡人的鲜花……各种疾病已被彻底消灭"（秦晓，63），人类看似完全征服了自然。然而，被改变的环境也开始显现其反作用,时光旅行者所见之处"没有农耕的迹象,整个地球已然变成一座花园"(秦晓,59),水果已变成人类唯一的食物,因为马、牛、羊、狗等动物已经灭绝,而人类自身也因随着环境的变化无须从事任何劳作和抗争,变得身材弱小、智力低下、慵懒疲倦。面对大自然可能遭遇的这种改变,威尔斯痛心疾首地表达出内心的愤懑和呼喊,"我第一次意识到我们现在努力从事的社会变革所造成的怪异后果。然而,想想看,这个结果也完全合乎逻辑。需求会滋生出力量,而安全会助长孱弱。改善生活状况的努力——这一让生活越来越安全的真正文明化进程——已经朝顶峰稳步迈进。人类团结起来,一次又一次战胜自然。在我们这个时代还只是梦想的事情,都已经成为未来人们深思熟虑去着手实施的一项项工程。而我们所看到的就是他们的成果!"(秦晓,61)

的确,科技的发展增强了人类改造自然的能力,使得自然越来越符合人类的需要。人类的物质生活因此获得了极大改善,能够逐渐摆脱原始自然的约束获得更多自由。但另一方面,当人类失去对自然的敬畏,摆出一副傲慢和贪婪的姿态无节制地开发自然,无疑将会使自然环境受到极大破坏,这种毁灭终将威胁到人类的整体生存。这一切都促使我们再次反思人和自然的关系，警惕科技发展对于生态环境的影响（韩飞虎）。

2. 对人类社会关系的忧思

相比科技的发展及人类的征服对大自然造成的巨大影响，威尔斯对未来的人类社会关系更是进行了大胆的想象和演绎，以警醒世人看清资本主义社会阶级剥削的残酷后果。由于自身的阶级局限性，威尔斯并没有像社会达尔文主义者那样预期一个人人平等、和谐共处的未来"乌托邦"社会，而是将恩师赫胥黎的进化论观点运用到极致，将进化论与伦理道德的冲突夸大到极点。

在《时光机器》中，威尔斯将人类未来的社会关系描述成两大物种的对立："人类不再是一个物种，而是进化成两种截然不同的动物"（秦晓，91），即地上的人和地下的人。在他看来，"资本家和工人间目前的社会差距还仅仅是暂时的，但却正在逐步拉大……现在有这样一种趋势，就是利用地下空间去发展文明社会中那些无须装饰的行业……明显可以看出这种趋势持续见长，直到工业在地上逐渐丧失其生存的空间……因此，最终必然会产生地上的富人和地下的穷人"（秦晓，95）。由此可以看出威尔斯对当时社会阶级分化的现象有所担忧，并对资产阶级残酷压榨工人阶级的丑恶现实持批判态度。

威尔斯在作品中将人类社会中剥削与被剥削的关系进行了讽刺性地翻转。表面上，地上的"富人图乐求美，追求安逸，而地下那些贫穷的工人们则要不断适应他们的劳动环境……最后实现一种永久的平衡，地上地下安然相处"（秦晓，95）。实则是，人类进化出来的这两个种族之间正在或已经形成一种全新的关系，旧有的秩序已经部分被逆转："埃洛伊人（地上的人）只是外表光鲜，实则败落。他们仍勉强统治着这个世界，因为无数代莫洛克斯人（地下的人）一直以来的地下生活最终让他们难以忍受阳光照耀的地面"（秦晓，113）。更令人震惊的是，"这些埃洛伊人仅仅是被养肥的牲畜，莫洛克斯人像蚂蚁储粮一样把他们留存在那里，需要的时候就猎杀——可能还照料、饲养他们"（秦晓，113）。

在威尔斯大胆的设想下，人类进化的结果不仅仅是对自然和同胞的双重征服，也使得现有的剥削关系发生了倒置：原本受剥削压迫的一方成为食人恶魔，而曾经处于统治地位的一方则成了对方饲养的"食物"。威尔斯通过对资本主义社会关系中劳工双方地位的逆转及异化，不无讽刺地"把这一残酷的事实看作是人类的自私所遭受的严厉惩罚。人类心安理得地把自己的舒适和愉悦建立在同胞的辛苦劳作上,还标榜这样做是出于**必要性**,并以此为借口。现在,时机到了,人类也真正体会了这一**必要性**。"(秦晓,123)威尔斯对人类社会关系的忧思由此体现得淋漓尽致。

3. 对人类文明的忧思

借助时光旅行者之口,威尔斯想象着未来"人类会经历怎样奇怪的变化,我们的原始文明会取得怎样翻天覆地的进步"(秦晓,39)。然而当时光旅行者来到80万年后的未来,他却发现人类征服自然后最终取得平衡的文明也已经走过了它的巅峰时期,现在已经一落千丈,陷入衰退了。

刚踏上未来的土地时,时光旅行者本以为80万年后的"人们在知识、艺术,还有其他任何方面都会远远胜过我们,但是,他们中的一员居然提了一个问题,问我是不是冒着雷暴雨从太阳上下来的!这个问题显得他只有我们五岁孩子的智力水平"(秦晓,49)。他环顾四周,英国特色风情的房屋和农舍都已不复存在,遍布在葱茏翠绿之间的建筑物虽然像宫殿一样看似辉煌,却是破败不堪。由于人类已经征服大自然,"不用担心有野兽的侵扰,没有什么使人消瘦的疾病,不需要强健的体格,人们也不需要辛苦劳作",（秦晓，65）精力再无存在的意义，人类变得慵懒而虚弱。

很明显，那些美轮美奂的建筑物代表着人类精力的最后一次迸发，之后一切都随着时间的流逝而日益衰落。人们对艺术的追求和冲动也几乎都已消亡："他们用鲜花装扮自己，在阳光下唱歌、跳舞，这就是他们仅存的一点艺术火花，仅此而已。即使是那点火花，最终也会熄灭。到最后，他们对什么都不再感兴趣，却也心满意足。"（秦晓，65）即便是他们的语言也变得"极为简单——几乎全部是实义名词和动词组成的。抽象名词即使有，似乎也极少，好像他们讲话中也不怎么使用修辞。他们的句子通常很简单，有两个词组成"（秦晓，77）。人们的衣着虽然舒适精致，"但这些小人儿没有显示出有一丝创新的倾向。没有商店，没有工厂，也没看到他们之间有贸易往来的迹象。他们把全部时间都用来嬉戏，在河里游泳，半玩笑半认真地调情示爱，还有吃水果和睡觉。"（秦晓，81）从以上描述可以看出，人类在智力、精力、艺术创造、语言、经济往来、文化生活等各方面都走向了衰退。

即便是人类文明的产物，如火柴、火药、电灯、书籍、枪支等，都在如同废墟的博物馆中成了陈列品，展示着人类曾经的辉煌。未来的人类精致羸弱，却过着如同原始人类的生活，人性也变得堕落颓废，哪怕同伴落入水中无力哭喊也没有一个人尝试着去搭救。更为讽刺的是，在同地下生活的莫洛克斯人进行搏斗的过程中，时光旅行者最为有力的武器竟是最为原始的火焰和铁棍。更有甚者，莫洛克斯人则化身为人形的野兽，以地面上的人类为食。在这个堕落颓废的时代，人类的一切文明已消失殆尽："人类及其社会进步达到了一个新的而且关键的交叉点，文明在那里对其他生命力的征服变得如此不可战胜，最终使内在的野蛮性表现出来……社会慢慢回归到野蛮、攻击性的前文明状态。"（赫尔曼，151）

威尔斯在小说中设想出了人类文明走向没落的种种可能，以此向世人发出警示——如若继续放纵对大自然的过度开发，无视各种剥削压迫现象的存在，人类将陷入物质文明和精神文明的双重危机，人类文明的一切成果终将化为乌有。

三、结语

1895年出版的《时光机器》至今被视为科幻小说的经典之作，这不仅仅是因为作品所涉及的时间旅行的观念仍是人类心之向往的科学难题，其作为科幻小说的奠基之作在文学领域占据着特殊的地位，还因为作者对他所处时代的批判和反思至今还具有振聋发聩的作用，具有现实意义。这部作品不仅能燃起人们对科学的热情，激起对未来的遐想，更引发了人们对社会问题的深层思考。尤其是在当今这个科学技术日新月异的时代，互联网技术普及、电子产品推陈出新、生物基因技术日趋发达、人类目光逐步走向太空等等，科学技术的不断发展在给人类带来福祉的同时也带来了不可避免的负面影响。环境污染、食品药品的不安全、核武器以及生化武器的扩散，种种科技进步带来的副作用给人类带来了新的威胁。人类对待科学技术的谨慎与否、明智与否，直接关系到子孙后代的生死存亡。

虽然在威尔斯在其所生活的时代还意识不到生态危机和灾难的可能性，但他却精准地预言了科技的无道德、无节制发展对物质文明和精神文明的双重破坏，并对人类违背自然发展规律所造成的恶果进行了醍醐灌顶式的警示。这种对待科学技术的谨慎态度以及对人类社会问题的反思精神，即使在新的时代也具有极为重要的价值。《时光机器》以科幻的外壳和文学式的表达方式对科技进步与人类发展之间的矛盾进行了深刻的剖析，以期唤起人们对这些人类生存命题的持续关注与反思。

【深度解读】之二：
电影《时间机器》的生态解读

> 文章从生态学视角对电影《时光机器》进行深入的剖析，影片反映了人类未来从身体到精神，从自然到社会全面退化的主题，与其说体现的是对人类未来社会的无限忧思，不如说是对现实社会的全面警醒与暗示。

电影《时光机器》是根据英国科幻小说作家乔治·威尔斯的同名小说改编而成的，后由其曾孙皮尔斯执导拍摄完成。影片第一眼带给人们的是奇妙的时光旅行体验以及神奇的万物变迁。作为狂热科学爱好者的男主角，因未婚妻的意外突然离世悲愤不已，努力研制时光机器试图回到过去以拯救其未婚妻，然而并未成功。他想前往未来寻找答案，然而令他失望的是，人类的发展却面临着全面退化的生态危机。科幻电影作为一种现代艺术形式，不仅关注自然生态，也同样关注社会生态、精神生态问题，更关注人类整体的未来命运。

《时光机器》是一部超现实的科幻小说，具有比较明显的悲观主义色彩。搬上荧屏以后,这种悲观的基调也一直渗透在影片的各个细节当中。影片并没有采取达尔文有关进化的乐观基调,而是反其道而行之,把退化看成是人类发展的不可逆转的趋势。这不由得引发观众的忧思:人类社会将向何处去?人类命运是走向发展还是衰退?尽管《时光机器》是一部科幻作品,但它所具有强烈的现实主义色彩,在小说面世一百多年后仍让世人警醒。

一、自然生态的破坏

科技的进步与发展旨在改造世界造福人类。但是,人类的贪婪和索取使自然环境遭到很大程度的破坏,自然生态的破坏甚至威胁到人类整体的生存,正所谓"成也萧何败也萧何"。《时光机器》这部影片从生态视角关心人类、自然与科技之间的关系,呼吁人类合理使用科技,与自然和谐共存。

影片讲述了2037年人类殖民月球之后发生的一系列事件。人类强行改变月球轨道,月球因此解体并与地球相撞,人类也遭遇灭顶之灾。影片通过80万年之后重返"原始状态"的地球,展示了因科技运用不当而给人类带来的灭顶之灾,提醒人们:科技的非凡进步并非总能推动人类社会进步,过度使用反而可能会阻止人类社会发展的进程。

影片思考了人类史和自然史的关系。纵观历史长河，人类史在地球历史面前如同白驹过隙。影片并没有完全否认人在自然历史发展过程中的积极作用。时间机器使得亚历山大预见到地球上的埃洛伊人的悲剧的未来，要想改变这一状况，必须消灭地下的莫洛克斯人。为此男主角不惜炸毁时光机器，来战胜莫洛克斯人。这些情节想要传递的信息是：人类可以凭借主观努力改变现状；对科技与自然可以合理利用。只要遵循自然历史的客观规律，科技进步和发展对人类的命运会起到积极的作用。

在当今世界中，人类正面临着诸多科技进步所带来的困扰。比如核利用、转基因技术、克隆等高科技对人类的命运究竟将产生积极还是消极的作用，答案悬而未决。当看到《时光机器》一片中所呈现出的因科技进步而遭到毁灭的未来社会，每个人可能都会重新思考科技对于人类社会发展的真正价值。

二、社会生态的恶化

影片还大力渲染了社会生态环境的恶化，具体表现在三个方面。首先，不同种族的人类对立严重，达到人吃人的地步。

影片中所描述的80万年后的人类社会仍然存在阶级以及阶级压迫。莫洛克斯人在暗无天日的地下辛苦劳作，但依然无法获得充足的食物，于是他们就到地面上去找寻比自己身体更瘦弱的埃洛伊人作为食物。人吃人成了未来社会的常态，这种人类的退化让观者触目惊心。此外，莫洛克斯人还采取了种族和阶级隔离政策，社会分化成两个对立的阶级，这意味着人类创造一个更加平等的社会的理想最终破灭。未来社会中，种族间、阶级间的隔阂与矛盾依然存在，且不可调和，影片中看不到任何社会和解、各阶层人民走向和谐的希望。

其次，人情冷漠也是社会生态环境恶化的表现。埃洛伊人逐渐丧失了人类的情感能力，变得冷漠无情。在受到地下莫洛克斯人的袭扰，危在旦夕之际，埃洛伊人四散奔逃，彼此之间没有合作与交流，更没有进行有组织的抵抗。社群意识、团队精神以及反抗意愿全都消失不见。而那些在地下的莫洛克斯人甚至还不如埃洛伊人，他们只知终日劳作、智力低下，缺乏精神交流，几乎完全退化到原始人的生活状态。

第三，社会生态环境的恶化还表现在智力和行动力的退化和同化。莫洛克斯人的思维和行动等各方面都在一个中枢系统的控制之下。人们失去了自主性、积极性，创造力匮乏，智力也严重退化。他们甚至连吃人这一活动都不能自控,倘若没有中枢系统的控制,他们吃起人来都没有节制。而埃洛伊人也同样变得毫无个性,同化严重,所有的人连做梦都一样。在面临食人族的攻击时,埃洛伊人群龙无首,犹如一盘散沙,毫无行动力和反抗力。

三、精神世界的荒芜

"地球上人类社会中的生态失衡、环境污染正在不知不觉地向着人类心灵世界、精神世界迅速蔓延,下一个污染,将是发生在人类自身内部的'精神污染'。"(鲁枢元,149)在影片中,人们看到在2030年的人类社会,教师会用重组学生遗传物质的方式来威胁学生,这足以显示不同阶级的人群之间的控制和被控制已到了令人发指的地步。精神独立不复存在,强大的群体可以随心所欲地操控弱势群体。即便是到了80万年后,无论是地上食人族还是地下的莫洛克斯人也依然是行尸走肉,他们从思想到行动都受制于外部力量,连做梦没有任何秘密可言,退化为毫无思想的躯壳,精神和思想的自由成为一种奢谈。

此外,图书馆是人类精神财富集大成之所,其建设处于停滞状态。影片中,亚历山大曾在2030年来到了一个图书馆,与那里的高级智能图书管理系统（一个虚拟人）交谈，获得很多信息。80万年后，同样的虚拟人再次出现，一切都和2030年一样，信息量没有增加，图书馆建设停滞不前，也就是说人类精神财富的总量经历漫长的岁月并没有什么增长。

影片通过亚历山大的视角，提醒观众人类的精神生态危机才是最大的灾难，科技发达未必有助于人类精神文明的进步，反而可能加剧物质世界与精神世界的矛盾。人们在不断改造自然征服自然的过程中并没有享受到精神世界的富足，精神文明往往无法与物质文明齐头并进。也正因为如此，影片中的亚历山大更愿意回到那个更原始、更纯净、更高尚的未来的原始社会。

四、人类身体的退化

在进化论者赫胥黎看来，"进化表示一种朝向完美的持续发展的趋向，这种观点是错误的，有机世界被新的条件不断调整和塑造，结果可能是发展也可能是退化，对生物而言退化和进步是同样可行的变异。"（赫胥黎，199）在影片中，80万年后的地下的食人族莫洛克斯人已经返祖回猿人的模样，毫无创造能力，智力低下，并蚕食同类："他们干那些事（重复劳动）

已经习以为常，就像马用蹄子刨地，人类喜欢猎杀动物一样，那些消亡的古老需求在他们的生理机能上打下了深深的烙印。"（朱光立）地上的埃洛伊人则是退化得比较瘦小，养尊处优，无所事事，经常成为地下食人族的猎物，这也符合原著当中对未来人类的描写。由于身体虚弱，埃洛伊人失去了达尔文进化论中为生存而斗争的能力与气魄，与掠食者失去了斗争的意志，伴随着身体的退化，智慧、勇敢、坚毅、韧性等优良品质也一并丧失了。

影片借助人类身体上的退化和返祖现象表达了对当今社会现实的隐忧。科技进步逐步解放了人类的身体，但身体机能也因缺乏必要的活动而逐渐丧失，并因此遭到各种疾病的侵袭，甚至沦为毫无抵抗力的人肉食物。影片中的掠食者虽然貌似强大，但他们一幅智力低下的猿人形象，也不再能够像人类那样直立行走，这种身体机能的丧失显然是对整个人类社会退步的隐喻。

五、结语

为了引发人们对未来命运的忧思以及憧憬，《时光机器》这部影片展示出一幅人类以及人类社会从富有堕入贫困、从智慧变为愚钝、从繁荣走向衰退的远景，警告世人要把握住自然环境、社会发展及科技进步之间的平衡。倘若人类不及时吸取教训，历史必将周而复始，退化与毁灭终将伴随着人类社会。影片在结尾处提出了这样一个问题：埃洛伊人在亚历山大的带领下开始了新生活，但他们未来是否还会重蹈覆辙？相信这个问题不仅值得影片中的人物思考，也值得现实生活中的每一个人去认真思考。

【深度解读】之三：
《时光机器》小说与影片的对比研究

> 《时光机器》这部小说以其深厚的人文精神在百年后的今天仍散发着现实主义的光辉，对今天的人们仍起着振聋发聩的警醒作用。而以此为蓝本的同名影片则在保留其精神价值的基础上，提取其中的一个点进行再创造，通过叙事视角的转变、人物的创设和增加以及情节的改编与创造，讲述了一个更加有趣、更加具有观赏性的科幻故事。虽然小说中的精髓并未在影片中一一展现，但作为不同的艺术形式，影片能在自身框架下将其核心思想表达出来并引发观众的思考，仍不失为一部成功的改编之作。

2002 年，《时光机器》由小说作者威尔斯的曾孙西蒙·威尔斯担纲导演搬上银幕。影片在保留小说精华的基础上进行了适当的改编和艺术加工，使其更加适合当代大众审美趣味。即便影片在很大程度上遵循了小说的故事构思及主题思想，相隔百年之久的两种不同的艺术形式仍在很多方面呈现出不同的艺术效果,展露出各自不同的魅力和表达诉求。

一、叙事视角

在小说中,作品是以"追述之中套追述"的模式展开叙事的。文章以"时光旅行者(方便起见,这样称呼他)正在给我们解释一个深奥的问题"为开篇,借无名叙述者"我"之口描绘了故事场景:晚饭后,包括心理学家、外省市长、医生、年轻人等在内的一行人在时光旅行者家里,听他讲时光穿梭的概念并参观他即将完工的时光机器。而一周后"我"再次来到时光旅行者家里时,包括医生、心理学家还有报社编辑和记者的几个人都在等主人,随后主人神情憔悴、狼狈不堪地进门,吃了晚饭恢复一些后开始讲述他的经历。之后的章节便以时光旅行者作为第一人称展开,大篇幅地以"我"(时光旅行者)的口吻讲述了他借助时光机器所经历的时光之旅。直到最后一个章节,在时光旅行者叙述结束之后,作为无名叙述者的"我"才再次从当时听者的地位抽身而出,重新回到自身的叙述之中,描述听完故事后的场景、感受以及交代时光旅行者的最终失踪。因而小说的叙述模式是由两个叙述者分别以各自的回顾性叙述展开的,其中第一个"我"(无名叙述者)提供了故事框架,而其中嵌入的故事是由第二个"我"(时光旅行者)真正展开的。

这种双重叙事的模式"极大地拓宽了叙事的时空界限",并制造出"现实与虚幻的交错"效果(杜飞,73)。小说通过无名叙述者"我"的叙述丰富了叙述层次,让读者从他身上"获得了强烈的在场意识,增强了叙事的真实感和可信度,同时又使读者保持超然的审美心态"(杜飞,71);而通过时光旅行者"我"的叙述,读者又好像与时光旅行者一同进入了未来时空,好奇地观察和感受穿越时光后的未来世界,并随着时光旅行者的描述对未来世界的巨大变化进行了深层的反思。这正是该小说的魅力所在,借助独特的叙事视角亦实亦虚地对社会弊病进行剖析和反思。

相比之下,影片自始至终采用无人称的叙事方式,以摄影机本身的视角展开叙事来引导观众观看。在该影片中,叙事按照事件发生的时间顺序展开,并无倒叙、插叙、闪回等叙事手段的使用。影片开篇随着镜头的游走,观众看到的是下课之后教学楼内的场景,镜头聚焦在集中精力在黑板上进行公式运算的副教授亚历山大身上。其后,观众逐渐了解到热衷于科学研究的亚历山大在恋人爱玛被歹徒枪击至死后发明时光机器的故事。他发明时光机器是本是为了挽回未婚妻的生命,却发现即使自己回到过去也无法改变恋人已逝的结局。执着的他进而借助时光机器驶向未来,却发现人类已发生巨变,为了帮助未来的人类摆脱困境,亚历山大不惜毁掉时光机器而留在未来时代。在充满科幻感的镜头下,未来世界中的亚历山大像一名驰骋于魔兽世界的勇士,靠一己之力拯救了弱小的未来人类,俨然一个浪漫的英雄主义形象。

二、人物设置

毋庸置疑,不管是在小说还是在影片中,时光旅行者都是最主要的人物设置,其他的人物设置则都包括现实世界的人物及未来世界的人物两部分。但不管是现实世界的人物设置还是未来世界的人物设置,小说和影片中则明显不同,这反映了小说作者和影片导演不同的意图。

在小说中,现实世界中的人物都是前文提到的时光旅行者的倾听者,包括心理学家、外省市长、医生、年轻人、报社编辑、记者以及作为无名叙述者的"我"等形形色色的人物。作者虽没有交代时光旅行者和这些人物之间的关系,但读者可以看出他们之间既非志趣相同的朋友又非利益上的合作伙伴,而是一些本着交流思想并对时光旅行者新奇的科学幻想感到好奇的拜访者。在影片中,时光旅行者现实世界里的人物则多是与之有亲密关系的人,如工作中与之关系交好的同事、热恋的女友、忠实的女管家等等。

在小说中,未来世界里存在着80万年后人类分化出的两个物种,作者将这类人视为两大群体,没有设置特定的个体人物,除了一名名叫威娜的小妇人。威娜是生活在地面上的埃洛伊人,她在一次游泳嬉戏时因溺水而被时光旅行者救了上来,此后俩人开始了为期一个星期的奇特友情。为了表示友好,威娜送给时光旅行者一个大花环,亲吻他的双手,还一直跟随在他身后,直到俩人遭遇地下的怪物莫洛克斯人时才失踪。当时光旅行者回到现实世界中后,他从口袋里掏出了两朵小白花。这两朵威娜放进他口袋里的小白花不仅是俩人友谊的唯一印记,也是时光旅行者向拜访者们证明自己穿梭到未来的物证。

与小说不同,影片在未来世界里的两大人群——埃洛伊人和莫洛克斯人中,各自设置了一个代表性人物。当亚历山大乘着时光机器来到80万年后的未来世界并从晕迷状态醒来时,是懂英语的埃洛伊人玛拉首先接纳了他。之后亚历山大与玛拉关系逐渐亲密,甚至互生爱意。亚历山大最后为了营救被莫洛克斯人掳走的玛拉放弃了返回现实世界的机会，永远地停留在了未来世界。此外，导演也特意给穴居地下的莫洛克斯人设置了一个首领，并通过他之口向亚历山大道出了一直寻找的真相。正是这个莫洛克斯人让亚历山大意识到：过去虽然已无法改变，但未来仍有改变的希望。在这种想法的激励下，亚历山大不惜毁掉时光机器打败莫洛克斯人，以期拯救地上人类的命运。

相比之下，小说中的人物设置较为严肃正式，作者刻意制造出人际关系中的一种理性与疏离感，以使读者保持对未来人类荒诞进化后果的独立思考和认识，同时又将自身的表达诉求及人文关怀寄予时光旅行者，通过时光旅行者的所见所思所想来表达自身对当前社会的反思及对人类命运的关注。而在影片中，出于影片市场化效益及受众心理预期的考量，导演更重视以情动人，大打感情牌，所设置的人物关系无不展示人际关系中的爱恨情仇，如亚历山大与未婚妻爱玛的热恋、同事费比对亚历山大的关心与善意、女管家对亚历山大的衷心、亚历山大在未来世界与玛拉的友爱与深情、亚历山大对莫洛克斯人及首领杀戮人类的痛心与憎恨等等。通过不同的人物设置可以看出，小说更加着重引发读者的理性反思，而影片则更加重视燃起观众英雄的浪漫主义激情。

三、情节设置

电影往往更注重小说的故事性和情节的丰富性，因为"即使电影不是为讲故事而发明的，讲故事的电影还是逐渐成为主流的模式。"（刘云舟，16）与小说相比，影片《时光机器》增设了几处情节，使其更具有故事性和观赏性，以满足观众的视觉与心理需求。

首先，影片增加了美女与爱情的桥段，这在展示个人英雄主义的影片中毫不罕见，也是影片"叫好又叫座"的制胜法宝。在小说中，时光旅行者制造时光机器的动因完全出自于其对科学的狂热与追求。而在影片中，导演则以讲述亚历山大与其恋人爱玛的故事为开端，强调玛拉的意外死亡是亚历山大制造时光机器的动因。亚历山大借助时光机回到过去，却最终意识到爱玛的死亡已无法挽回，于是他转而奔向未来寻求答案。影片中玛拉的美女形象以及她与亚历山大之间的情感故事都使影片更加吸引观众。

小说中也有一个女性人物威娜，但作者并没有刻意渲染她与男主人公的儿女私情，而是借助她来表明埃洛伊人尚未完全泯灭的人性，他们还有一点点残留的人类情感，懂得恐惧，怀有感恩之心。此外，威娜的存在也是亚历山大时光旅行的见证。在电影中，导演在威娜的基础上对故事情节进行了改编，增设了玛拉这个女性角色，让玛拉和亚历山大上演了一出英雄救美的好戏，将爱情故事与充满科幻感的未来世界融为一体。

其次，影片还增加了两个情节，即亚历山大在驶向未来的过程中分别在2030年和2037年作了两次停留。在小说中，时光旅行者一头扎进了80万年后的未来世界，而在影片中导演则刻意在这次旅行之前增设了2030与2037这两个未来场景。当亚历山大停留在2030年时，他目睹了当时科技发展的进程：人们热衷谈论的是关于在月亮上建立新殖民地的雄伟计划；公众图书馆变成了彻底的虚拟真人交互式访问系统；而教师对淘气孩子的管教方式则是"你再不好好听话，我就重组你的DNA"。当亚历山大来到2037年时，他被眼前的灾难景象所惊呆——月球殖民计划把月球炸离了轨道。

这两处增加的情节为亚历山大最终寻求的答案做了必要的铺垫。在80万年后的未来，当亚历山大为解救玛拉来到莫洛克斯人的地下巢穴，他们的首领道出了一切悲剧的根源：正是人类追求的高科技才带来了这些灾难。人类的过度开发导致月球爆炸，地球不再适合生物居住。地面上有一些人幸存，而其他人只能逃到地下过着永无天日的生活。亚历山大制造时光机器原本是为了控制世界改变过去，最终却只能炸毁时光机器，将自己留在了未来世界，无法重返现实社会。总之，这一切的悲剧都是人类过度追求高科技所造成的后果。由此可见，影片增加的这两个情节有助于突出故事的主旨。

四、结语

《时光机器》这部影片保留原著批判精神的基础上，通过叙事视角的转变、人物的创设和增加以及情节的改编与创造，讲述了一个更为有趣、更具有观赏性的科幻故事。虽然影片基于时长和故事完整性表达的考量，未将小说中的诸多主题一一展现，但作为不同的艺术形式，影片能在自身框架下将其核心思想表达出来并引发读者或观众的思考与审美情趣，已不失为一部成功之作。

参考文献

[1] Wells, H. G. The Time Machine. New York：Penguin Books, 2002.

[2] 阿瑟·赫尔曼.《文明衰落论》. 张爱平，等译. 上海：人民出版社, 2007.

[3] 陈才.威尔斯《时间机器》的双重叙事.外国文学，2015（2）：87-94.

[4] 杜飞.声音的诗学：《时间机器》的叙述视角和叙述效果评析.外语研究，2005（5）：71-73.

[5] 韩飞虎.《时间机器》的精神生态解读.电影评介，2015（4a.）：38-40.

[6] 韩飞虎.人类·自然·科技：生态批评视角下的《时间机器》.安徽文学，2015（7b.）：98-100.

[7] 赫伯特·乔治·威尔斯.《时光机器》.秦晓，译.北京：外语教学与研究出版社，2009.

[8] 刘云舟.《电影叙事学研究》.北京：北京联合出版公司，2014.

[9] 鲁枢元.《生态文艺学》.西安：陕西人民教育出版社，2000.

[10] 庞好农.时间机器、社会"熵"增与多维时空——评威尔斯《时间机器》之科幻遐想.山东外语教学，2014（6）：74-79.

[11] 乔·威尔逊.经典叙事电影的一致性与透明性.陈肖模，译.世界电影.1997（6）：29-50.

[12] 张莹.解读《时间机器》的批判现实主义的道德精神.外国语言文学，2008（4）：277-282.

[13] 朱光立.《时光机器》之退化主题解读.金华职业技术学院学报，2012（4）：76-79.

（本章作者：张娜）

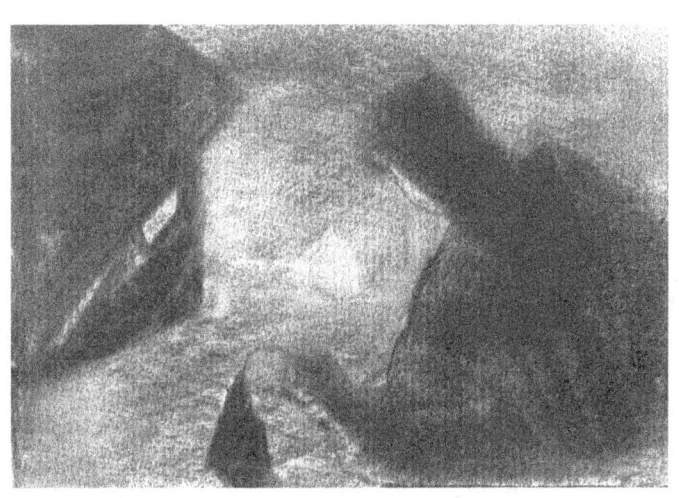

5.《霍华德庄园》

Howards End

作者简介

爱德华·摩根·福斯特（Edward Morgan Forster，1879—1970）是20世纪英国著名的小说家和小说评论家。作为小说家，他一生共创作了6部小说：《天使不敢涉足的地方》（Where Angels Fear to Tread，1905）、《最漫长的旅程》（The Longest Journey，1907）、《看得见风景的房间》（Room with a View，1908）、《霍华德庄园》（Howards End，1910）、《印度之行》（A Passage to India，1924）和《莫里斯》（Maurice，1971）。

作为小说评论家，福斯特的最大成就是《小说面面观》（Aspects of the Novel，1927），该小说评论文集奠定了福斯特继亨利·詹姆斯和珀斯·拉伯克之后的小说批评大家的地位。在思想上，他继承了塞缪尔·勃特勒和简·奥斯丁等英国现实主义作家关注社会正义和道德主题的优良品质。福斯特的长篇小说大多表现了维多利亚时代和爱德华时代中上阶层的所感所想。他用自成一格的语言，极富表现力和洞察力地在小说中再现了英国中产阶级的社会生活和文化特征。

为了纪念福斯特，美国文艺学院至今还设立有爱·摩·福斯特奖（E.M.Forster Award）。作为20世纪的英国重要的小说家之一，福斯特集传统与革新于一身，对现实主义和现代主义采取了兼收并蓄的态度，推动了英国小说从现实主义向现代主义的推进演变，为英国现代主义小说的崛起做出了的贡献。

撷英采华

片段1：

To Margaret this life was to remain a real force. She could not despise it, as Helen and Tibby affected to do. It fostered such virtues as neatness, decision, and obedience, virtues of the second rank, no doubt, but they have formed our civilization. They form character, too; Margaret could not doubt it; they keep the soul from becoming sloppy. How dare Schlegels despise Wilcoxes, when it takes all sorts to make a world?

"Don't brood too much," she wrote to Helen, "on the superiority of the unseen to the seen. It's true, but to brood on it is mediaeval. Our business is not to contrast the two, but to reconcile them." (Forster, 2007: 112)①

译文：

在玛格丽特看来，这种生活将会保持一种真正的力量。她不能看不起，尽管海伦和蒂比装出不喜欢的样子。这种生活培

---

① 小说的英文引文均出自此版本。以下只在引文后标注页码，不另加注。

育了诸多道德,如整洁、决断和服从,无疑是些二流的道德,但是这些道德组成了我们的文明。它们很锤炼性格;玛格丽特不能不怀疑这种生活:它们不让灵魂滑向泥淖。既然缺一物不成世界,施莱格尔家族怎么能看不起威尔科克斯家族呢?

"灵魂世界优于世俗世界,对此别想得过多。"她写信对海伦说。"优于是真的优于,但是对此耿耿于怀就回到中世纪了。我们要做的不是把二者对立起来,而是把二者调和起来。"(福斯特著,苏福忠译,2009:124)①

片段2:

Yet she likes being with him. He was not a rebuke, but a stimulus, and banished morbidity. Some twenty years her senior, he preserved a gift that she supposed herself to have already lost—not youth's creative power, but its self-confidence and optimism. He was so sure that it was a very pleasant world. His complexion was robust, his hair had receded but not thinned, the thick moustache and the eyes that Helen had compared to brandy-balls had an agreeable menace in them, whether they were turned towards the slums or towards the stars. Some day—in the millennium—there may be no need for his type. At present, homage is due to it from those who think themselves superior, and who possibly are.

---

① 小说中文引文均出自此版本。以下只在引文后标注页码,不另加注。

"At all events, you responded to my telegram promptly," he remarked.

"Oh, even I know a good thing when I see it."

"I'm glad you don't despise the goods of this world."

"Heavens, no! Only idiots and prigs do that."

"I'm glad, very glad," he repeated, suddenly softening and turning to her, as if the remark had pleased him. "There is so much cant talked in would-be intellectual circles. I am glad you don't share it. Self-denial is all very well as a means of strengthening the character. But I can't stand those people who run down comforts. They have usually some axe to grind. Can you?"

"Comforts are of two kinds," said Margaret, who was keeping herself in hand— "those we can share with others, like fire, weather, or music; and those we can't—food, for instance. It depends." (175-176)

译文:

然而,她喜欢和他在一起。他不是一种排斥,而是第一种刺激,对病态东西一概拒绝。比她打出二十来岁,他保留了一种她自以为已经丢失的才能——不是青年的创造能力,而是自信心和乐观主义。他深信不疑,这是一个非常愉快的世界。他气色很健康,他的发际在收缩,头发却没有变薄,浓密的胡子和眼睛,海伦一向比作白兰地糖果,具有一种和蔼的威慑力,要么对着贫民窟,要么对着大人物。有朝一日——到了太平盛世——他这种人也许不需要了。然而,目前,那些自以为高人一等的人,还应当向这种人表示敬意。

"不管怎样,你对我的电报反应很快的,"他评论说。

"哦,即使我这种人,看见好东西还是识货的。"

"你对这个世界的物质不蔑视,我很高兴。"

"天哪,不会的!只有白痴和假道学者才蔑视物质呢。"

"我听了高兴,我听了高兴啊,"他重复道,说话一下子柔和起来,并向她转过身来,仿佛她的评说让他感到十分欣慰。"在那些自命的知识分子圈子里,夸夸其谈的话太多了。我很高兴比没有沾染这种气息。自我否定,作为修身养性的手段,当然再好不过。可是,我受不了那些诽谤各种舒适的人。他们口是心非,另有所图啊。你说呢?"

"舒适分两种,"玛格丽特说,牢牢地把握着自己——"一种是我们可以与他人分享的,比如火,气候,或者音乐;一种使我们不能与他人分享的,比如实物。这要看情况而定。"(196-197)

片段 3:

A young woman might have resented his masterly ways, but Margaret had too firm a grip of life to make a fuss. She was, in her own ways, as masterly. If he was a fortress she was a mountain peak, whom all might tread, but whom the snows made nightly virginal. Disdaining the heroic outfit, excitable in her methods, garrulous, episodical, shrill, she misled her lover much as she had misled her aunt. He mistook her fertility for weakness. He supposed her "as clever as they make'am," but no more, not realizing that she was penetrating to the depths of his soul, and approving of what she found there.

And if insight were sufficient, if the inner life were the whole life, their happiness has been assured. (199)

译文:

一个比较年轻的女人也许会对他这种独断的方式感到生气,可是玛格丽特把生活把握得紧紧的,不会小题大做了。她自己行事儿就够独断的。如果他是一个堡垒,那她就是山峰,大家也许可以踩踏,但是白雪已经在夜间覆盖上了洁白贞操。她无须英雄般的行头,对自己的行为方式运用自如,有话就说,能插嘴就插嘴,高门大嗓,她已经让她的姨妈看走了眼,也让她的情人儿误入歧途。他误以为她软弱,借活力遮挡。他猜度她"像为人处世给人的印象那样精明能干",不过仅此而已,他没有意识到她步步渗透,看见了他的灵魂深处,而且对她所发现的东西还很赞成。

如果洞悉内心便足够，如果内在生活便是生活的全部，那么他们把幸福已经攥在手心里了。(222)

片段 4：

Margaret greeted her lord with peculiar tenderness on the morrow. Mature as he was, she might yet be able to help him to the building of the rainbow bridge that should connect the prose in us with the passion. Without it we are meaningless fragments, half monks, half beasts, unconnected arches that have never joined into a man. With it love is born, and alights on the highest curve, glowing against the grey, sober against the fire. Happy the man who sees from either aspect the glory of these outspread wings. The roads of his soul lie clear, and he and his friends shall find easy going. (201-202)

译文：

第二天早上，玛格丽特带着万般柔情迎接她的老爷。尽管他是熟透的果子，她也能帮他建造彩虹桥，把我们身上的平凡和激情连接起来。没有彩虹桥，我们就是没有意义的碎片，一半僧侣，一半野兽，没有合拢的拱顶，永远无法联结成一个人。有了彩虹桥，爱情便会产生，渐渐升高到拱顶的端点，针对灰色熠熠生辉，针对大火保持冷静。一个人能从两端看见彩虹桥的展翼的辉煌，是幸福的。他的灵魂之路历历在目，他和他的朋友们乐意畅通无阻地行走。(227)

片段 5：

Here Leonard lay dead in the garden, from natural causes; yet life was a deep, deep river, death a blue sky, life was a house, death a wisp of hay, a flower, a tower, life and death were anything and everything, except this ordered insanity, where the king takes the queen, and the ace the king. Ah, no; there was beauty and adventure behind, such as the man at her feet had yearned for; there was hope this side of the grave; there were truer relationships beyond the limits that fetter us now. As a prisoner looks up and sees stars beckoning, so she, from the turmoil and horror of those days, caught glimpses of the diviner wheels. (359)

译文：

伦纳德躺在这里的花园里，死了，自然死亡；然而，生命是一条深不可测的河流，死亡是蓝天，生命是一座房子，死亡是一把干草，一朵花，一座钟楼，生命和死亡是所有，是一切，唯独不是这种井然有序的发疯行为，如同打牌，老 K 把圈儿吃掉了，尖儿又把老 K 吃掉了。哎，不；表象的背后有美，有冒险，就像她脚边的这个男人曾经渴求过的；坟墓这边有希望；现在羁绊我们的各种限制，一旦超越，便是更加真实的人际关系。如同囚犯仰望天空，看见星星在召唤，玛格丽特也从这些日子的混乱局面中，看到了更为神圣的舵轮。(401)

影片资料

类型：剧情

片长：140 分钟

出品：阿根廷家庭录影公司 [Argentina Video Home (AVH)]

导演：詹姆斯·伊沃里

编剧：福斯特，鲁丝·普罗厄·贾布瓦拉

主演：艾玛·汤普森饰玛格丽特

安东尼·霍普金斯饰亨利·威尔科克斯

海伦娜·伯翰·卡特饰海伦

萨缪尔·韦斯特饰伦纳德·巴斯特

瓦妮莎·雷德格瑞夫饰鲁丝·威尔科克斯

获奖情况：第 65 届奥斯卡奖最佳改编剧本奖（鲁丝·普罗厄·贾布瓦拉）；第 65 届奥斯卡奖最佳女主角（艾玛·汤普森）；第 50 届美国金球奖最佳女主角（艾玛·汤普森）；第 46 届英国电影和电视艺术学院奖最佳影片；第 46 届英国电影和电视艺术学院奖最佳女演员（艾玛·汤普森）。

剧情梗概

　　施莱格尔姐妹玛格丽特和海伦在一次旅行途中结识了富有而又保守的威尔科克斯一家。海伦应威尔科克斯太太之邀去乡下的霍华德庄园度假。海伦与保罗·威尔科克斯产生了短暂恋情，但很快分手。而玛格丽特却与威尔科克斯太太建立起了融洽的关系。威尔科克斯太太病重弥留之际，写下遗嘱将霍华德庄园赠给玛格丽特。亨利·威尔科斯及其子女感到不可思议，将遗嘱销毁。在后来的接触中，亨利和玛格丽特互相倾慕很快成立家庭。

　　海伦离开威家以后偶然认识了落魄的小职员伦纳德·巴斯特，他因同情一名沦落的女子杰基而与她结婚，但生活并不幸福。海伦和玛格丽特热情邀请伦纳德来家作客。因为亨利的一句无意断语，伦纳德失去了工作，生活无以为继。同情伦纳德的海伦认为亨利应该为自己的话负责并帮助伦纳德找工作，亨利对此非常冷漠，后来又发现伦纳德的妻子是他过去的情人，更加严词拒绝了两个姐妹的请求。

　　落魄的伦纳德和同情他的海伦动情之下发生了一夜情。受伤的玛格丽特始终保持着理智，她总想让妹妹和丈夫之间的关系融洽起来，而海伦却不告而别离开英国再不露面。后来当她得知海伦要回霍华德庄园取书，就赶去与妹妹相见，这才却发现海伦已怀上伦纳德的孩子。威尔科克斯家的大儿子查尔斯认为这有失体统，他与巴斯特发生争执时导致了伦纳德的意外死亡，查尔斯因此被判入狱。颜面扫地的亨利最终决定由玛格丽特继承和掌管霍华德庄园，玛格丽特将来可以把庄园留给海伦的孩子。这无意间实现了威尔科克斯太太的遗嘱，两家的壁垒从此消失了。

【深度解读】之一：
窘境中的精神追求
——析电影《霍华德庄园》① 中伦纳德·巴斯特的三次行走意象

> 喜欢阅读诗歌、欣赏艺术的伦纳德·巴斯特是电影《霍华德庄园》里的城市中产下层的代表，一旦失业生活便会陷入困境。影片中展现了他三次野外行走意象，体现了他追求诗意、追求浪漫的精神生活，并借此警醒世人：物质困乏的精神生活注定会走向毁灭。

英国电影《霍华德庄园》拍摄于 1992 年，是导演詹姆士·伊沃里继《窗外有情天》和《莫里斯的情人》之后，第三次将 E. M. 福斯特的作品搬上大荧幕。出版于 1910 年的小说《霍华德庄园》被认为是 E. M. 福斯特一生中最出色的作品，由该作品改编的同名电影也被称为英国 20 世纪最完美的文学电影之

---

① 该电影及字幕引自哔哩哔哩电影网。

一。《霍华德庄园》的故事发生在 20 世纪初的英国，具有浓重的维多利亚色彩。这部电影洋溢着高雅的英国文学风味，通过含蓄的人际关系把人生的尴尬和无奈刻画得细致入微。影片透过三个家庭交织在一起的故事，呈现出那个时代富有资本家、中产知识分子以及中下层穷人之间的冲突与矛盾。

影片中城市职员的代表伦纳德·巴斯特虽然拥有丰富的学识和浪漫的理想，但苦于没有社会背景，只能在大公司里担任一介职员。他出于同情、基于承诺娶了大他许多岁、经历复杂并处于社会底层的杰基。杰基没有受过任何教育，除了依赖伦纳德别无出路。伦纳德的生活虽然困窘，却非常喜爱阅读，并对文学和艺术情有独钟。一次音乐欣赏会让伦纳德结识了中产出身的施莱格尔两姐妹，善良友好的玛格丽特和海伦姐妹欣赏伦纳德的学识和浪漫追求，愿意帮助伦纳德找到更好的工作和出路。但是故事的发展跌宕起伏，伦纳德最终殒命在霍华德庄园，永远失去了诗意的生活。

影片中以伦纳德阅读诗歌和精神探索为线索，出现了两次他置身野外、花中行走的片段，配之以美妙动听的古典音乐、诗歌朗诵和花草相映的清新画面，无不凸显伦纳德的浪漫情怀和诗意追求。而他的最后一次行走是在去霍华德庄园的路上。

这次行走将伦纳德从诗意想象拉回到残酷无情的现实，也使他踏上了一条不归路。

一、诗意的追求

影片对于文化的美化并不仅限于对行走意象的生动展现和对具有象征意义景象的有效展映，而更多的是借助于画面叠加手法突显出现实生活与文化追求之间的反差与冲突。通过引入和铺陈，影片在伦纳德琐碎普通的日常生活中开启了一段充满诗意且令人充满希冀的美好片段。这些片段既体现了伦纳德试图逃离现实的愿望，又展现了文化追求对于社会中下层人物的精神慰藉作用。

由于海伦离开音乐欣赏会时错拿了伦纳德的雨伞，伦纳德一直追到了施莱格尔姐妹家。虽经历了小小尴尬，伦纳德还是吹着口哨赶回家。与宽敞漂亮的施莱格尔家相比，伦纳德的家坐落在破旧的街区上，房间狭窄拥挤，紧邻火车道。无所事事的杰基苦苦等待伦纳德，似乎总放心不下伦纳德娶她的承诺，一次次强调自己是无所依靠的人。伦纳德有些生气，他再次承诺自己一到21岁就会同杰基结婚。从他们的对话中观众得知伦纳德只有一个哥哥，显然哥哥是反对这门婚事的，而且伦纳德还怨恨哥哥从未给过他帮助。

年轻的伦纳德一直沉浸在读书中,勉强应答着杰基的问题。杰基完全无法理解伦纳德关于音乐会和读书的心得,她只关心吃饭睡觉这些日常琐事以及自己会不会被抛弃。所以伦纳德只能生活在文字的想象中,他仿佛看到自己行走在一片开满风信子的田野中,口中吟诵着诗歌片段,感受着文学带给他的精神享受。

> 他穿过越踝的风信子
> 他的灵魂被升华鼓舞
> 他呼吸着浸染了阳光的空气
> 荣耀的日子正在衰落
> 长长地影子覆盖在草地上
> 从头顶的叶子坠下金绿色的露珠
> 蛾子和蝴蝶欢乐地聚在一起飞来飞去闪闪发光
> 安静!那是一头鹿吗?

具有讽刺意义的是,当观众正随着诗歌的意境沉浸在小鹿欢跳、蝴蝶飞舞的想象时,画面很快切回到杰基脱衣等待伦纳德就寝以及窗外火车隆隆驶过的镜头,诗意的想象很快被现实切断了。观众不禁要问：伦纳德是不是太过浪漫以至于忽视了自己的现实需求呢？他是否真爱杰基，真的愿意与她共同生活吗？他是否太过自信于自己的生活能力呢？是否想过诗意的生活可能会因为贫穷的物质生活而无法继续呢？也许伦纳德太年轻，觉察不出自己的行为有什么不成熟不现实的地方，她只知道做眼前喜欢的事情就好。但是残酷的现实在一步步向他逼近，随着与施莱格尔姐妹接触的增多，伦纳德的诗意想象暂时得到了共鸣，但他依然逃脱不了幻象破灭的命运。

二、浪漫的寄托

通过读书伦纳德又爱上了星象研究。一天夜晚，他独自一人站在露台上仰望夜空，杰基前来唤他回房都不肯。他还告诉杰基哪个是大熊星座，哪个是北极星。杰基捂着伦纳德的眼睛嘲笑他说："它们只是星星啊？"伦纳德拿下杰基的手说："别这样，这很重要啊！"杰基仍然无法理解伦纳德对这些与生活没有关系的事物的痴迷，伦纳德对此也只好无奈接受。此时镜头移到了他工作的场所，桌子上放着那本星象书。在完成一件手头工作后，伦纳德回到自己的座位上，做了一个把笔竖放在自己鼻子上的调皮动作，应该是心情轻松的表现。当他刚要去看那本星象书时，又被一份临时工作打断。随后他终于翻开那本心爱的星象书，查看着天空的各种星座。可见伦纳德对这份养活自己和杰基的工作也不是那么看重，或者说没有充分体会到工作对生活的重要性，他只知道任何工作都不能阻止他追求自己喜爱的事物。此时，镜头再次把观众带到了参天大树、阳光直射的森林中，伦纳德坐在树荫中全神贯注的低头读书，然后穿越森林，走在蓝色海洋般的花丛中，陪伴着他的依然是神圣的音乐和美妙的诗歌：

> 树种在大柱子后面
> 他们的顶部在阳光下发光
> 光透过密密麻麻的叶子
> 最后溶解在漆黑的长满青苔的地上
> 它们的颜色慢慢从花里退去
> 但是却留下了它们的香气
> 使它呼吸到的空气变甜

这种浪漫意象后来还真让伦纳德变成了现实，只是似乎没有想象中那么美好。杰基以为伦纳德去了施莱格尔姐妹家做客，登门寻找伦纳德无果,言语略有冲突。伦纳德第二天特意来道歉,向姐弟三人讲了实情:原来他前一天下班后突发奇想,循着北极星的轨迹,走出了伦敦城,在野外徒步了一夜。玛格丽特赞扬他说:"你真是个天生的探索者。"姐弟三人问伦纳德为何要这样做,伦纳德说自己正在阅读《理查德·弗朗的严酷考验》这本书,就是想体验一直走啊走的感觉。海伦姐妹正好也读过这本书,那是一本关于在月夜森林独步的书,是一本与自然对话的书。玛格丽特不禁对这个年轻人肃然起敬,友好地问起伦纳德的出身。伦纳德说自己的祖先是从外地移居过来的农民,善解人意的玛格丽特说:"看,是祖先的声音在呼唤你!"伦纳德会心一笑。海伦从书架上也找到了那本书,她和伦纳德一起阅读起来:"理查德走得很快,苍白的光芒预示着黎明的到来……"海伦问道:"你看见黎明了吗?漂亮吗?"伦纳德答道:"是的,不。"逗笑了姐妹俩。伦纳德解释说他所看到的黎明是灰色的,他不知道走到黎明时自己会那么饥饿,说完自己便愉快地笑起来。

这是伦纳德首次与代表中产知识分子的施莱格尔姐妹之间进行的平等对话,他感受到了有人理解并赏识自己的文化追求的快乐,所以笑得像个孩子。这次意象成真的黑夜之旅象征着他所有的精神寄托和浪漫追求，虽然饥饿使他暂时忘却了自然的神秘和美丽，还原成了一个需要物质的普通人，但他的天真和温情都在这段场景里面得到了极好的展示，几乎想不起来他的生活其实是困窘的，而且马上面临失业的窘境。这两处充满浪漫诗意的情节很快要被残酷的现实击碎了，精神追求不可能架在真空里来实现。

三、颠覆的幻想

如果没有亨利·威尔科克斯的建议，伦纳德也许还可以继续自己的精神追求。可偏偏因为施莱格尔姐妹的过度热心和亨利的一句不经意的话导致伦纳德失掉已有工作，而且屡找工作不成，生活面临前所未有的困境。海伦因此记恨亨利的冷漠，也十分同情伦纳德的遭遇，总想补偿。在得知伦纳德明知杰基的过去还是决定娶她为妻时，她敬佩伦纳德是懂得尊重别人的好人，伦纳德则无奈地说自己失业只会拖累杰基，因为他们都会被饿死。海伦反问说"难道你会找不到工作吗？"这时候的伦纳德一改往日的浪漫，非常现实地说道："有钱人失败了他有机会再来，而我们，当一个超过20岁的人丢了工作，他就完了。"海伦听了这话就答应说一定会帮助莱纳德。伦纳德也感谢海伦，称她是唯一帮助过他的只有在书中才读到过的人,而且不相信书中的描写是真的,海伦鼓励伦纳德说:"当别人舍弃你,还有音乐和思想。"而伦纳德说:"那只是富人酒足饭饱后的消遣。"这些对话让观众看到了一个回归现实的伦纳德,失业使他深刻理解了阶级差异带来的残酷现实。

也许在这个冰冷社会里海伦是唯一让伦纳德感到温暖与亲近的人,于是他们发生了一夜情。海伦发现自己怀孕后远走德国躲避起来,伦纳德再也见不到海伦,他宁肯忍受贫寒也要执意退回海伦委托弟弟寄给她的5000英镑。伦纳德内心一直遭受着道德的煎熬,玛格丽特和蒂比都对海伦的不露面感到不解,还以为她患上了病,经过几个月的煎熬,伦纳德仍然难以忘记这段隐情,想找玛格丽特去忏悔。恰好此时海伦回到英国,玛格丽特经过妥善安排与妹妹相约在霍华德庄园见面。伦纳德随后坐火车赶往霍华德庄园,开始了他的第三次野外行走经历。

当伦纳德再次行走在风铃花海中时,脑海里回响着海伦的声音"你看到黎明了吗?漂亮吗?"伴随着姐妹俩的笑声,伦纳德也听到了自己的声音"不漂亮,那只是灰白色的。"那曾经的诗意生活和浪漫憧憬早已不复存在,曾经拥有的幻想在现实面前完全消失,留在伦纳德心里的只有愧疚和无助。一边是他并不爱可是又不能遗弃的可怜的杰基,另一边是他倾慕的可又不可能与之结合的独立的海伦。他对于浪漫与美好的文艺生活的向往也终因物质生活的匮乏而不得不终止,行走在同样的美丽花海中,他却再也感受不到那份心灵的安宁与憧憬了。

向来不愿插手施莱格尔家事的查尔斯查到了伦纳德的名字,发誓要惩罚这个让海伦怀孕的无耻之徒。他也开车赶往霍华德庄园,并不认识伦纳德的他鸣笛从伦纳德身边疾驰而过。接下来,戏剧性的一幕发生在这个象征宁静之地的庄园内:疲惫的伦纳德踏进房间,刚一看见大腹便便的海伦,便遭到了查尔斯的责难和击打,伦纳德心脏病突发倒地而亡。查尔斯入狱,备受打击的亨利请求玛格丽特留下来,因为玛格丽特对亨利为保全面子不愿让海伦在庄园过夜的做法失望至极,打算和妹妹一起离开。但玛格丽特后来还是原谅了亨利,继续与他一起生活。亨利最终决定把霍华德庄园留给玛格丽特,这无意中也圆了他亡妻的遗愿。

亨利、玛格丽特和海伦此后就一直在乡下过着平静的生活,共同抚养伦纳德的孩子长大,直到他继承霍华德庄园。伦纳德的精神追求随着现实中自我生命的终结而彻底结束,施莱格尔和威尔科克斯两个家族之间的矛盾也得到了融合,一如伦纳德的死亡一样,死亡带来了妥协,只有妥协于现实,安于现实,才能在这份动荡里找到平静。但是新生命的到来一定会延续这份美好的诗意浪漫和理想情怀，在某种意义上，颠覆的幻想还会在新一代人的精神追求中复活并发扬，这也是作品的人文意义所散发出来的光芒。

四、结语

《霍华德庄园》通过戏剧性的反讽手法，将伦纳德的精神追求表现为一种非功利性的精神向往和情感寄托，并通过声像和影像的具象化功能展现了文化追求和精神追求可能带来的美好与光明。影片的前面部分通过伦纳德的两次文学体验的意象，展示了他向往文艺生活的愿望，在某种程度上也美化了文化的社会纽带功能，使得不同阶级在谈论文学和艺术时仿佛消除了由阶级差异所带来的交流障碍，获得了平等对话权。但是在影片的结尾处，伦纳德的希望文化调和阶级矛盾的表面幻象还是被完全颠覆，精神追求终究要被匮乏的物质生活所打败，最终让位于残酷的现实生活。如果说前两次野外行走意象由阅读所激发，主要服务于表面幻象的营造，那么最后一次乡间行走意象则由回忆而生，伴随着悲凉的自嘲和忏悔，从而起到了颠覆幻象、深刻反讽的作用。

【深度解读】之二：
从施莱格尔姐妹看维多利亚时代后期中产阶级女性的文化追求

小说《霍华德庄园》展现了以玛格丽特和海伦·施莱格尔姐妹为代表的中产知识分子的文化追求，还描述了商人亨利的妻子鲁丝·威尔科克斯和城市小职员伦纳德的妻子杰基的日常生活。这三类女性的文化追求的不同代表着维多利亚后期中产阶级内部物质与精神追求、保守与自由思想之间的冲突。

一、维多利亚时代中产阶级女性的社会地位概述

维多利亚时代（Victorian Era）前接乔治时代，后启爱德华时代，被认为是英国工业革命和大英帝国的峰端。它前后总共跨越了60余年的时间，根据社会发展情况，一般将其分为早期（1837—1851）中期（1851—1875）和晚期（1875—1901）三个阶段。维多利亚时代的英国中产阶级在创造社会财富的同时

用自身文化来引领社会潮流，占据文化统治地位。但是在这个中产阶级话语体系中，女性始终被边缘化，受家庭和社会等方面的压制，其地位主要在家庭事务中得到体现。

在维多利亚时代初期，中产阶级家庭以父权制为主导，女性处于从属地位，甚至得到了"家中天使"的美誉。1854年英国诗人考文垂·帕特莫尔发表了诗歌"家中天使"（The Angle in the House），在诗中他赞美了妻子的美德，即顺从、柔弱、娇美、优雅、虔诚、纯洁和甘于奉献。这个短语后来一直被沿用，意指那些为了丈夫、家庭愿意妥协一切、牺牲一切的女性。"家中天使"是维多利亚时代典型女性形象的代表，妻子和母亲的角色就是充当家庭事务的管理者和父权制观念的服从者。大部分中产阶级女性以社会赋予的美称而自豪，她们不像工人阶级妇女，不仅要承担起照顾家庭的责任，还要出去找工作挣钱，补充家里的经济收入。中产阶级女性不用外出谋职，可以整日闲暇在家。她们靠管理女仆、教育孩子、阅读杂志、种养花草来打发时间，有时弹弹钢琴、跳跳舞、做做女红来丰富自己的生活。她们虽以家庭女主人自居，但是她们的丈夫在处理家庭问题时仍有绝对的决定权。

到了维多利亚时代中后期，家庭父权制观念开始遭到公开的抵制，男性的权威地位也被削弱，夫妇的地位关系更加趋向平等。但是大多数中产阶级家庭主妇的日常生活依然是这样的：女主人让仆人清洗干净所有的金银瓷器，让厨师为晚上的宴会准备好食材，她和离家工作的丈夫吻别。也许匆匆关照一下孩子，然后送去家庭女教师那里念书或是交给保姆照顾。她们既不需要为每天生活所必需的三餐食材而操劳，也不需要为晚餐的葡萄酒而费心，因为她们的丈夫或是管家可能早已办妥一切。当时的中产阶级女性的家事琐活都是由仆人打理的，仆人分为未经训练的女佣和经受严格训练的专业管家。刚嫁入中产阶级家庭的年轻妻子管理家庭的经验很可能就没有老管家的经验丰富，因而有关此类家庭管理的书籍有很大的市场需求。早期超市的雏形也萌芽于维多利亚时期，当时较著名的超市雏形包括哈罗德先生的食品杂货店（1849年营业）和威廉·怀特利于1863年在贝斯沃特开设的百货公司（他曾自豪的将其命名为"包罗万象的商品提供者"）。

当时的中产阶级女性通常乘双座马车或是自己的小汽车去拜访朋友，去城市最繁华的商业中心品尝美食，了解时尚潮流。富裕的中产阶级女性都会在时髦品牌店里专门量身定制各种高级时装，并且每天都精心打扮，她们在参加社交活动时，都会买成品的衣裙，或是成品的紧身胸衣。这种衣服的制作过程复杂且精良，女性穿上后通常显得既高贵又典雅。当时的时尚杂志如《时尚界》（1850年创立）经常免费向中产阶级女性以及她们的裁缝发放时下流行的服装样式纸版，以便她们可以据此制作服装。那个时代所到之处，都可见精致的英国淑女们穿着拖地长裙在大街上行走，垫肩和蓬蓬的裙身衬托出女性独有的婀娜身姿，与长裙搭配完美的各式帽子遮住了她们的额头和一部分视线，于是不得不扬起下巴或者手扶帽檐与人对话。

随着女性争取权利的运动在19世纪获得长足发展，到维多利亚时代后期，女性意识逐渐觉醒，不少中产阶级女性开始发出呼声。开创了护理事业并被誉为"提灯女神"的弗洛伦斯·南丁格尔曾经呼吁："为什么女性的激情、智慧和精神活动这三样里没有一样在社会里有可以运用的地方？"她呼唤道："自由自由啊，神圣的自由，你最终回来吗？"女作家夏洛特·勃朗蒂在《简·爱》中写道："我不是天使，我今生今世都不想成为天使，我就是我自己。"著名女作家弗吉尼亚·伍尔夫认为，女性要获得解放，必须摧毁"家中天使"这个形象，冲出家庭牢笼，追求有意义的生活和事业。中产阶级女性不能只做美丽的花瓶，应该打破思想禁锢，向家庭和社会争取自由和权利。伍尔夫在《女性的职业》一文中这样写道："什么是女性？我相信，只有女性在人类知识所涉及的全部文学艺术和专业领域中用创造形式表达自己的情感后，她们才知道什么是女性。"（邓若虚译：77）她呼吁女性要"成为自己"并拥有"一间自己的屋子"，积极寻找属于女性的文化形式，建立自己的传统，而不再是男性的附庸，用女性的话语来喊出女性的声音。

二、《霍华德庄园》中产阶级女性的文化追求

小说《霍华德庄园》写于20世纪早期，故事发生的时间刚刚跨越维多利亚时代，进入了爱德华时代。但是故事中的人物全部出生并成长于维多利亚时代后期，在某种意义上仍然延续着那个时代的传统特征，兼具新的思想特征，主要体现在日常生活和文化活动方面，因此也仍然具有代表性。该作品讲述了代表中产阶级的三个家庭以及它们之间的相互联系。每个家庭中都有女性代表，包括有文化教养的玛格丽特和海伦·施莱格尔姐妹、商人亨利的妻子鲁丝·威尔科克斯和保险公司小职员伦纳德的妻子杰基。由于其身份、社会地位、生活经历和教育背景各不相同，也决定了三类女性的文化追求的不同。从物质生活角度来看，靠经商为生的威尔科克斯夫人最富裕，处在中

产阶级的顶端，施莱格尔姐妹靠父亲的遗产生活，衣食无忧，处在居中的位置；而杰基几乎一无所长，靠当小职员的丈夫养活，处于中产阶级的底层。三个家庭中的女性代表了维多利亚后期中产阶级内部物质与精神追求、保守与自由思想之间的冲突。

女主人公玛格丽特·施莱格尔，既没有漂亮的外表也没有迷人的身材，是一位非常普通的城市女性。在埃维回答父亲威尔科克斯先生关于施莱格两姐妹的评价时这样形容两姐妹："海伦还行，可是我受不了那个满嘴龅牙的。"（180）显示了玛格丽特在他人眼中不是一个美丽的女子。玛格丽特留给伦纳德·巴斯特的印象是：身材很瘦弱，脸似乎全是由牙齿和眼睛组成的。她很聪明也很有文化，但却丝毫不可爱。玛格丽特在被邀请与威尔科克斯先生、埃维以及埃维的未婚夫一起用餐时，因为说话声音洪亮而被嫌弃和讥笑。玛格丽特与他人一起乘车时压死了一条小狗时的描写，都在显示玛格丽特虽然没有出色外貌，也没有淑女风范，在车还没停稳时就跳下车去看小狗，但她却是一名毫不做作、别具爱心的女子，她的爱心还体现在对巴斯特的关心和欣赏方面。

按照维多利亚时代典范女性的要求，女性的美丽是为取悦了男人，评判女性是否美丽的标准也由男性来决定。作者福斯特在小说中将略带丑陋的玛格丽特作为女主人公，对她的外部形象有所着墨，基本颠覆了男性的传统审美意识，是在向父系社会下对女性不公平、不合理的审美的反抗。福斯特的巧妙之处也正是在这里，他巧妙地表达了每个女性在自己生命中都是主角而非男人的附属品。

玛格丽特和海伦作为独立女性，都向往女性的自由，勇于摆脱摆脱社会对女性的束缚，反抗男性的权威。海伦是一个理想主义者，她不顾及现实的羁绊而听从自己心灵深处的召唤，先是与保罗产生了短暂的恋情，后来又在帮助伦纳德过程中与他发生一夜情而怀孕。她不想因自己的事而引起轩然大波，就只身前往德国，独自承担后果。从海伦身上可以看到那个传统时代的知识女性在情感追求方面的自由大胆甚至有些鲁莽的一面。相比妹妹的大胆鲁莽与过度热情，玛格丽特也表现出了不畏惧男性权威的勇气。她希望怀有身孕的妹妹海伦在霍华德庄园住上一晚被亨利拒绝，并且遭到了亨利的鄙弃。玛格丽特看到了亨利的自私与虚伪，她愤怒地讽刺亨利："不可以再这样了！亨利！你有过情妇——我宽恕了你。我妹妹有过情夫——你却要把她赶出你的房子。你看出其中的连接了吗？愚蠢、虚伪、残忍——啊！卑鄙！"（374）玛格丽特的语言显示了她作为一个知识女性对女性权益的呐喊，她敢于挑战男性权威观念，敢于为自己和妹妹的公平待遇而抗争。

正因为施莱格尔兄妹是有知识有教养的人，才决定了家庭的文化氛围和文化品位不同于一般的中产阶级家庭，也决定了她们在面对不寻常的事件时总能沉着以待。施莱格尔兄妹靠父亲的遗产过着相对宽裕的生活，未成年就开始独立生活，姐姐玛格丽特更是一手带大了年幼的妹妹和弟弟。她成人后还用部分遗产买了海外项目的股票，这些经济收入使三兄妹的日常生活有所保障的同时还能供弟弟读取剑桥大学和姐妹俩参与文学艺术活动。施莱格尔姐妹的文化生活主要体现在读书、听音乐会和举办小型聚会方面。因为弟弟蒂比患了干草热，玛格丽特毅然放弃拜访威尔科克斯家的机会，委托茱莉姨妈去霍华德庄园拜访，解决妹妹海伦的婚约问题。玛格丽特承诺给患病的弟弟念读作家蓝多的《想象中的谈话》。海伦与保罗的风波过后，姐妹俩在威克汉老巷的住宅里，"一拨又一拨接待那些她们喜欢或者能够交朋友的人。她们甚至出席公众聚会，以自己的方式关心着政治，主张公众生活应该是面镜子，把生活中的好东西统统映照出来。在她们看来，节制、宽容和男女平等，是最起码的要求。"（31）可见姐妹热爱交际，喜欢与人交谈，思维比较活跃。

在小说的第五章，作者用了很长的篇幅描述施莱格尔兄妹和亲戚同在伦敦音乐厅的女王厅欣赏音乐会的场景，从贝多芬到勃拉姆斯，再到门德尔松和艾尔加，最后到著名歌剧《托斯卡》和《浮士德》，还有瓦格纳的歌剧，等等，都显示了施莱格尔姐妹的音乐欣赏品味。"贝多芬的《第五交响曲》是雄伟卓绝的声音，一直以来震撼着人类的耳朵。不管什么人听来，也不管什么条件下听来，都能够从中获得满足。"（36）这是玛格丽特对贝多芬音乐的评论，在场的德裔人群显然都被贝多芬的美妙乐章所陶醉，中间穿插着玛格丽特与亲戚以及伦纳德的对话，玛格丽特表达了对其他音乐家和歌剧的不喜欢以及不认同妹的关于音乐和绘画是一样的观点，她十分欣赏瓦格纳的音乐艺术，认为他搅动了思想的所有源泉。这一切令伦纳德非常佩服玛格丽特的渊博知识，佩服她不仅能准确无误地记住外国艺术家的名字，而且还能就这个话题从容不迫地侃侃而谈。

玛格丽特在一次家庭小型聚会上特意邀请威尔科克斯太太来参加，威尔科克斯太太聆听了玛格丽特和朋友们谈天说地：从一条河谈到音乐和诗歌，从热爱诗歌谈到追求美然后又到一幅美丽的风景画，令威尔科克斯太太几乎插不上话，有些尴尬。伦纳德与施莱格尔姐妹分享自己夜行的经历时，他所说的每一本书和许多他熟悉的作家都引起了施莱格尔姐妹的共鸣，她们大加赞赏伦纳德的夜行是了不起的行为，海伦说："你不仅仅满足于梦想，像我们一样，尽管我们也走动……"（146）对话被姐妹俩的约会所打断，否则这样一场关于文学与梦想与情怀的对话可能会更加丰富而有意味。从这些故事来看，施莱格尔姐妹是自由而闲适的知识分子。她们同情社会改革、倡导男女平等、热爱文学艺术，注重的是精神追求和内心生活，是精神生活的代表，更是文化的化身。

玛格丽特更可贵的地方在于她不攀附男性的权力，不把自己的价值寄希望于嫁给社会地位较高的家庭，她爱护并保护未婚先孕的妹妹海伦，并把霍华德庄园留给了海伦的孩子。玛格丽特在小说中充分体现了她的社会价值，而实现自己的社会价值是最高层次的心理需求，玛格丽特在小说中不仅争取了她作为独立的人的尊重，而且实现了作为女性的社会价值。两姐妹的文化追求和文化品位也同样彰显了他们存在的社会价值。

威尔科克斯一家则是英国典型的商人家庭，是十足的物质生活的代表。威尔科克斯太太是大家闺秀，很有教养，但是与施莱格尔姐妹有着截然不同的生活方式，在某种程度上她就是"家中天使"，过着相夫教子、循规蹈矩的家庭生活，深爱着自己的丈夫和子女。在玛格丽特举办的家庭小型午宴上，威尔科克斯太太的兴趣比较单一，文化知识狭隘，对新闻和文学的界限不感兴趣。所以几乎无法融进谈话。但是后来大家提到德国人和英格兰人谁更索然无味之时，威尔科克斯太太似乎有些高论，可是当大家想深究的时候，她说道："我哪一类高论都没有。不过，我的丈夫——对欧洲大陆简直信不过，我们的孩子都随他。"（90）大家继续追问理由，但她又道不出什么理由。玛格丽特建议威尔科克斯一家应该开展家庭讨论，因为讨论可以使一个家庭充满活力。可是威尔科克斯太太回答说："我们在霍华德庄园从来不讨论任何东西。""我有时想，把行动和讨论留给男人，似乎更明智。"短暂沉默之后，一个姑娘说道："你得承认，反对选举权的各种争论非常厉害。"而威尔科克斯太太却说道："是吗？我从来对各种争论都抱以听之任之的态度。我自己没有投票权，为此我深感庆幸。"（91）这场不太成功的社交说明威尔科克斯太太几乎没有什么文化上的追求，思维还陷在传统模式里，家庭是她的一切，而且非常满足于现状，一味顺从丈夫亨利和长子查尔斯。但是讽刺的是这样一位"家中天使"为家庭辛苦操劳一生后,却因疾病过早失去了生命。

中产阶级底层的杰基在作者的笔下是这样一种形象:"她没有什么身份。她的外表令人生畏。她好像全身都挂满了带子和铃绳儿……围巾头参差不齐……透过廉价的透孔织物还可以看到肩膀……她的帽子,花里胡哨的……那张脸没有文章可做……""杰基在谈话这类困难而累人的艺术中,没有进行更多的尝试。她历来算不上一个健谈的人……她做不到张口就滔滔不绝。虽然她偶尔仍能唱出几支歌来,但用口说出来的词儿的确很少。"(60)伦纳德告诉杰基要通过文学和艺术的功能来提高自己,来扩大自己的视野。而且他喜欢下午的音乐会,可是杰基对此毫无反应,非常淡漠。当伦纳德看出施莱格尔姐妹对他的夜行大加赞赏时说道:"听你们这样说,我很高兴。可是,我的妻子从来不理解——哪怕我解释好多天,她也不理解。"(146)很显然,杰基与伦纳德几乎没有任何共同话语,她所受教育程度肯定不高,理解不了伦纳德的文学情怀和浪漫追求,她一心看重的是自己有没有一处安身之所。她在埃维的婚礼上酒醉失态,正遇上过去的老情人亨利,还习惯性地喊出亨利的昵称,而亨利则非常冷漠装作完全不认识杰基,反而还怪罪毫不知情的玛格丽特故意耍弄他,威胁要解除婚约。他这种对女性的不在乎、自私、专横的表现，一方面恰恰说明了当时社会对男性的纵容和对女性的束缚，另一方面则表现出男权主义的绝对地位，也反映了中产阶级下层女性在当时社会上的从属地位和无助现状。

三、结语

维多利亚时代本就是一个发生巨大变革的时代，各种相互冲突的观念和社会现象并存，矛盾普遍存在于当时的社会和文化环境中。中产阶级女性也经历了从顺从到觉醒再到奋争的曲折历程，经受了社会和文化的历练。施莱格尔姐妹之所以能够有闲读书、聚会聊天、出入音乐会、外出旅游而成为文化和精神的化身是因为有家庭的物质支持，当然还有他们所受的家庭教育的支撑。无论是对于富裕的"家中天使"威尔科克斯夫人来说，还是对于在夹缝中求生的下层人士杰基而言，施莱格尔式的高雅文化生活都是她们所无法企及甚至无法理解的生活现实。

文化追求依然需要物质生活和精神生活相辅相成才能达成，正是意识到精神与物质、内心生活与外在生活之间的相互依存和密切联系，玛格丽特决心把两者结合起来，通过婚姻来弥补双方存在的不足和缺陷，实现内与外、精神生活和文化追求的统一。玛格丽特与亨利的婚姻象征着商业和文化的融合、物质生活和精神生活的统一。作为维多利亚时代后期的中产阶级女性的代表，施莱格尔姐妹有着自己的文化追求，保持着精神独立，她们的生活理念正如伍尔夫所主张的那样：人不应该是插在花瓶里供人观赏的静物，而是蔓延在草原上随风起舞的韵律。生命不是安排，而是追求，人生的意义也许永远没有答案，但也要尽情感受这种没有答案的人生。

【深度解读】之三:
从城市到乡村的联结
——《霍华德庄园》小说和电影中主要居住地的对比分析

> 《霍华德庄园》展现了在英国城市文明与乡村田园的发展背景下,三个中产阶级家庭的磨合与冲突最终在乡间的宅邸里得以融合的故事。作者借助小说表达了对不可阻挡的城市发展的无奈和困惑,对田园牧歌式的乡村生活的热爱和眷恋。他也想告诉读者,人们终究会在感悟中转变对生活的认识和选择,将城市与乡村生活有机联结起来,到乡村中去寻找缓冲城市喧嚣的方法和乐趣。

维多利亚时期是英国历史上的一段光辉岁月,在工业革命的推进下,英国的经济进入了全盛时期,产业结构的调整使得对外贸易领先全球,城市化得以快速发展。进入20世纪以后,此时的英国已经完成了工业革命,步入了后工业城市化的转折时期。城市化给后工业、后维多利亚时期的英国带来了许多不同的变化。其中一个巨大变化就是机动车辆的剧增。"1903年，伦敦机动公共汽车站机械运输工具的总量还不足百分之一，1913年达到了百分之九十六。到1911年，英国约百分之八十的人口在城市里生活和工作。"（张福勇，15）另一个显著变化就是城市空间的不断膨胀——城市与乡村的结合部出现了大片的郊区，尤其是在火车站周围地区。郊区化加快了城市空间的扩展，城市的文化空间也随之扩展。

在日新月异的城市文化面前，乡村英格兰和自耕农传统的处境日益受到威胁。20世纪二三十年代，英国每年平均新建30万套住宅，侵占6万英亩乡村土地。这给乡间带来了密布的公路网，无数加油站、污染和噪音，最终造成乡村景色的剧烈变化。所幸英国政府和民间保护组织逐渐认识到，这种随着经济的发展带来的城市扩张，缺乏统一的管理规划，使城镇和乡村之间如同连续的消费品传送带，没有明显分界线；另外，大量轻工业工厂、郊区住宅、广告牌等也扩张到了乡间，最终城市的发展将会侵吞整个乡村的自然与传统人文景观。所以在英国乡村保护运动组织的倡导以及众多热爱乡村人士的努力下，英国的乡村得到了良好的传承与发展。

林语堂曾经说过，"世界大同的理想生活，就是住在英国的乡村"。这足以展现出英国乡村田园在全世界享誉的浪漫魅力。福斯特在《霍华德庄园》里，将城市型英国人的文化身份置于城市文明与乡村田园的冲突与融合的背景中加以审视，表达了他对不可阻挡的城市发展的无奈和困惑，对田园牧歌式的乡村生活的热爱和眷恋，三个中产阶级家庭的磨合与冲突最终还是在乡间的这栋宅邸里得以融合。

一、电影中的城市与乡村场景

影片一开始，伴随着低沉的钢琴声，在将暗未暗的暮色中，鲁丝·威尔科克斯穿着一身优雅的长裙逶迤在绿草如茵、开满鲜花的园中，长裙在绿草上拖行，鲁丝神情安静轻松，她来到自己的霍华德庄园的大房子前面，透过窗户可以看见丈夫和孩子们以及海伦在桌子上玩着什么，另一间房子里有两个女仆在工作。随后镜头就停留在房子正门处，海伦和保罗先后走出来，他们拉着手来到大榆树下拥吻，在这繁花盛开的春夏季节，静谧沉寂的夜晚很容易激发出人的浪漫情爱，海伦显然很享受在霍华德庄园做客的经历，与保罗之间互生爱慕，她太急于和姐姐玛格丽特分享这个好消息，早早寄信回家，可是她和保罗的恋情转瞬即逝。

镜头很快切换到伦敦施莱格尔姐弟居住的威克汉街,是空间狭小的城市街道,主要交通工具是来回穿梭的四轮马车,随后是公寓里念信的玛格丽特,由于弟弟蒂比在生病,茱莉姨妈决定代替玛格丽特去一趟霍华德过问一下海伦的恋情。威尔科克斯一家的出行主要依靠小汽车,去火车站接送人和寄送电报或者信件都开车前去,在汽车还没有普及的英国,小汽车是富裕的象征。因为信息的不对称,茱莉姨妈坐上查尔斯的车去霍华德的路上发生了很不愉快的一幕,茱莉姨妈差点要从汽车上跳下来。

城市中的镜头里没有出现汽车,映入观众眼帘的都是四轮或者两轮马车。伦纳德从剧场走出来追赶错拿雨伞的海伦时,外面正下着瓢泼大雨,伦纳德冒雨走过路边,皮鞋浸入到积水中,可见伦敦的城市排水系统在经受着考验,也可能说明快速兴建的街道和建筑没有将排水系统规划好。伦纳德居住的老旧城区一带更是显得简陋肮脏,街道上有露天烤火堆,有小贩在卖食物,不时听见嘈杂的火车穿行的声音。这样的居住环境显然与威克汉街形成鲜明的对比。

鲁丝与玛格丽特的对话中多次提到城市和乡村给人的感觉,鲁丝说她不喜欢伦敦,因为伦敦让人觉得不稳定,不长久,会和房子一样总是倒塌。玛格丽特顺口说自己的公寓快到租期因为要被拆掉。没想到鲁丝嘴里喃喃细语着并动情地抚摸玛格丽特的脸表示同情，原来鲁丝从哥哥那里继承的霍华德庄园也差点被丈夫亨利拆掉，因为他想利用房子赚钱，她竭力反抗才保留下来，勉强同意建起一个车库。那里是鲁丝出生的地方，有栗子树，曾经有围场还有早已死去的小马驹们。正如鲁丝对玛格丽特所说的那样，你出生的房子被拆掉，就再也找不到了。

鲁丝是一个热爱乡村生活的人，因为她执着地认为人出生长大的地方才是心灵的归属，才是心里感到安全的地方。她对城市的新鲜事物毫无兴趣，抗拒着新的思想。玛格丽特对房子的事情并不太在意，她理解房东想拆掉旧公寓建成新公寓的做法，但是鲁丝却说："我不明白人们为什么要住进那样的公寓里。"她向玛格丽特讲述了栗子树的故事，有颗猪牙镶在离地四英尺的树干上，是乡下人很久以前就镶上去的，他们相信啃一块树皮就可以治牙疼。可是玛格丽特却觉得这有点像民间故事和迷信，她反问道："很奇怪，英国不像希腊。没有真的神话，只有童话。"鲁丝越来越喜欢玛格丽特，当即邀请她去霍华德庄园小住，可惜却没有成行。鲁丝因病去世了，在一个下着雨的日子里，她被埋葬在了霍华德庄园后面的草场里，有各种鲜花为伴，墓地上也洒满了鲜花。鲁丝的灵魂可以安歇了，与自己出生并成长的环境永远相伴。她曾在医院里写下遗嘱，要把庄园留给玛格丽特。

极具商人头脑的亨利在伦敦置办了多处房产，还有海边别墅，他没有料到自己会与玛格丽特相爱，决定同她结婚，正巧租赁霍华德庄园的访客不告而别，他答应玛格丽特可以把威克汉公寓里的家具和书存放在霍华德庄园里。这个乡间的居所不知不觉与玛格丽特发生着联系。当她第一次走近霍华德庄园时，立刻被花草和藤蔓依附的宅邸所吸引，她走进了空荡荡的房间，听到有动静，楼梯上走下来看护房子的老女仆艾弗里，她惊讶地看着玛格丽特称她像极了威尔科克斯夫人，尤其是走路的姿势，建议玛格丽特到房子的周围走一走，于是玛格丽特来到院子里，看到了那棵茂盛的栗子树，而且她真的找到了树干上的猪牙，兴奋地招呼着亨利来看，而且告诉他猪牙背后的民间故事，亨利很奇怪，显然从来没有听说过这个传说，或者他逝去的妻子肯定和他讲过，但是忙于工作和赚钱的亨利是没有闲暇理会这些民间小故事的，也无暇欣赏乡间的情趣和田野的魅力。他与房子之间无法建立人与栖居之间所特有的相互联结，因此也就不能建立人与自然之间的亲密关系。

结婚以后，亨利向玛格丽特展示改造霍华德居所的示意图，玛格丽特说自己在伦敦住得很累，非常想念霍华德的树、草地和牧场。玛格丽特也逐渐喜欢上了安静美丽的乡间，这就是乡村与城市之间完全不一样却又彼此联结的奇妙。最后在霍华德的房子里发生了悲剧，施莱格尔姐妹和妹妹的儿子最终生活在了霍华德庄园，亨利将庄园名正言顺地归于玛格丽特名下，仿佛是上天开了一个玩笑，然而玛格丽特确实值得拥有这处居所，因为只有她能够理解和欣赏田园的美丽，珍惜和爱护乡间的美好。电影的最后一个镜头颇有韵味，苍老的亨利和玛格丽特向坐车远去的多莉、艾维和保罗挥手告别，汽车留下一股淡淡的烟尘，左侧田园里的海伦抱着自己的孩子也向他们招手，旁边有两匹马拉的机器在割草。汽车象征着城市的生活，与已经融合了的一家人渐离渐远，而这生机勃勃、充满生命的乡村田野才会带给人类稳定而长久的幸福生活。

二、文本中的城市与乡村印象

由于篇幅的宽广和自由，作者在文本中对伦敦这所城市多有描述，可以清晰感受到作品中的人物对城市化进程的反感与无奈。在小说的第二章,首次提到了施莱格尔姐弟的居所:"她突然中断谈话,倾听伦敦早晨的种种嘈杂。他们的房子位于威克汉老巷,环境甚是优雅,因为一个由建筑物组成的岬角把它和那条主要的大街隔开了……这些老房子,早晚也会被一一拆除,在它们的地盘上会冒出来另一个岬角,已入住人类在伦敦这块寸土寸金的土地上一层高似一层地摞起来了。"(7)

由于城市文明的发展需要更多现代化的建筑物与之匹配,所以施莱格尔姐弟面临着重新找居所的难题。希尔顿因设有火车站而变成城乡联结的地方:"希尔顿是一个大村子,那些大村子沿大北公路一个接一个排列成串,能够由小到大,完全因了来来往往的公共汽车和公共马车。由于紧邻伦敦,希尔顿没有乡村的那种萧条,长长的中心街道一经发展,一路两旁便修成了居民区。"(16)

交通工具的发达促进了城乡结合地的发展,越来越多的乡村田野被占用,越来越多的人群聚居于此。城市化带来了居住环境的恶化,除了噪音还有空气污染:"一个月接一个月,马路的汽油味儿越来越刺鼻,通过越来越困难,人们彼此听话越来越费劲儿,吸气越来越憋闷,蓝天越来越少见。大自然退却了:树叶刚刚活到中秋便片片飘落;太阳在乌烟瘴气里闪耀,模糊得令人害怕"（129）。难怪作者福斯特发出感慨："把大地作为艺术崇拜的好日子过去了，文学在不久的将来也许不会把乡村放在眼里，开始青睐城市了。"（129）

玛格丽特也向往空气新鲜、安宁静谧的田野环境，但是"伦敦总在阻挠她；身置伦敦的氛围中，她无法集中精神。伦敦只能刺激人，不能鼓励人；玛格丽特在伦敦城表面来去匆匆，寻找房子，却不知道她究竟想要什么样的房子。"（182）这表明玛格丽特还很难与城市一刀两断，因为那里有她成长的痕迹，有她热爱的文化活动，有她欣赏的城市文明，在没有被霍华德庄园吸引之前，她其实很难离开城市生活。

与电影里所展现的不同，鲁丝在霍华德庄园漂亮的花园夜中行走的场景是在海伦写给姐姐玛格丽特的信中呈现的："她身着一袭长裙，在潮乎乎的青草上逶迤而行，返回来时手里抱满前一天割下的干草，只见她一次又一次闻那些干草……她拖着裙裾一边走，一边闻干草，观看那些花。"（2-3）这次行走的时间不是夜晚，而是早餐前的某个时刻。海伦在信中还详细描述了霍华德庄园内部的房屋构造，特别指出了依傍住宅生长的歪斜的山榆树，还有周围的田园风景包括草坪和农场。茱莉姨妈来到霍华德庄园后，见到鲁丝就像信中描述的一样："她似乎不属于那两个年轻人和他们的汽车,而属于这所住宅,属于高耸于上面的那棵榆树"(24)。鲁丝是将乡间万物视作生命陪伴的人,在花草中行走是在与它们展开交流与对话,她的所有动作都表明她深深爱恋着乡野生活。

  鲁丝与玛格丽特建立友谊之后,就不断向玛格丽特灌输有关霍华德庄园的一切,包括九面大窗户、葡萄藤和山榆树,可这一切丝毫不能引起玛格丽特的愉快联想,她觉得还不如去听音乐会有趣。鲁丝一再邀请玛格丽特去霍华德庄园做客,因为那里的早晨是最美丽的,尤其是草场的景色。她也提到霍华德庄园差一点被推倒,那会要了她的命,她抗拒过丈夫和儿子在牧场建车库,因为牧场有她与动物一起成长的记忆,对牧场情有独钟,但是最后还是让了步。虽然霍华德庄园留有亡妻的记忆,但是亨利却对这处住宅有很多不满意,园林搞不起来,树篱修剪得不好,地理位置不理想,因为周围一带都在变成郊区,他认为要么住在伦敦城里,要么住在伦敦城外。亨利的儿子查尔斯和儿媳多莉也都不喜欢住在霍华德庄园,因为他们都享受惯了现代的种种方便。这样的一家人对城市和乡村有着截然不同的感受,可见鲁丝对家人的容忍与体谅,顺从与尊重。

玛格丽特与亨利结姻之后，首次来到霍华德这个既熟悉又陌生的地方，"她深为眼前土地的生机盎然感到惊讶；她过去很少见识过一座花园，花儿看上去那么鲜艳无比，就是她悠闲地拔下的门廊的野草，也绿油油的。"（243）除此以外，"房子后面的花园，樱桃树和李子树正在开花，一片灿烂。再往远处，隐约可见草地和松树的郁郁葱葱。是的，那草地很美丽。"（245）玛格丽特跟着亨利审视房屋的时候，从窗户看到了外面的山榆树，它就像一个伙伴，躬身护着这座房子。这一切对她来说忽然变得亲切了许多。后来她又来到了那片令鲁丝情有独钟的农场，她深深感到："如果还有什么地方，那就是在这些英格兰农场里，你可以看见生命有条不紊，看见生命的整体，把生命的无常和永恒青春组合在一个视野里，连接起来——毫无恶意地连接起来，直到所有的人成为兄弟。"（325）

很显然，随着对霍华德庄园的体验和领悟，玛格丽特也越来越喜欢这个虽然古老而传统却依然蕴含生命活力的居所，这为她后来与妹妹共同生活在这里埋下了伏笔。妹妹海伦也是一个热爱旅游、游历乡间的女子，她喜欢乡下，她的信件中处处流露出活力和诗意，她笔下的风景静谧却不乏威严，有到处奔跑在白雪覆盖的田野上的鹿群，还有壮观的河流。海伦对自然景观的热爱也注定她们终有一天会生活在这样的环境中。在这部作品中，有的人是典型的城市人，会与城市生活相伴；有的人是乡村人，会为田园生活醉心；有的人会在感悟中转变生活的认识和选择，将城市与乡村生活有机联结起来，到乡村中去寻找缓冲城市喧嚣的方法和乐趣。

三、结语

《霍华德庄园》的文本和电影都形象细致地再现了20世纪初英国城市与乡村的景象，是英国经济和工业的繁荣极大促进了城市化的发展，也给当时的社会传统和生活方式带来了巨大冲击。但是城市化发展所带来的活力是无法抗拒的，许多人渴望至少能回到心灵上的那个乡村和田园。自然景色总与乡居生活联系在一起，而工业文明往往同城市密不可分。《霍华德庄园》正是福斯特试图将城市文化与乡村文化进行联结的载体，是现代文明与传统文化的融合交汇之作。城市文化催生了更加细化的英国中产阶级，他们都面临着各自的迷茫与困惑；乡村文化引发了更多对心灵的叩问，他们最终还会回归土地和自然，恢复旺盛的生命力。

参考文献

［1］E. M. Forster. Howards End. New York：Bantam Dell Random House，Inc.，2007.

［2］E. M. 福斯特. 霍华德庄园. 苏福忠，译. 北京：人民文学出版社，2009.

［3］陈蓉.《霍华德庄园》中巴斯特形象的符号学分析. 重庆广播电视大学学报，2013（1）：22-25.

［4］弗吉尼亚·伍尔夫. 妇女的职业. 邓若虚，译. 北京：中国社会科学出版社，2002.

［5］雷蒙·威廉斯. 城市与乡村. 韩子满，等译. 北京：商务印书馆，2013.

［6］马缨. 工业革命与英国妇女. 上海：上海科学院出版社，1993.

［7］陶家俊. 文化身份的嬗变——E. M. 福斯特小说和思想研究. 北京：中国社会科学出版社，2003.

［8］王少. 维多利亚时期英国小说中的城市与乡村. 青年文学家，2016（11）：120-121.

［9］伍越. 从《一间自己的屋子》看伍尔芙创作中的女性主义意蕴. 赤峰学院学报（汉文哲学社会科学版）. 2015（8）：203-205.

［10］岳峰. 旅行写作与身份认同——E. M. 福斯特小说中"联结"的最终尴尬. 外国语文，2009（1）：66-70.

［11］张福勇，秦勤. 从小说《霍华德庄园》看英国的新兴中产阶级. 鲁东大学学报（哲学社会科学版），2009（5）：15-18.

［12］赵思奇."杀死房中天使"创造女性话语——弗吉尼亚·伍尔夫对维多利亚时代男性霸权的反叛. 周口师范学院学报，2006

(4): 30-32.

[13] 征眯. 维多利亚时代中后期英国儿童杂志的二重螺旋——中产阶级女性的压抑和解放. 黑龙江史志, 2012 (22): 74-87.

[14] 周轩. 从《玛丽巴顿》解读19世纪中产阶级妇女与工人阶级妇女的地位差异. 学园: 教育科研, 2010 (6): 27-28.

[15] 朱琪. 论福斯特作品中知识分子的困惑和出路. 华东交通大学学报, 2005 (1): 178-181.

(本章作者: 李华)

6.《文静的美国人》

The Quiet American

作者简介

作者格雷厄姆·格林（Graham Greene，1904—1991），20世纪英国最优秀且最多产的作家之一，一共出版了六十多部作品，包括26部长篇小说、多部短篇小说集、四本游记、三卷自传以及六部剧本。在他去世后，又有多部传记和四册童话出版。格林一生游历甚广，旅居或工作过的地方有西非的利比里亚和塞拉利昂、墨西哥、越南、肯尼亚、波兰、古巴以及海地等。他也从事过多种职业，曾先后担任过报纸期刊的编辑、电影评论员、情报员以及战地记者。

格林充分运用了自己的阅历以及想象力，他的小说不仅题材广泛，而且故事的发生地和文化背景多样。在他的二十多部长篇小说中，既有宗教小说，也有政治小说以及一系列背景为殖民地的小说。这其中，《布莱顿硬糖》（*Brighton Rock*，1938）、《权力与荣耀》（*The Power and the Glory*，1940）、《问题的核心》（*The Heart of the Matter*，1948）、《恋情的终结》（*The End of the Affair*，1951）是他最具代表性的宗教小说。《机密代理》（*The Confidential Agent*，1939）、《第三者》（*The Third Man*，1949）、《文静的美国人》（*The Quiet American*，1955）、《我们在哈瓦那的人》(*Our Man in Havana*, 1958) 以及《人性因子》(*The Human Factor*, 1978) 则以国际政治及间谍为题材。

本章介绍的《文静的美国人》是其第一部政治小说,故事背景是20世纪50年代的越南。小说除了讲述法越战争,也提及了英美两国对越南事务的介入,暗示了越战风雨欲来之势,不仅充分再现了殖民地的政治文化,也展示了新老殖民国家之间的对立与矛盾。小说篇幅虽然不长,内涵却很丰富,可以从政治、历史、文化、爱情以及对生命的思考等各个方面去解读,所以它不仅被列为政治小说,也常被冠以"第一部越战小说"之名,同时也不失为一部动人的爱情小说。

格林曾21次被提名诺贝尔文学奖,却屡次与诺奖失之交臂。格林把自己的作品分为两大类:一类是严肃作品,一类是娱乐作品。同时他也因笃信天主教而在作品中融入了宗教及道德相关的内容,宗教意味过浓或道德说教太多,这些都招致了一些负面评论。美国作家约翰·厄普代克曾写了这样的诗句表达他的质疑:"你身躯确实庞大臃肿/可笔下的'杰作'却如此的干瘪空洞"(阿普尔亚德著,何作译,16)。著述虽丰,品质堪忧,厄普代克代表了颇有争议的一类观点。但也有不少研究者认为格林是20世纪最伟大的英国作家。我国学者冯亦代先生曾如此为格林正名:"从广义上讲,严肃性小说也是极富于消遣性的,而他写的消遣性小说,又充满了别的严肃小说作家所缺少的深度。"(冯亦代,157)像冯老这样肯定格林小说创作艺术的不在少数。英国作家伊夫林·沃也称赞他是"一位天才的讲故事的人"(转引自格林著,主万译,"译后记",259)。扎迪·史密斯则在《文静的美国人》小说英文版前言里写道:"谁也不能更好地把饱受战争踩躏的印度支那那头绪纷繁的来龙去脉编成像《文静的美国人》这样一本前后有序、主题集中、读来让人津津有味的小说"(格林著,主万译,9)。和简·奥斯汀一样,格林的小说也在其形式多样的作品中展示了各色人物以及鲜活的人性。诚如黎戈所评论的那样,格林的叙事方式,呈现出一位通达世故的中年人的视角,这位中年人洞悉人性,知晓世间善恶,他"丧失信仰,却怀有信念;他的笔下,恶无所不在,而人又在沉沦中挣扎。"(黎戈,41)

《文静的美国人》于1955年在英国出版(1956年在美国出版)。1957年,国内出版了由刘凡如翻译的中译本。2008年,上海译文出版社推出了主万的译本。由于译介的及时以及小说题材的受欢迎度,格林先生曾与1957年应邀来中国访问。小说曾于1958年和2003年两次被搬上好莱坞荧幕。本文以2003年的版本为研究对象,分析电影作品和小说文本在语言处理、动态及静态效果的对比上的异同。

撷英采华

片段1：

I thought that if I smelt her skin it would have the faintest fragrance of opium, and her colour was that of the small flame. I had seen the flowers on her dress beside the canals in the north, she was indigenous like a herb, and I never wanted to go home. (Greene, 1986: 14)①

译文：

我想,要是闻闻她的皮肤,那一定带有淡淡的鸦片烟香味,她的肤色也正像烟灯的小小火焰的。她衣服上绘的这种花,我在北方那些小河边曾经看见过。她像一片芳草那样天真自然；我真不愿意丢下她回老家去。(格林著,主万译,2008: 8)②

---

① 小说的英文引文出自企鹅出版社（Penguin Books）1986年版本。其后只在引文后标注页码,不另加注。

② 小说的中文引文出自上海译文出版社2008年版本。其后只在引文后标注页码,不另加注。

片段 2:

He was not envying Granger, he was complaining that anything good-and prettiness and grace are surely forms of goodness-should be marred or ill-treated. Pyle could see pain when it was in front of his eyes (I don't write that as a sneer; after all there are many of us who can't). (39)

译文:

这时候,他并不在羡慕格兰杰;他是在埋怨美好的东西——俏丽和风姿当然也是美好的形式,竟然会受到摧残或是虐待。当痛苦就在派尔眼前时,他也看得见痛苦(我写这句话并不是讥笑他。说到头,我们当中有许多人,即便面对这痛苦,也看不见。)(44)

片段 3:

A chance of death? Why should I want to die when Phuong slept beside me every night? But I knew the answer to that question. From childhood I had never believed in permanence, and yet I had longed for it. Always I was afraid of losing happiness. This month, next year, Phuong would leave me. If not next year, in three years. Death was the only absolute value in my world. Lose life and one would lose nothing again for ever. I envied those who could believe in a God and I distrusted them. I felt they were keeping their courage up with a fable of the changeless and the permanent. Death was far more certain than God, and with death there would be no longer the daily possibility of love dying. The nightmare of a future of boredom and indifference would lift. I could never have been a pacifist. To kill a man was surely to grant him an immeasurable benefit. (44)

译文：

想有一个死的机会吗？有凤儿每天晚上睡在我身旁，我干吗还想死呢？不过这个问题的答案，我可知道。我从小就不相信永久性，然而我又渴望永久。我总怕失去幸福。明年这个月，凤儿会离开我。就算不是明年，那么在三年之内，她会离开我。在我的世界里，死是唯一绝对有价值的。失去了生命，一个人从此就不会再失去什么了。我羡慕那些能信仰一位上帝的人，可是我又不信任他们。我觉得，他们是靠一个万事不变和永久存在的寓言来壮胆子。死亡远比上帝确切；有了死就不必天天担心爱情可能会消失了。未来的厌烦与冷漠，那种噩梦也会消失。我决不会成为一个和平主义者。杀死一个人，确实是赐给他无法估量的幸福。(51)

片段 4：

"I'm too old to run with a rifle. And this isn't my war. Come on."

It wasn't my war, but I wished those others in the dark knew that as well. I blew the oil lamp out and dangled my legs over the trap, feeling for the ladder. I could hear the guards whispering to each other like crooners, in their language like, a song. (107)

译文:

"我年纪太大啦,拿着枪跑不动。而且这又不是我的战争,走吧。"

这的确不是我的战争,不过但愿这时候黑暗中的那些人也明白这一点。我把油灯吹熄了,从活板门那儿把腿伸下去找梯子。我可以听见那两个哨兵在悄声交谈,像低吟歌手那样,他们的语言就像一支歌。(141)

片段5:

"He was talking about the old colonial powers-England and France, and how you two

couldn't expect to win the confidence of the Asiatics. That was where America came in now with clean hands." (124)

译文:

"那天,他谈到了旧殖民主义国家——英国和法国,又说你们两国如何全都不能指望赢得亚洲人的信心。这正是美国现在进来的好机会,美国双手清清白白。"(166)

影片资料

类型: 剧情/战争

片长：101分钟

出品：米拉麦克斯影业公司摄制

导演：菲利普·诺伊斯（Phillip Noyce）

编剧：克里斯托弗·汉普顿

摄影：杜可风

主演：迈克尔·凯恩饰福勒

布兰登·弗雷泽饰派尔

杜海严饰凤儿

获奖情况：又名《沉静的美国人》《沉默的美国人》。曾获2003年第75届奥斯卡金像奖最佳男主角提名；2003年第60届美国金球奖电影类——剧情类最佳男主提名；2003年第56届英国电影和电视艺术学院奖电影奖——最佳男主角提名。

剧情梗概

故事以1952年的第一次法越战争为背景，描写了法国这个老殖民主义国家对越南的血腥镇压和殖民。英国打着中立和旁观的旗号，也踏上了这片东方土地。效力于《伦敦时报》的新闻记者福勒是英国殖民者的典型代表，是小说中的第一人称叙事者。与此同时，刚刚一跃而为世界头号强国的美国也想在这块土地上分一杯羹，以派尔为代表的美国佬以"民主"这个冠冕堂皇的借口，试图在越南当地扶植"第三势力"，以对抗越南共产党以及法国殖民者。貌似天真无知的派尔，用民主斗士的假象和谎言掩盖美帝国主义侵略的真实意图。派尔为土匪头子泰将军的部队提供制作炸弹的原料，而一系列爆炸案的直接牺牲品却是当地的无辜平民。福勒逐渐看清了派尔的真实面目，最终决定参与越南共产党清除派尔的计划。除了政治观念上的分歧，福勒和派尔在爱情上也是对手。派尔对福勒的越南小情人凤儿一见钟情，并发誓要成为凤儿的保护者。福勒虽然与留在英国国内的妻子感情早已破裂，但因妻子天主教徒的身份不愿离婚，福勒无法给凤儿一个正大光明的身份和有保障的未来。但为了将凤儿留在身边，福勒谎称妻子已同意离婚。这个谎言后来被凤儿的姐姐戳破，凤儿转而投身于派尔的怀抱。当故事结尾派尔死去之后，福勒终于得到了妻子愿意离婚的承诺。更重要的是，他真正意识到了凤儿的可贵以及自己未来的希望所在，他的爱又唤回了凤儿。

【深度解读】之一：
幸存于"格林之原"
——析格雷厄姆·格林的《文静的美国人》

> 格林的绝大部分小说中都存在着一个"格林之原"，它在不同的作品中被具化为不同的地理位置，同时也被用来比喻形形色色失去信仰、挣扎在痛苦之中的人群的精神世界。在《文静的美国人》中，格林就通过三位主人公错综复杂的关系和冲突展示了"格林之原"上人们精神和心理上的种种斗争与变化，表明"格林之原"并非彻底黑暗和令人绝望，而是一个在毁灭之中依然存在着一线新生希望的世界。

英国当代作家格雷厄姆·格林是一名颇具传奇色彩的人物，他的很多作品都已被改编成影视剧。格林的一个与众不同之处在于他作品涉猎的范围之广，题材之众。但无论这些故事的发生地是墨西哥、塞拉利昂、海地、古巴、越南或是英国本土，他们都被赋予了一个共同的名字："格林之原"（Greenland）。

这片"格林之原"存在于格林的大部分作品中，这些在地图上可以找到的地方不仅是现实中令人绝望的世界，也象征着生活在这个世界里的人们的精神世界。他们往往失去信仰，挣扎于各种痛苦中不得解脱。在这个世界里，生活着形形色色"'悲惨学校的毕业生'、间谍、成年人、背叛者和罪人。混乱的当下是常态，文明从未在此现身，救赎的行为踪迹难寻，而死亡必然来临。"（Bradbury，237）然而，就在这片悲惨之地，似乎也总能看到一点希望的曙光。在《文静的美国人》① 中，作家格林就通过三位主人公错综复杂的关系和冲突展示了"格林之原"上人们精神和心理上的种种斗争与变化，表明这片土地并非完全黑暗和令人绝望，而是一个在毁灭之际依然拥有一丝生机的世界。

一、福勒与派尔：新老殖民者的罪恶与腐朽

在这部小说中，"格林之原"被具化为 1952 年的越南。故事发生在越南抗法战争后期，两位男主人公中，一位是世故老

---

① 这部作品的英文名称为 *The Quiet American*，中译名不一，有《沉静的美国人》《沉默的美国人》以及《安静的美国人》等。本文统一采用《文静的美国人》这一译法。

道的英国记者福勒,另一位是头脑简单并崇尚民主的美国佬派尔,而女主人公则是他们共同的情人——越南女孩凤儿。作为日暮西山的西方殖民主义者化身的老者,英国记者福勒与年轻的派尔在个性、认知和处理问题的具体方式上都形成了鲜明的对比。而他与性格顺从、充满活力、随遇而安的越南小情人凤儿之间的强烈反差也折射出东西方之间的差异。看似简单的一个故事,暗含着年老与年轻、东方与西方的冲突,体现了无作为与作为、觉悟与无知以及因此而产生的一系列冲突与矛盾,也展示了在越南这片"格林之原"上的腐朽、暴力、罪恶以及纯真和希望。在这片土地上,道德感和是非观缺失,责任与正义难以厘清。但在一切被遗弃与被毁灭中,也顽强生长着一片年轻而又充满希望的绿色,所以"格林之原"并非完全笼罩在黑暗中,而是一片灰色地带。

在格林看来,"人性并不是黑白分明的,而是灰黑色的。"(2),这个灰色地带正是格林所最关注和擅长描写的。在这片灰色地带上,绝望产生的根源之一是殖民统治。作为英国某报社驻越南的记者,福勒无疑也是欧洲殖民主义者的代表。但是当他在过去的两年中耳濡目染了在越南殖民地发生的一切之后,他很难再从宗教信仰中找到解脱,他试图让自己置身度外:"这就是人类的现状。让他们去打吧,去爱吧,去谋杀吧,我不想蹚这滩浑水。我的同事们自诩为记者,我倒宁愿用报道者这个字眼。我把看到的写下来。我从不作为——哪怕持有观点也是一种作为。"(Greene, 28)①

福勒一度想对殖民的事实视而不见,但当他结识了二十几岁的美国人派尔之后,他逐渐意识到殖民与侵略本身的罪恶,他明白是时候有所作为了。初来乍到的派尔执着于理想化的民主,他希望在越南建立一个"第三势力"(The Third Force)或所谓的"国家民主",来帮助越南人民对抗欧洲殖民者。具体来说,就是在越南本土寻找一种势力或一位领袖,他们既不与老殖民主义国家——法国和英国结盟,也不受其利用和威胁,而是自成一派,派尔称之为"民族民主主义势力"。为了寻求和捍卫这种第三势力,派尔参与了一系列暗杀行动,遭殃的却大多是越南平民。他打着民主的幌子,干的却同样也是暴力的事。

作者格林塑造派尔的手法与美国作家亨利、詹姆斯类似,

---

① 本章中所采用的中文译文部分引自英文原版,由笔者自行翻译,此版本由企鹅出版社(Penguin Books)于1986年出版。部分引用主万的中译文,由上海译文出版社于2008年出版。其后在引用主万的译文时,只标注其页码。

都把年轻单纯的美国人和年老世故的欧洲人进行对比。但格林与詹姆斯的不同之处在于，他更倾向于欧洲人的处世法则，对美国人所谓的单纯与理想主义很反感。在福勒眼里，派尔的简单和天真最初具有一定的吸引力，但当派尔又制造了一起爆炸案，导致无辜平民受伤害之后，愤怒的福勒决定采取行动。为了写出有观点有立场的严肃报道，他只身前往越南抗法战争一线。他还决定清除派尔，以使更多人免受伤害。于是，他参与了谋杀派尔的计划。

福勒与派尔之间的矛盾源自彼此不同的信仰以及对正义的不同解读。福勒宣称他不再信仰上帝而相信自己所看到的事实："我相信我所记录的。"（94）派尔则认为自由至上，他告诉福勒："你必须相信一点，任何人都必须有某种信仰。"（94）奉自由为信仰的派尔认为自己必须为自由而战。但具有讽刺意味的是，他所谓的帮助越南人民捍卫自由的暴行实际上只是加剧了越南人民与欧洲殖民者之间的对立和冲突，更多平民因此而沦为暴力的牺牲品。这位"文静的"美国人用炸弹制造了毁灭性的袭击和灾难，这位口口声声捍卫民主的美国佬呈现的无非是另一种殖民主义和霸权主义的嘴脸，"他满脑子给善意和单纯无知武装得坚不可摧。"（220）派尔的这种无知在福勒眼里是无药可救且必须根除的:"他会一直这样天真,无可指责,他们一直如此无辜。唯一的解决办法就是控制或者清除。无知是一种疯狂。"(162)为维护无辜平民的正义,福勒与派尔决裂,正如小说中的越共人士恒先生所说的,"如果想要保持人性,必须有所立场"(174)。认识到文静的美国人的危害性后,福勒放弃了曾经拒绝站队、拒绝作为的中庸立场,是派尔促成了他的这种转变和成长,也激发了他捍卫正义的热情。

二、凤儿:"格林之原"的希望

除了这种关于道德与正义的冲突以及暴力和谋杀带来的阴森恐怖,小说中的"格林之原"依然存在着一丝绿意和生机,它们来自年轻的女主人公凤儿。这位弱不禁风、需要爱与保护的东方女性最终却成为"格林之原"上唯一的幸存者,也成为两位男主人公肉体与精神双重的避风港。福勒爱慕凤儿,她的质朴清新让福勒完全把自己的家庭和英国抛之脑后。只有和凤儿在一起,抽着她烧的鸦片烟时,福勒才感到自己不再孤独,才能暂时忘却可怕的战争与罪恶,书中有这样一段心理活动:

我初来的时候,老在计算我出差的日子,像一个学生计算还有多少天才放假那样；我想我那时候还念念不忘伦敦，布鲁姆斯伯里广场和乘坐七十三路公共汽车穿过尤斯顿大街的长廊，也不忘乘在公共汽车上所见到的托林顿广场上的春天景色。现在，广场花园里的兰花应该早已开放，我却觉得无所谓了。我只要天天有抢先的新闻报道发出去，可能是汽车车胎爆胎，也可能是手榴弹爆炸；我只要在闷热的中午看到那些穿绸裤子的女人风姿绰约地走动，我要凤儿，我的家已经搬了八千英里，不在英国了。(24-25)

对福勒而言，我心安处即是我家，而让他安心和心满意足的，就是能"看到那些穿绸裤子的女人风姿绰约地走动"。至于伦敦怎样，故土怎样，已经与他毫不相干。自从有了凤儿之后，他的家"已经搬了八千英里，不在英国了"，而是在这片东方的"格林之原"。

凤儿成了福勒的唯一的慰藉，他试图忘记那些关于正义和道德的斗争，也试图摆脱老之将至的恐惧，连死亡这个问题也需要重新思考了，因为"有凤儿每天晚上睡在我身旁，我干吗还想死呢？"（51）但是患得患失的福勒总是担心有一天会失去凤儿，于是他又用死亡来安慰自己："失去了生命，一个人从此就不会再失去什么了……死亡远比上帝确切；有了死就不必天天担心爱情可能会消失了。"（52）死亡，和失去的恐惧与绝望相比，未尝不是一种永久的幸福。

　　凤儿的活力、美貌和天真不仅俘获了福勒，也让美国佬派尔一见钟情，并产生了强烈的保护欲。派尔看到凤儿及其同胞姐妹们的生存环境，深感痛心，他"埋怨美好的东西——俏丽和风姿当然也是美好的形式——竟然会受到摧残或是虐待。"（44）他满怀同情地断言："这对她一点儿也不合适。"（53）派尔想当然地认为自己有义务拯救凤儿于水深火热之中，就像他深信第三势力是越南人民的救星。而事实上，他最终却连自己也未能保护好，葬身于这片"格林之原"。

　　无论是年迈的福勒还是年轻的派尔，都是西方世界的化身，而凤儿则象征着柔弱和受制于人的被殖民地国家。在格林笔下，凤儿的青春、沉默与单纯都让世故的福勒以及貌似天真实则无知的派尔相形见绌。只会简单英语的凤儿不善言辞，但她在这个一片混乱的世界里随遇而安，顽强生长。尽管她曾寄希望于自己的两位情人，盼望能在欧洲或美国找寻到新希望和更好的未来，但当派尔死后，她并未失去理智，而是努力翻开新的生活篇章。正是像凤儿这样的女子给"格林之原"带来了生存下去的希望。她如同黑暗里的一线微光,抚慰了迷茫与绝望。

值得一提的是,格林本人并不太赞成"格林之原"的说法。有不少评论家也认为,"格林之原"不过是一个背景,用来容纳和展示人物的精神成长,至于它是在海地,越南,刚果还是墨西哥都不重要。所谓的故事背景地,"不过是为探索人物的精神困境服务而已"(Richetti, 649),作家本身对这个背景地也未必真正感兴趣。在某种意义上,这些远离不列颠的东方国度只不过是"莫须有的城邦,任由他人来书写。"(Richetti, 649)类似这种评论显然吻合了萨义德"东方主义"的定义,即东方是由西方来观察和书写的,西方作家作品中所呈现的东方只不过是他们想象中或者他们定义下的东方[①]。就如200年前的柯勒律治仅凭着一个午间梦境,就写下了一首浪漫主义杰作"忽必烈汗"。他在这首诗里,用浪漫主义的想象建造起一个东方城堡,刻画出一位东方君王的形象,而诗人本人从未踏上过这片东方的土地。马可波罗也是一例,至今仍有不少研究者质疑他的《马可波罗游记》的真实性,指出他不过是凭想象描摹出了一个神奇瑰丽的东方国度。

---

① 关于萨义德"东方主义"的概念将在下一篇中具体阐述。

三、结语

格林在他的作品中塑造出了这样一片独一无二的"格林之原",无论它在作品中具体指代哪个国家或地域,它都是物质世界和精神世界的化身。"格林之原"的存在既要归因于作者本人丰富的游历和阅历,也是因为他本人对人类的灵魂和救赎问题一直深切关注。在这一点上,格林和他的前辈简·奥斯汀一样,都因对各色人物的生动描摹以及人性的洞察剖析而被尊为经典作家。人性中的善与恶是他们在写作中始终关注的话题,一切情节的展开都是为此服务。也许是时代与阅历的不同,格林更关注人性中卑劣与丑恶的一面,他的"格林之原"是一片不那么明媚的灰色地带。可以说,在格林的诸多作品中,无论故事本身的主题是殖民斗争、国际政治或是谍战,无论故事发生在世界的哪个角落,他所关心的归根结底还是某个人群的精神世界,也就是依托于现实世界而存在的这片"格林之原"。

【深度解读】之二：
格林在《文静的美国人》中对"东方主义"的重新审视

在这部关于战争、政治、爱情以及死亡的小说中，格林修正了"东方主义"关于东方的错误表征，展示出一种崭新的东西方关系。在这种关系中，"他者"的定义和身份属性是流动甚至混杂的。强大与弱小、统治与顺从，无论是力量对比还是殖民关系都有可能发生反转。此外，东方女性通过自身的成长可以抹去"他者"这个标签，同时也给男性带来转变。小说中，格林还借助"驶入的航程"这一隐喻，暗示出只有当西方人真正将视角投向东方时，才能发现一个不同于他们之前想象的东方。

曾经看过一部电影《海上钢琴师》。出生于船上的钢琴师，一生飘零在大海海之上，直至与游轮共生死。出生无可选择，然而共死确是主人公自觉自愿的选择。这当然是一个再明显不过的意象：与陆地世界格格不入的流浪者。流浪和离散可以是自主的选择，也可以是无奈的流放。在《文静的美国人》中，当英国殖民者福勒和"天真的"美国佬派尔踏上越南这片土地的那一刻，并没有意识到自己已然沦落为失根的离散者。在其后的日子里，他们不仅几乎被故土遗忘，同时还生活在来自东方的仇视与报复的恐惧中。他们不再拥有居高临下地审视东方的权利，而是不得不被貌似弱小的东方窥探和评判，并因此而成为与东方世界格格不入的"他者"（the Other）。这种进退两难的境地既源于帝国主义的侵略本性和殖民者自身的贪婪，也源于西方世界对东方世界的无知和错误表征（mis-representation），也就是爱德华·沃第尔·萨义德所定义的"东方主义"（Orientalism）。

后殖民主义理论家萨义德在他的《东方学》《文化和帝国主义》以及《格格不入》等多部著作和访谈里，阐释了"东方主义"在后殖民主义语境中的内涵。萨义德的东方学核心观点是"东方不是东方"，即西方对东方的认识并非建立在客观的认知上，而是出于他们霸权统治的需要，凭空勾勒出一幅东方图景，因而他们眼中的东方往往是与现实不符的错误表征，是建立在对东方的刻板印象基础上的误读。在西方人眼中，东方人是与他们所对立的"他者"，这个"他者"标签的定义包括弱小、落后、屈服、顺从等，而西方的标签则是强大、先进、统治和霸权。后殖民主义理论家斯皮瓦克一针见血地指出:"东方和第三世界永远是西方人眼中的'他者',处于远离西方话语中心的边缘地带。"(Spivak, 104)

但在《文静的美国人》这部小说中,格林借助人物之间的关系、精神世界的分崩离析以及肉体遭到的毁灭,呈现出一种崭新的东西方关系。在这种新的关系中,权利和身份均不同程度地发生变化,"他者"不再是萨义德所定义的"他者","东方主义"也被赋予了新的含义。无论是在政治生活还是爱情关系中,西方统治者的身份与东方被殖民者的从属者身份会在某些时刻发生反转。格林在这部小说中重新审视了"东方主义",试图展现一个非"东方主义"视角下的东方,是一种难能可贵的尝试和突破。

一、殖民文化中身份的流动性:谁是"他者"

如前所述,在后殖民主义理论中,"他者"包括指西方人眼中的东方世界:"东方不仅与欧洲相毗邻;它也是欧洲最强大,最富裕,最古老的殖民地,是欧洲文明和语言之源,是欧洲文化的竞争者,是欧洲最深奥,最常出现的'他者'形象之一。此外,东方也有助于欧洲(或西方)将自己界定为与东方相对照的形象,观念,人性和经验"(萨义德著,王宇根译,2)。但萨义德也指出,"他者"身份并非固定不变,而是随时流动,有时甚至会出现混杂的情况。

小说中,英国记者福勒既是与本土白人文化失散了的离散者,也是不得不听命于本国政府的从属者,他所效力的《伦敦时报》随时可能终止他在当地的工作并停发薪水。这一身份造成了他精神与物质上的双重困顿。他在某种意义上已经成为离散且受制于自己祖国的"他者"。美国佬派尔自以为代表着先进与民主,在福勒眼里,却是个"满脑子给善意和单纯无知武装得坚不可摧"(220)的刽子手,是愚昧无知的"他者"。福勒与派尔的交锋以及福勒居高临下的审视与评判,显示出老牌殖民主义国家英国在美国小弟弟面前十足的优越感,后者是前者眼中的"他者"。

英国殖民者在被殖民地人民面前是高高在上的西方先进文明,但如果考察他们个体,则不过是旅居的过客。英国本土不是他们想回就可以回,命运已然不在自己手中。福勒自从踏上越南这片东方土地后,就陷入了与西方世界疏离的境地。除了事业上没有足够的选择自由,在情感上他也饱尝了孤独。他与留在英国的妻子毫无感情,婚姻和家庭都不再是维系情感的纽带,他如断了线的风筝一样飘零在别处。

在这个陌生的东方世界里,福勒和所有的殖民者一样,被视为眼中钉,肉中刺,因为被殖民者"是被统治,而不是被驯服。他被贬低,但并不服自己的低下。他耐心等待殖民者放松警惕以便扑向殖民者。被殖民者的肌肉始终在等待。"(法农著,万冰译,17)像福勒这样的入侵者始终生活在仇恨的阴影里。在时机尚未成熟之时,被殖民者努力保持着"一种石头般的平静"(法农著,万冰译,18)。他们像石头一般沉默,如石头一般有力,更如石头一样把所有的伤害镌刻在身上。随着被殖民者反抗和敌对情绪的不断发酵,一旦时机到来,这些西方人眼中顽愚不化的石头就会成为有力的武器,砸向外来的侵犯者和统治者。而那时,遥远的大英帝国爱莫能助。当命运将福勒们抛到世界另一端的东方殖民地时,他们就注定要成为失根的离散者,成为殖民斗争的牺牲品。

不过福勒的离散一定程度上也归咎于他自己的选择,他意识到自己已经离不开凤儿和这里的一切:"在我看来,我离开了冈贝塔街和卡蒂纳街,喝不到这种淡淡的味美思黑茶和鸡尾酒,听不见这种普通的掷骰子的声音,看不见大炮的火花像一只大钟的时针那样在天边转来转去,我就似乎不可能再活下去了。"

(84)这些东方殖民地独有的事物和景象,哪怕是战争的炮火都足够吸引他。更奇怪的是,与死神的近在咫尺居然也能成为他留下来的理由。尽管害怕死亡,福勒更愿意接受这种有准备的而不是悄无声息的死亡。所以在战地听到枪声,他甚至会带着点兴奋的感觉"等待着那件永恒的事情"(63)。但当死亡真的近在咫尺,福勒却不是心甘情愿地迎上前去。当他腿部受伤,和派尔一起在水稻田里躲避越盟人员的围剿时,他"深深地吸了一口气,又缩进泥淖里——一个人对他所爱的东西如此出于本能地躲躲闪闪,跟死神调情"(147),这大概也是东方赋予福勒的独特的死亡体验和认知吧,这种又爱又怕又恨的情感让他难以割舍。

至于美国人派尔,则是另外一种形式的殖民存在。萨义德曾指出:"美国海外利益辩护士们坚持说,美国是无辜的,在做好事,在为自由而战。格雷厄姆·格林的《沉默的美国人》一书中对派尔的描写以无情的准确性体现了这种文化构成。"(萨义德著,李琨译,8-9)打着民主与自由的旗号,在别人的领土上"行善施德",真正的利益攫取者总会给自己找冠冕堂皇的接口,用正义为说辞替自己的侵略行为辩护。派尔们是更先进的文明人?还是只看到眼前战利品的野蛮人?被殖民地人民是否真如派尔们想象得那样一身软骨，屈服顺从？派尔的故事告诉我们，真正愚顽不化的不是东方人，而是自以为是的西方人。派尔说他很难改变自己的关于民主和第三势力的想法和观念，除非自己死去。他为自己辩护说，那些无辜死去的平民"是为正义而死"（241）。正是派尔的这种执迷不悟和善良掩盖下的残酷和冷漠导致了他的毁灭。也许被殖民者无法以正义为名捍卫自身利益与权利，但他们的怒火会以另外一种方式燃烧；他们力量未必强大，但也有足以震慑侵略者的复仇方式。弱小的"他者"也可以成为强大的一方。

小说中还有一个细节，是福勒和美国经济专员乔偶遇时的感受："当我回头看看他的时候，他还在痛苦而迷惘地注视着我；我是一个他无法理解的同胞。"（34）这位美国同胞和派尔一样，自认为西方世界肩负着拯救第三世界的使命，为此宁愿牺牲自己在国内安逸的生活。而福勒在一系列的遭遇之后，早已看清了殖民主义的真相，明白了美国同胞的"好意"，所以俩人彼此无法认同和理解。这个细节展示了福勒与西方价值观和视角的分道扬镳，尽管还不至于彻底决裂。不论是对于乔还是派尔，福勒都持嘲笑与不屑的态度，并给他们贴上天真无知的标签。

福勒与派尔表面上是高高在上的统治者，实际上却日日生活在恐惧中；他们自以为代表着先进的文明，却在充满活力的东方文化面前呈现出老朽之态；他们天真地相信自己代表着真理与民主，却不料最终葬身越南人民之手。他们一方面扮演着侵略者的角色，另一方面又是听命于本国政府的下属。统治与被统治，强大与弱小，权利与身份在殖民过程中时常发生反转，"他者"不再只有一种定义。

二、女性对"他者"身份的改写：凤儿的成长

在福勒和派尔眼中，凤儿无论是从民族还是从性别身份来说都是需要他们保护的"他者"。但在这段三角关系中，最后真正成为精神依靠的却是柔弱如小鸟的凤儿。派尔死于越共之手，老迈的福勒则把余生的幸福寄托在凤儿身上，西方入侵者的毁灭和希望都来自于越南这个"他者"。从这三位主人公之间不断变动的关系以及身份与力量的反转，我们可以看出格林给"他者"这个概念赋予了更多的解读可能性。

在凤儿的形象塑造上，格林纠正了"东方主义"关于东方女性的扭曲想象和刻板描写。凤儿是典型的东方女性的代表，她是失语、顺从、幼稚以及弱小的，也是自然、美好与纯净的。

她一方面显得无欲无求，对福勒言听计从，另一方面又有自己的坚持和选择。她不是头脑简单的不出声的玩偶，而是有着自己处世法则的小女子。她既符合西方世界对东方女性的想象，歌唱一样的语言、迷人的香味、琥珀色的皮肤都充满了异国情调；但另一方面，她也表现出了出乎意料的坚韧和变通。

失语的凤儿一度是被书写和被审视的对象。她是福勒眼中"娇嫩的一棵小树苗"（153），是派尔爱慕的"一朵鲜花"（134）。有时两个男人当着凤儿的面谈论她，却好像她不在场似的："我们谈到她的时候，总是用第三人称，仿佛她不在场似的。有时候，她像和平一样无影无踪。"（52）不过凤儿的失语并不只是因为语言能力的欠缺或地位的地下，有时恰恰是她自我表达的一种方式。例如在派尔当着福勒的面向凤儿求婚时，凤儿并没有直接回应，而是让福勒充当翻译。当福勒与派尔谈得剑拔弩张时，凤儿的一个"不"（100）字，立刻结束了火药味十足的局面。当这段谈话结束后，凤儿让福勒转述她的问题："他乐意抽一袋烟吗?"（101）凤儿与派尔面对面，却拒绝与他直接交流，这无疑是在表明自己的选择和立场。凤儿出于对情感的忠诚，对派尔采取了避嫌的态度，她也因此获得了福勒的尊重和爱护。在更加年轻、富有且充满激情的派尔面前，凤儿并没有像她姐姐那样嫌贫爱富。但当她后来得知福勒在离婚的问题上对她撒了谎，她毅然决然地离开了福勒，转而投入派尔的怀抱。在这段三角关系中，凤儿掌握着绝对的主动权，而不是被任何一方选择，于是她就不再是纯粹的"他者"。在以强势的男性话语为主导的社会中，她的声音虽然很少被"听见"，但有时沉默也是一种言说，只言片语也未必无力。

在与福勒的关系中，凤儿的成长以及由此带给福勒的转变显而易见。她最初是弱小的被保护者，后来逐渐成为福勒的慰藉。福勒最初只把凤儿当作陪伴，以填补自己的寂寞。他明知自己不能许她一个有保障的未来，却还是自私地占有着她。在他看来，凤儿这样的东方女孩"不知道爱是怎么回事"（137）。当派尔表示自己爱上了凤儿之后，福勒劝派尔不要用以自己的方式来理解爱情，因为爱情是西方人的专属："我们用这个词儿是为了情感上的原因，或是为了来掩饰我们对一个女人的着迷。这儿的人并不受到着迷的苦恼。你感情上会受到伤害的，派尔，要是你不小心的话。"（176-178）福勒认为，凤儿和他在一起，不过是为了寻求安全感和依赖感。至于他自己，则是为了打发老年的孤独，为了性，而不是因为爱。但是后来，经历了生死的洗礼，看到了派尔对凤儿的执着追求，福勒开始以认真严肃的态度重新思考爱情与婚姻，并最终给了她想要的承诺。心理上的强大，让凤儿赢得了尊重和爱护，也促成了福勒的转变。

福勒在爱情问题上的转变，体现了他的反省和觉醒。他的另一个转变则是对战争和死亡的看法。刚到越南之初，福勒总是强调"这又不是我的战争"（141），并希望自己能够在这场战争中全身而退。但当他意识到因为自己和派尔的缘故而导致岗楼里的两个越南人遭到袭击时，他开始反省："我一向对自己超然事外，不属于这场战争很得意，但是这两个人的死伤是我造成的，就仿佛我使用了那柄轻机枪，像派尔原先想干的那样"（151）。这种反省是福勒转变的开始，福勒一开始试图置身事外，认为新闻工作人员只负责记录和报告事实，而无须发表自己的观点或下结论："我是一个记者——对任何事情我都没有真正的意见。"（90）但随着时间推移，战争的残酷和血腥让他不断思考，究竟是谁要对这一切负责？在故事的最后，福勒显然已经给出了自己的结论。

小说中还有一个不同于凤儿的女性形象值得一提，即凤儿的姐姐徐小姐。凤儿在影片中的转变非常明显，而她的姐姐则自始至终都是一种占据着主导和选择权的女性。不同于凤儿的柔弱和温和，徐小姐是个"很死板的女人"（47），从外形到性格都很硬朗。她的生活重心只有一个：做妹妹的保护神。为此，她"一心想要她好好跟一个欧洲人结婚"（46），而在这件事上，福勒恰恰无法做到，也难怪姐姐对福勒一直态度不善，而在第一次见到派尔时，觉得他是潜在的猎物，姐姐表现得殷勤而有礼貌。姐姐心如明镜，同时不愿自己的妹妹成为福勒的玩物。东方女孩并非都是可以轻易到手的猎物，福勒对凤儿的追求尤其漫长不易。因为他没法给凤儿承诺，结婚然后定居，所以他对凤儿的追求是遭到凤儿姐姐的阻挠的。在徐小姐看来，她的妹妹"需要人照料爱护。她也值得人家爱护。她非常、非常死心眼儿"（49），她还强调凤儿很爱孩子，这些话其实都是说给福勒听的，因为这些正是他难以给予凤儿的。

在格林笔下，两位性格和外表截然不同的东方女性却呈现出了一些共同特质：有主见、不顺从、心理强大，她们不再是东方学所定义的那种东方女性，柔弱的"他者"。

三、驶入的航程：重新审视东方

福勒腿部受伤躺在田埂上时，书中有这样一段描述："这时候，我只看见满天星斗这项精心制作的密码———一种我读不出的外国密码：这些不是家乡的星星。"（149）这句话倒是一针见血，西方人怎么能读懂东方的神奇密码呢？哪怕头顶着同一片天空，看见的是同一片星斗，东方的却似乎加了密。在与凤儿相处时，福勒有时觉得她与自己有隔阂："就像早期我要她的心灵那样，现在我要看明白她的意思，但是她的思想却隐藏在一种我不会说的语言里。"（188）语言固然是理解与沟通的障碍，但最根本的还是立场与视角。

殖民主义的本质无非是掠夺和占有。除了领土的扩张，他们还对东方世界丰饶的物质财富垂涎三尺，"就像香料，糖，奴隶，橡胶，棉花，鸦片，锡，金，银等的诱惑力在几个世纪中充分证明了的那样。"（萨义德著，李琨译，11）西方殖民者来到东方世界，不仅寻求霸权，也渴望着物质上的占有，并以此来填补他们精神上的空虚。对他们而言，远离欧洲大陆的东方殖民地是廉价的海外工厂，是白人们度假旅游的胜地，是充满异国情调的世外桃源，更是西方先进文明和权利的衬托者。

但事实并非总是如此。萨义德指出，东方学家的局限之一在于"他们否定东方和东方人有发展，转化，运动——就该词最深层的意义而言——的可能性。作为一种已知并且一成不变或没有创造性的存在，东方逐渐被赋予一种消极的永恒性"（萨义德著，王宇根译，265）。在这一点上，格林无疑有所突破，他对东方的审视是发展和变化，并借助福勒的视角展示出来。作为西方发达文明的代言人，格林在小说中反思并检讨了西方的"东方主义"视角，既展示出东方文明的优越与美好之处，也不避讳其落后糜烂的一面。

福勒来到越南后，沉迷于吸鸦片烟以及凤儿年轻的肉体。当地的"五百妓女夜总会"是西方白人寻欢作乐之地。但除此之外，在经过一段时期的观察和体验后，福勒对这片土地和人民以及他们的文化有了更深入的了解，对自己以及其他西方人的嘴脸也看得更清楚。他的态度由傲慢、漠不关心、想当然的占有逐渐过渡到尊重和理解，并在派尔的事情上彻底觉悟，改变了立场。

福勒对东方认知的转变是其行动轨迹转变的结果之一。作为一名战地记者，福勒不满足于外围观望，在办公室里依靠官方发布的通告写一写新闻报道，他不止一次借助水路深入战火频仍的前线，与袭击者近在咫尺遭遇，命悬一线。当他走进那些小村庄田间，亲眼看见葬身炮火的无辜百姓时，福勒才真正意识到战争的恐怖以及西方给东方造成的惨剧。福勒这种由南向北深入战争腹地的行动，是一种充满象征意味的"驶入的航程"(萨义德著,李琨译,348)①:只有真正近距离的接触和交锋,才有可能获得最真切的感受。

与福勒的"驶入"相反,派尔则完全凭借书本上灌输给他的印象,把自己想象成东方的保护者和拯救者。书中有这样一个细节,福勒在考察派尔书架上的读物时看到了一本《结婚生理学》。对于从未有过真实性体验的派尔,福勒的反应是:"也许,他正在研究性的问题,就像他研究东方问题那样,纸上谈兵。"(29-30)这句话既指出了派尔的天真与无知,也影射出"东方主义"的本质之一:纸上谈兵。

借助"驶入的航程",格林让福勒的身份由局外人逐渐朝局内人过渡,其欧洲中心视角和男性化视角也随之有所转变。正

---

① "驶入的航程"可以用来表述文化的融合与混杂,也可以用来指代向更先进的文化学习和取经。比如中国的郑和下西洋就是本着和平交流的使命,借助航行进行香料、陶瓷以及丝绸等的贸易往来。中国自汉武帝以后就开辟了与南海诸国及印度半岛等到地的水上交通线,从事常驻性的贸易往来,这条"海上丝绸之路"在三国隋朝时期继续发展,繁荣于唐宋时期,到明清时期有所转型。相比较这种旨在贸易往来和文化交流的海上航程,西方国家进入殖民地的"驶入的航程"性质则截然不同,是以占有为目的、试图予以教化的一种帝国主义侵略行径。在这里,笔者借用了"驶入的航程"这一说法,将其重新定义为寻求理解与共识的认知之旅。

因为有了这种暂时的边缘人的身份，福勒才看到了一些之前所没有看到的事实和真相。尽管他试图保持着"不会卷入"的姿态，他最终还是成为局内人，并修正了自己关于战争、派尔和凤儿的看法。空间意义上的位移换来了认知上的修正和意识上的觉醒。痛苦的觉醒是之后悔过甚至反抗权威的前提。一度傲慢迷惘的英国人福勒，最终在一片灰暗中看清了黑白，他战胜了自己的无力感和矛盾的内心，在正义与非正义之前做出了抉择。

当小说中的福勒终于扔掉"东方主义"这个有色眼镜，不再视为东方为"他者"，而是发自内心地去融入这块土地，用爱与尊重取代天真与无知，他才有可能摆脱被离散和被"他者"的不堪与绝望。虽然身在异乡，但或许只有年轻的东方才能给予他更旺盛的生命力，失根的"他者"，或许只有在东方才能看到一点希望。

福勒身上不无作者本人的痕迹。现实生活中的格林也是一名"他者"。他努力逃离自己出生的土地，一生辗转于欧洲之外的异域他乡，并选择在瑞士度过了生命的最后岁月。格林对英国本土的怨恨与不满有其个人的家庭和性格原因，也根源于两次世界大战、经济萧条以及冷战给他造成的创伤。这也解释了格林为什么对艾略特笔下荒原般的欧洲毫无留恋，而更愿意把目光投向遥远的东方，并借助文字展示出其"无法想象的古老，不近人情的美，无边无际的土地"（萨义德著，王宇根译，215）。

四、结语

通过福勒的转变，格林一方面勾勒出一个成长中的东方：东方不再是逆来顺受的代名词，它也有觉醒，有抗争，有反击。另一方面，格林也借助福勒表达出了西方世界的反省：东方固然存在着他们想象中的落后与贫穷，但也有他们不曾了解的美好与鲜活。既然东方并非一成不变，那么西方对东方的观察和审视也应是动态而非静态。格林的努力让东方由"不在场"变成了"在场"，一定程度上消除了"东方主义"对东方的误读。在他的笔下，我们看到了这样一种崭新的东西方关系：西方只有真正靠近和了解，东方才会变得真实可感；东方不再是完全的消极被动，也扮演着改造西方的角色；东西方如果结成伙伴，优劣互补，或许能看到一个更有希望的未来。格林通过对"他者"形象以及"东方主义"的重新解读，揭露了西方世界不自知的愚蠢与傲慢，对东方的偏见与误征（mis-representation），以此唤起人们对西方文明的反思，并重新认识和审视东方世界。

【深度解读】之三：
论《文静的美国人》电影对原著的理想再现①

> 由于格林在创作这部小说采用了不少电影手法，所以2003版的影片未做太大改动，只是对个别情节进行了微调。电影在语言的处理、动态与静态视觉效果以及声效的呈现上，理想再现了作家本人的意图以及原著的叙事风格，充分烘托出战争与爱情的主题。

也许是格林作品具有丰富的情节和高度的娱乐性，他有十几部作品先后被搬上大屏幕，有的甚至被翻拍了不止一次。事实上，格林本人与电影艺术的渊源很深，他曾在1935至1940年间担任《旁观者报》的电影评论员。他"是首先运用电影脚本写小说的人"（冯亦代，437），因此他的小说中时常能看到电

---

① 小说有两个电影版本，1958年版本的电影中译名为《安静的美国人》；2003年的版本中译名为《沉静的美国人》。考虑到与前文的一致以及选词的恰当性，本文统一采用《文静的美国人》这一译法。

影表现手法对他的影响的痕迹，这也为电影改编提供了便利。

《文静的美国人》的两个电影版本，格林本人生前只看过1858年的那部，他认为该电影"是他的小说被糟蹋得最厉害的一例"（转引自爱·茂莱著，邵牡君译，77）。该版本的影片确实对原著作了较大的修改。比较突出的是以下几点：一是影片完全抹杀了对美国的批评，反而将派尔包装成类似战斗英雄之类的人物；二是影片"把象征越南的凤儿塑造成一个最终能自由选择命运的女性"（胡亚敏，100），其自由和觉醒的程度远远大于小说中的凤儿；三是影片改变了小说的结局，凤儿在派尔被暗示之后，投身越南民族主义运动，并没有重新回到福勒身边，福勒只能孤独地离去。而在小说中的最后，福勒恢复了自由身，并且承诺永远不离开凤儿。四是影片完全删除了原著中关于宗教的部分。可以说，1958年版本的电影对小说中的两大主线——政治事件和爱情故事都做了根本性的改动，也难怪作家对此提出异议。相比较而言，2003年的版本（中译为《沉静的美国人》）则采用了基本忠实于小说原著的路线，电影在语言的处理以及动态和静态效果的对比呈现上下了不少功夫，最大限度还原了小说的主题、叙事手法以及情境和氛围。如果格林有机会看到2003年的这个版本，不知又会做出何等评价？

一、语言的处理：画外音，留白和声效

电影保留了小说的第一人称叙述声音，并以画外音的形式呈现。同时也保留了两位男主人公之间大量的对话，以此反衬女主人公的失语。在对凤儿的处理上，导演适当留白，以画面呈现为主，其台词少且简单。此外，影片中还充斥着各种反差极大的声音，用混杂的声音效果展示出炮火袭击下越南人民水深火热的生活，他们凭借着顽强的意志在殖民者的血腥镇压下挣扎着活下去。

画外音是电影中常见的声音运用手段之一。它身兼数职，以旁白、独白及解说三种不同的形式呈现出来，并分别实现评论、揭示人物内心和叙事这三个功能。在这部影片中，画外音有时是一种旁白，从主人公福勒的主观角度追述往事和抒发情感，同时对事件和人物予以评论，借此表达出福勒本人或作者格林本人的观点与评价。有时画外音是福勒的内心独白，观众可以直接"听到"福勒的所思所想。还有些时候，画外音是一种对故事的解说，交代故事背景以及情节进展，让观众一听了然。

于是在电影的开头和结尾，分别有两大段旁白，内容部分

重合，首尾呼应，完成了整个故事的讲述。

电影开始处的画外音[1]：

我不知道是什么让我喜欢上了越南。那里女人的声音是如此令人陶醉，所有的东西都给你带来强烈的刺激。颜色，气味，甚至雨，不像伦敦的雨那样肮脏（双关语）。他们说，无论你想寻找什么，你都能在越南这儿找到。他们说，如果你来到越南，你立刻就能明白很多事情，剩下的就是琢磨如何生存下去……

电影结束时的画外音：

他们说，你来到越南，很快就会明白很多事情。沉睡的事物也会恢复生气。他们说，无论你在寻找什么，都能在这里找到。他们说，每栋房子里都有一个魂灵，如果你能与它和平共处，它会保持安静。

这两段旁白，是根据小说内容提炼而成的，开门见山地表

---

[1] 本章中引用的电影台词取自2003年版本电影的英文台词，由笔者自行翻译成中文。

达出了福勒对越南的独特感受和印象，这块土地令他迷恋的地方，还有战争和死亡带给他的思考。而这些感受与思考原本像珠玉一样分散在小说各章节，影片用这样一种方式把它们集中在一起呈现给观众，无疑更直接明确。

福勒每天早上11点都要去大陆饭店喝茶，这个时间和地点正是他聆听各种声音和观察各种事物的好时机。从他眼里望过去，是宽敞的街道、来往的行人和指挥交通的警察。他能看见凤儿和朋友一起走进附近的奶品店。这些司空见惯的场景都被福勒尽收眼底，也在他的考察与判断之中。他和派尔的第一次见面也是在这里，画外音说出了他对派尔的第一印象："坐在那里的就是奥登·派尔，他看上去有着一张未经风霜也不知困扰为何物的脸，一张我们年轻不更事时都曾有过的脸。"这显然是福勒本人的观察与评论。当福勒和派尔在大街上边走边争论时，福勒的画外音又响起："派尔很想从我这里了解一切，关于越南以及它的独立战争。为什么法国会战败？为什么越共会胜利？然后他看见了凤儿。我本应该意识到，对派尔这类人来说，拯救一个国家和拯救一个女人是一回事。"接下来伴随着福勒与派尔对共产主义的讨论，福勒的声音穿插其中，这个声音一方面交代派尔的背景，一方面负责提供福勒的评论。福勒自认为作为新闻记者，不应发表任何观点，也不参与任何行动，发表观点也算是一种行动，但是画外音显然说出了福勒的观点和立场，替他采取了行动。

原小说本来就是以福勒的口吻讲述的，都是他的观察和评论，那么这种画外音的设置倒也不违和。小说一直在派尔死后和生前的两个时间段里来回穿梭，电影借助画外音使故事自然地过渡，还原了这段三角关系的来龙去脉、交代了前线的战事、河内的政治斗争、派尔和当地土匪头子泰将军勾结导致的恐怖活动以及越共对派尔的暗杀行动等。画外音所提供的评论及反思，让观众能很轻松地了解主人公的心理发展轨迹，等于是为观众减轻了负担，直观直接地表达出作者的立场与观点。在这一点上，或许也会在一定程度上剥夺了观众的个性化解读，容易被这个叙述者牵着鼻子走。因为相对那些不可靠的儿童或者病人叙述者，福勒这个老成世故且嗅觉敏锐的新闻从业者，无论是从职业、年龄还是阅历来说，都给人以可靠叙述者的印象，观众很容易随着他的讲述与他一起陷入回忆，并随着故事的发展得出与他类似的结论或判断。所以，影片中画外音的设置还是可圈可点的。

在福勒的画外音以及两位男主人公频繁的对话的衬托下，

凤儿的失语显得尤为突出。对她的呈现大多是面部表情以及肢体语言。影片一开头就出现了凤儿的脸部特写，这个特写在影片中也不止一次出现。清秀的五官，会说话的大眼睛，如瀑布般顺滑的黑色长发，凤儿的青春与美貌与白发苍苍、大腹便便的福勒形成鲜明的对比。除了脸部特写，观众还不断通过福勒的视角，"看见"她走路时婀娜的姿态，侧身而过时的窈窕，跳舞时的端庄妩媚，连背影也是清秀的。这样的一个凤儿，无须太多话语，就足以散发其东方魅力。每当凤儿出现在福勒的视线中时，画风总是一变：飘忽不定，又像是慢镜头回放。颜色变得柔和，动作变得缓慢，节奏也轻柔下来。这就是福勒眼中的凤儿：美丽，梦幻，柔弱，但又美得虚幻，美得仿佛很难在现实中拥有。

凤儿用眼神说话，电影中福勒或者我们看到的是一个逐渐变得独立和自信的凤儿，而这种变化大多是通过眼神来表达。凤儿因家境原因沦落为舞女。福勒第一次遇见她时，凤儿正遭到一位客人的骚扰。福勒挺身而出。即便是在最没有地位和保障的舞女时期，凤儿也没有放弃自己的尊严和选择权，福勒经过了几个月的苦苦追求之后才赢得了美人芳心。无论是从社会经济地位、阅历还是年龄，福勒都占据绝对的优势和主动，因此凤儿一开始是小鸟依人型的情人,像个孩子一样依恋福勒。书中有这样一段描写:"跟一个安南女人上床睡觉,就像带一只小鸟睡觉一样。她会在你的枕边吱吱地叫呀唱呀。有一个时期,我曾经觉得没有一个安南女人的嗓音有凤儿这么好听。我伸手过去,摸摸她的胳膊——安南女人的骨头也像鸟儿的那么脆弱。"(5)这是福勒对凤儿的最初印象:美好,脆弱。

但是随着故事的推进,我们看到凤儿眼神变得原来越自信和坚定。当福勒的谎言被拆穿后,凤儿搬到了派尔的住处。影片中设计了这样一个小说中没有的场景:福勒来到派尔公寓的楼下,抬头望着窗帘背后凤儿的身影。凤儿转过身时也看到了楼下的福勒。两人眼神交汇。凤儿的眼神是怨恨的,福勒的则不无忏悔。就这么几秒钟的对视,一仰一俯之间,暗示出两人地位的转变:凤儿占据了主动,福勒摇尾乞怜。年轻战胜了年老,纯真战胜了谎言,曾经被保护和被选择的凤儿,勇敢地做出了自己的选择。影片用镜头语言表达出了小说的主题,贴切而且自然,添加得恰如其分。

无论是小说还是电影中,凤儿的部分都有大量留白,以此表现出她的失语状态。即使在说英语的时候,她使用的也几乎都是简单句,很少出现长句或复杂句。而且她往往是在重复福勒或派尔说过的话。她在说法语的时候则只能蹦出个别单词。影片中凤儿的第一次出场是在派尔被暗杀后。凤儿不知派尔的去处，于是来到了福勒公寓的楼下。福勒从窗口看到了她并把她接到了楼上，俩人有下面这段对话：

福勒：派尔……被暗杀了。　　Pyle est mort...Assassine.

凤儿：怎么死的？　　　　　How?

福勒：被刀刺死的。　　　　Stabbed by a knife.

凤儿：派尔死了……被暗杀了……他爱我。

Pyle est mort...Assassine...He was in love with me.

福勒：是的，他爱你。凤儿，我很抱歉。

Yes, he was. I am so sorry, Feng.

凤儿：我要到我妈妈那里去。我必须想一想。

I'll go to my mother's. I must think.

凤儿的第二次出场是两人的两周年纪念日。凤儿的语言依然是复读机特色，重复着福勒的话：

福勒：慢着点，我老了，骨头也脆了。

Be careful with me. I am old and fragile.

凤儿：没那么老。也没么脆。

Not so old. Not so fragile.

即便是故事的高潮之一，派尔当着福勒的面向凤儿表白，凤儿从头到尾也只有三句话：你爱上了我？（You fall in love with me?）／不。（No.）／你想抽一管烟么？（You want to smoke a pipe?）除了简单与重复，凤儿的语言还有一个明显的特征：杂。虽然凤儿的英语和法语水平有限，她还是将越南语、英语和法语三种语言交叉使用，这体现了东方殖民地特有的文化：被同化的同时又努力保持独立。值得注意的是，当她想要明确表达自己意愿的时候，会选择越南语。比如派尔第一次和凤儿跳舞时，凤儿用越南语对他说了一句："跳舞时，不要总试图主动带我。"但是派尔却假装自己只能懂两个越南语单词：啤酒和理发。事实证明他说了谎。爆炸案后，他和现场的越南人用非常熟练的越南语交谈，所以派尔是用无知来掩盖自己的真实面目，而凤儿则用语言来强调自己的立场。对语言有选择地使用也是一种表达。

二、动态与静态的呈现

小说标题的关键词之一"静"。"文静"这个词,最先是凤儿使用的。凤儿在见过派尔第一面之后对他的评价是:"他很文静。"(41)凤儿是第一个用"文静"这个词来形容派尔的人,这个词也成为整个故事的核心词,也可以用来成为凤儿和派尔两个人的定语或者定义词。不过文静,无论是对派尔还是对凤儿来说,都只是表象。凤儿文静的外表下是一颗不甘成为玩物、渴望拥有真正的家庭并见识西方文化的不顺从的心;派尔文静的表象下是偏激和狂热,试图用所谓的第三力量来拯救越南,实际上却成为屠杀无辜平民的间接凶手。

相比之下,福勒和派尔几乎总在运动,福勒几次到不同的地方采访,一直处于动态;而凤儿的活动范围很小。福勒甚至能完全掌握她的行踪,什么时间在哪里做什么事情,他都非常清楚。每次福勒回到河内的公寓,都会发现凤儿和原来一样好好地待着,最多出去和姐姐或者朋友们逛街。凤儿是相对静态的,没有太多的位移。一动一静,形成鲜明对比。

凤儿的恬静安逸之美正是福勒所渴望的,他流离失所,奔波在外,同时背负着巨大的精神压力,深知自己已然卷入战争的泥潭，抽不出脚来。同时他还饱受年老孤独寂寞的困扰，福勒是茫然、痛苦和矛盾的，只有当凤儿睡在他身边时他才会感到平静，激烈的情绪也能在鸦片烟和凤儿的陪伴下平复。

小说中的静与动在电影中可以很轻松地实现。凤儿以及她所代表的东方美，都可以借助颜色和气味传递给观众。电影一开头就是炉子上烧着的鸦片烟和凤儿的脸，这两样都是福勒的最爱。电影开头的外话音提到："气味，是第一样触动你的事物"。同样，这里的颜色也总是给人强烈的刺激，这一切都让"我"喜欢上了凤儿和越南："我想，要是闻闻她的皮肤，那一定带有淡淡的鸦片烟香味，她的肤色也正像烟灯的小小火焰的。她衣服上绘的这种花，我在北方那些小河边曾经看见过。她像一片芳草那样天真自然；我真不愿意丢下她回老家去。"（8）凤儿琥珀色的皮肤和她身上淡淡的烟味让福勒难以割舍，她身穿的各种颜色的民族服装也衬托出她曼妙的体形。此外，斜阳下金黄色的稻田、渔夫的白鹭、老和尚的茶、南方随处可见的金黄和嫩绿以及鲜艳的衣裳还有北方人们常穿的土黄及黑色的衣裳，这一切都构成了东方的魅惑，让福勒将伦敦抛在脑后。

但是凤儿也不完全是静态的，她也有变动的时候，一是离开福勒投奔派尔，然后在派尔死后回到福勒身边；二是她内心对西方的向往。内心的蠢蠢欲动也算是一种动态。尽管从未离开过越南这片土地,但凤儿对西方世界依然怀有渴望,比如关于英国女王伊丽莎白二世的胞妹玛格丽特公主,"她知道的当然比我多"(5)。

  影片中表现凤儿动态的一个设计就是发式和服装的变换。凤儿最初梳的是很考究的传统式样,"她以为那才像个大户人家的女儿"(4)。凤儿和派尔在一起时做西式装扮。回到福勒身边后,又恢复了传统服装。影片最后一幕,凤儿面带微笑走到福勒身边问道:能帮我把头发放下来吗?福勒就把凤儿仔细盘起来的头发解了开来。发簪取下之后,凤儿一头瀑布般的黑发倾泻下来,她满脸带着骄傲自信的微笑,望着福勒。这笑容不再是小心翼翼,谦卑顺从,而带着自信的美。福勒仰视着眼前这个年轻的美人,仿佛看到了新生命的希望。发型的转变,寓意着凤儿打开的视野以及努力学习西方文明的心态。自信也让她愈发美丽,能与福勒平等相处,而不再是我见犹怜的依人小鸟。为凤儿整理头发的场景,暗示了福勒对大男子主义的放下。发饰与服装的转换显然是经过精心设计的。

  福勒对凤儿的感情不只是老年对青年的需要和依赖,甚至也可以理解成西方对东方宗教般的需要。尽管福勒一再强调自己没有宗教信仰，但是在凤儿身上，在鸦片的烟雾中，他似乎寻觅到了一种宗教似的信仰与安慰。不仅如此，凤儿也促成了福勒的某些转变。

影片中另外一个令人印象深刻的是混杂的声效，声音也参与了动态叙事的建构：猛烈的爆炸声、远处的炮火声、近处的枪声和软绵绵的越南语歌声交织在一起，制造出一种诡异的听觉效果，呈现出一个生与死擦肩而过的独特空间，而这正是战争阴影笼罩下的越南殖民地的真实写照。悠扬的歌声与炮火一唱一和，熙熙攘攘的夜市不时传来手榴弹的爆炸声。然而无论怎样艰难与危险，生活还是要继续。初来乍到的人听到这些爆炸声会感到惊讶。时间久了，炮火也像是时钟的指针一样变成了每日最寻常的事物，战争似乎变为常态。在殖民主义和帝国主义的践踏下，殖民地的越南人民凭借着强大的神经顽强生存着。混杂的声音对比出西方殖民者的冷酷和东方被殖民者的顽强与坚韧。文静文明的面纱下是傲慢与无知；顺从安静的表象下是不断壮大的反抗意识以及可以燎原的星星之火。动态与静态的转变只在一瞬间，美好与邪恶也在动与静的对比中变得格外分明。

三、个别情节的微调

由于格林在创作这部小说是采用了不少电影手法,比如蒙太奇、闪回以及特写等,所以 2003 版的影片没有做太大改动,只是做了个别情节的微调。

影片中有几处细节稍有改动。电影里,凤儿在姐姐和派尔的陪伴下,当面戳穿了福勒的谎言。随后三人一起离开,接下来凤儿就出现在派尔的公寓里。小说中,当派尔闯进福勒家中指责他的谎话,凤儿虽然已经知情,却在卧室里翻看英国画册,没有表现出愤怒的情绪。当派尔告诉她福勒是个骗子时,她用法语回到了一句"我听不懂"(180)。这时候凤儿可能还在犹豫不决,不知何去何从。对比电影中的处理,人物性格显得更为干脆利落,小说中的则更为柔弱。不过这个处理倒是无伤大雅。

另外一处改动是影片的结尾。电影拍摄于 2003 年,越战早已结束,而小说完成时越战还未发生。影片结尾是一系列报纸报道的叠加,新闻报道的时间从 50 年代一直到 60 年代,具体如下:

1954 年 5 月 7 号:法军战败意味着将从越南撤军

1954 年 7 月 21 号:越共将控制越南北部

1959 年 3 月 20 号:越共领导人宣称将武力统一越南

（无具体报刊日期）：美国向越南南部军队提供军事援助

1965年3月2号：美军向越南北部发起空袭

1965年8月24号：184300名美军地面部队进入越南

1966年12月23号：美军在越南士兵人数达到495000

格林通过对天真无知的美国人派尔的揭露，暗示了美国对越南的入侵以及越南战争的苗头，电影将这种语言直接用画面呈现出来，不失为一种合理的改变与呈现。

四、结语

格林认为电影和小说一样，都是为现实服务，但两者的不同之处在于，电影是一种大众艺术应该服务于所有层次的观众，雅俗共赏，而小说的受众则相对较小。正因为如此，一部好的翻拍电影常常能为小说带来更多的读者。当大众欣赏到一部好的影片时，往往会产生阅读原著的欲望。在这一点上，相信《文静的美国人》的导演已经做到了。

参考文献

[1] Bradbury, Malcolm. The Modern British Novel, 1878－2001. Beijing: Foreign Language Teaching and Research Press, 2005.

[2] Gayatyi, Spivak. In Other Worlds: Essays in Cultural Politics. New York: Routledge, 1994.

[3] Greene, Graham. The Quiet American. Penguin Books, 1986.

[4] Richetti, John, Ed. The Columbia History of the British Novel. Beijing: Foreign Language Teaching and Research Press, 2005.

[5] 爱德华·W. 萨义德. 东方学. 王宇根, 译. 北京: 生活·读书·新知三联书店, 2007.

[6] 爱德华·W. 萨义德. 文化与帝国主义. 李琨, 译. 北京: 生活·读书·新知三联书店, 2007.

[7] 爱·茂莱. 电影化的想象——作家与电影. 邵牡君, 译. 世界电影, 1987 (4): 62-78.

[8] 布赖恩·阿普尔亚德. 格林面面观. 何作, 译. 文化译从. 1990 (4): 16-17.

[9] 查尔斯·兰姆. 伊利亚随笔选. 刘炳善, 译. 上海: 上海译文出版社, 2006.

[10] 陈兵. 逃避·反抗·痛苦——评格雷厄姆·格林的《布莱顿硬糖》. 外国语言文学季刊, 2003 (75-1): 68-72.

[11] 冯亦代. 听风楼读书记. 北京: 生活·读书·新知三联书店, 1996.

[12] 弗朗兹·法农. 全世界受苦的人. 万冰, 译上海: 上海译文出版社, 2005.

[13] 甘文平. 历史的真实和文学的洞见——评格雷厄姆·格林的《沉静的美国人》. 山东外语教学, 2011 (144-5): 91-96.

[14] 格林厄姆·格林. 文静的美国人. 主万, 译. 上海: 上海译文出版社, 2008.

[15] 管勇. 再现、权力与文化政治——萨义德"东方不是东方"

的再解读.社会科学辑刊,2014(215-6):177-181.

[16] 韩加明.格雷厄姆·格林研究综述.外国文学动态,1999(4):7-8.

[17] 韩加明.一部旨在打碎偶像的传记——评《格雷厄姆·格林:内心敌》.外国文学动态,2001(3):29-31.

[18] 胡亚敏.误读的越南战争——《沉静的美国人》及据其改编的两部电影.解放军外国语学院学报,2010(33-5):98-101.

[19] 黎戈.各自爱.北京:九州出版社,2015.

[20] 陆建德.英国小说研究1945——,现代主义之后:写实与实验.北京:中国社会科学出版社,1997.

[21] 罗伯特·杨著后殖民主义与世界格局.容新芳,译.上海:译林出版社,2008.

[22] 王丽明.格雷厄姆·格林宗教小说中的生存悖论.当代外国文学,2010(3):62-71.

[23] 温华.格雷厄姆·格林长篇小说"宗教"主题初探.解放军外国语学院学报,2005(5):98-102.

[24] 夏玉玲.格雷厄姆·格林在中国——从《文静的美国人》译本谈起.外国语文,2015(3):123-128.

[25] 夏宗霞.格雷厄姆·格林《沉静的美国人》中矛盾的殖民意识.外语教育研究.2016(4-2):57-61.

[26] 张莉琴.现实主义的新发展——格雷厄姆·格林小说艺术的基本特色.四川外语学院学报,2004(20-3):58-62.

[27] 张跣.赛义德后殖民理论研究.上海:复旦大学出版社,2007.

(本章作者:黄春燕)

7.《达洛维夫人》

Mrs. Dalloway

作者简介

弗吉尼亚·伍尔夫（1882—1941），英国著名女作家、文学评论家、意识流文学代表人物之一，被誉为20世纪现代主义与女性主义运动的先锋。在两次世界大战期间，她是伦敦文学界的核心人物，也是卢姆茨伯里文艺圈的成员之一。伍尔夫著述颇丰，除了九部小说，她还撰写了大量书评及随笔，也为后人留下了不少日记和书信。代表作有《达洛维夫人》（*Mrs. Dalloway*, 1925）、《到灯塔去》（*To the Lighthouse*, 1927）、《一间自己的房间》（*A Room of One's Own*, 1929）等。

弗吉尼亚·伍尔夫出生于英国伦敦，母亲出身出版世家，父亲是著名文学评论家、传记作家和学者。弗吉尼亚和姐姐凡妮莎幼年曾遭到两位同父异母的兄弟性侵，这给她带来无法治愈的精神创伤。13岁时她的母亲突然离世，父亲也由此变得郁郁寡欢、脾气暴躁，这些导致了她一生中的第一次精神崩溃。在治疗期间她得到一位年轻女士的悉心照料，并不由自主地爱上了她。此后她的人生中又经历了数次精神崩溃并曾企图自杀，也同数位女性有过交往。1912年她嫁给了伦纳德·伍尔夫，丈夫对她无微不至的照顾、极度容忍以及对她创作的全力支持最终成就了伍尔夫。他们在家中地下室建立了霍加斯出版社，出版了伍尔夫的所有作品。然而不堪忍受精神疾病折磨的伍尔夫最终还是在1941年又一次精神崩溃来临前，走入离家不远的乌斯河冰冷的河水中结束一生。

伍尔夫作为现代主义文学意识流创作手法的代表人物，强调人物意识所展现的内心真实。这种心理现实打破了物理时空的概念，遵循人物的心理时间，从而能更为自由及深刻地挖掘人物内心。由外而内的转向，是伍尔夫对亨利·詹姆斯"心理现实主义"的继承与发展，使19世纪开始盛行的过于注重表面化描写的现实主义走向更为深刻的内心写实的现代主义。本章所选取的《达洛维夫人》就是一部杰出的意识流小说。

撷英采华

片段1：

Look the unseen bade him, the voice which now communicated with him who was the greatest of mankind, Septimus, lately taken from life to death, the Lord who had come to renew the society, who lay like a coverlet, a snow blanket smitten only by the sun, for ever unwasted, suffering for ever, the scapegoat, the eternal sufferer, but he did not want it, he moaned, putting from him with a wave of his hand that eternal suffering, that eternal loneliness. (Woolf, 2013: 22)①

译文：

幽灵在吩咐他看，此时这个声音在和他交流，他是人类中最伟大的成员。塞普提默斯，刚刚经历过出生入死，他是来拯救人间的天主，他像条被单似的躺着，像条只有太阳能够摧折的雪毯，永不磨损，永远受难。替罪羊，永恒的受害者。可他不想扮演这种角色，他呻吟着，摇了摇手，要把那永恒的苦难、永恒的孤独甩掉。(伍尔夫著，姜向明译，2014: 26)②

片段 2：

Millicent Bruton, whose lunch parties were said to be extraordinarily amusing, had not asked her. No vulgar jealousy could separate her from Richard. But she feared time itself, and read on Lady Bruton's face, as if it had been a dial cut in impassive stone, the dwindling of life; how year by year her share was sliced; how little the margin that remained was capable any longer of stretching, of absorbing, as in the youthful years, the colors, salts, tones of existence, so that she filled the room she entered, and felt often as she stood hesitating one moment on the threshold of her drawing-

---

① 小说英文引文均出自这个版本。以下只在引文后标注页码，不另加注。
② 小说中文引文均出自这个版本。以下只在引文后标注页码，不另加注。

room, an exquisite suspense, such as might stay a diver before plunging while the sea darkens and brightens beneath him, and the waves which threaten to break, but only gently split their surface, roll and conceal and encrust as they just turn over the weeds with pearl. (Woolf, 26)

译文:

米莉森特·布鲁顿没有邀请她,据说她的午餐会办得有声有色,很有意思。庸俗的嫉妒心并不能挑拨她和理查德之间的感情。但她害怕匆匆的时光,就像刻在冷漠石板上的日晷,她从布鲁顿女士的脸上看出了生命的枯萎。年复一年,她的生命被越切越薄。余下的时光已如此可怜,已无法再像青葱岁月时那样去尽情拓展,去吸取那生命的色彩、风味和韵律。想当初无论她走进哪个房间,那里都会因她而蓬荜生辉的。当她站在客厅门口稍作踌躇,她都会感觉到一种别致的悬念。就像一个潜水者在纵身跳下悬崖前所感受到的一般,大海在他的下面时明时暗,海浪眼看着就要汹涌而来,但结果却只是轻柔地拨开水面,银色的细浪翻卷着掀起海藻,再将其覆盖、淹没。(31)

片段3:

The strange thing, on looking back, was the purity, the integrity, of her feeling for Sally. It was not like one's feeling for a man. It was completely disinterested, and besides, it had a quality which could only exist between women, between women just grown up. It was protective, on her side; sprang from a sense of being in league together, a presentiment of something that was bound to part them (they spoke of marriage always as a catastrophe), which led to this chivalry, this protective feeling which was much more on her side than Sally's. For in those days she was completely reckless; did the most idiotic things out of bravado; bicycled round the parapet on the terrace; smoked cigars. Absurd, she was—very absurd. But the charm was overpowering, to her at least, so that she could remember standing in her bedroom at the top of the house holding the hot-water can in her hands and saying aloud, "She is beneath this roof.... She is beneath this roof!" (30)

译文:

回想起来,令人惊异的是,她对萨利的感情既纯洁又诚恳。这和她对男人的感情迥然不同。这种感情完全是无私的,而且,还有一种只存在于女性间的,尤其是刚成年的女性间的特质。在她这边,这感情是保护性的。它发自一种类似于同盟军般的感觉,一种终将有什么会来拆散她们的预感(她们谈起婚姻来,总说得像是一场灾祸),导致了这种骑士精神,这种想要保护对方的感情,这样的感情在她身上要比萨利强烈许多。因为在那些日子里,萨利无论做什么都全然不计后果。出于虚荣心,萨利会干下最出格的事,围着露台的女儿墙骑自行车,抽雪茄烟。

荒唐，那时的她——实在是荒唐。可是，她的魅力也是毋庸置疑的，至少对克拉丽莎来说是的。所以她至今还记得自己手里拿着热水罐，站在位于顶楼的闺房里，大声地喃喃自语："她和我在同一屋檐下……她和我在同一屋檐下啊！"（36）

片段 4：

With twice his wits, she had to see things through his eyes—one of the tragedies of married life. With a mind of her own, she must always be quoting Richard—as if one couldn't know to a title what Richard thought by reading the *Morning Post* of a morning! These parties, for example, were all for him, or for her idea of him (to do Richard justice he would have been happier farming in Norfolk). She made her drawing-room a sort of meeting-place; she had a genius for it. Over and over again he had seen her take some raw youth, twist him, turn him, and wake him up; set him going. Infinite numbers of dull people conglomerated round her, of course. But odd unexpected people turned up; an artist sometimes; sometimes a writer; queer fish in that atmosphere. And behind it all was that network of visiting, leaving cards, being kind to people; running about with bunches of flowers, little presents; So-and-so was going to France—must have an air-cushion; a real drain on her strength; all that interminable traffic that women of her sort keep up; but she did it genuinely, from a natural instinct. (71)

译文：

　　虽说她的智慧高出达洛维一倍，但她不得不通过他的眼睛来观察事物——这正是婚姻生活的悲剧之一。她有自己的头脑，却老是喜欢引用理查德说的话——好像从你早上读的《晨邮报》里，你还不能很好地了解理查德的想法似的！比如说，这些派对就完全是为了他，或者说是为了她理想中的他（替理查德说句公道话，如果能在诺福克干农活，他一定会比现在快乐多了）。她把客厅变成了一个聚会的场所，干这种事她有天才。他一次又一次看见她把一个生涩的年轻人带进去，把他说得晕头转向直至昏死过去，然后再把他唤醒，扶他上路。当然，她身边总是围绕着数不清的无聊之人。但也会有古怪的不速之客大驾光临；有时是艺术家，有时是作家，在那种氛围里，他们简直就像一条条死鱼。而在这一切的背后，是一个互相拜访、交换名片、热情好客，捧着一束束鲜花和各种小礼物四处溜达的网络，比如某某人就要去法国了——就一定得送个气垫。这些事真的耗尽了她的体力，她这类女人必须要保持所有这些没完没了的交际，可她做得很真诚，因为那发自她自然的天性。
(82)

片段5：

For this is the truth about our soul, he thought, our self, who fish-like inhabits deep seas and piles among obscurities threading her way between the boles of giant weeds, over sun-flickered spaces and on and on into gloom, cold, deep, inscrutable; suddenly she shoots to the surface and sports on the wind-wrinkled waves; that is, has a positive need to brush, scrap, kindle herself, gossiping. (150)

译文：

因为这就是我们灵魂的真相，他想到，我们的自我，如居住在深海中的鱼儿，在昏晦中前进，在连绵的大海藻间闯出一条路来，穿过阳光闪烁的海域，不停地前进，直到进入一个阴沉、寒凉、深邃、神秘的境地。突然之间，鱼儿又蹿出海面，在微风吹皱的浪尖上嬉戏。也就是说，我们有一种积极的需求，我们需要互相挤擦着过活，我们需要点燃自己的激情，我们需要八卦新闻。(175)

影片资料

类型：剧情/爱情

片长：97分钟

出品：艾尔塔影业公司（Alta Films S. A.）

导演：玛琳·格里斯

编剧：艾琳·阿特金斯/弗吉尼亚·伍尔夫

摄影：苏·吉布森

主演：娜塔莎·麦克艾霍恩饰年轻时期的克拉丽莎

瓦妮莎·雷德格瑞夫饰克拉丽莎·达洛维夫人

艾伦·考克斯饰年轻时期的彼得·沃尔什

迈克尔·基钦饰彼得·沃尔什

莎拉·贝德尔饰罗塞特夫人

莉娜·黑德饰年轻时期的萨利

获奖情况：艾琳·阿特金斯获1999年英国标准晚报电影奖最佳编剧奖；玛琳·格里斯获1997年圣塞巴斯蒂安国际电影节金贝壳奖提名。

剧情梗概

《达洛维夫人》围绕达洛维夫人的晚宴派对展现了这位国会议员夫人生命中看似平常但却意义非凡的一天。那是1923年6月，一个晴朗的夏日，作为上层社会的家庭主妇，克拉丽莎·达洛维夫人一早便出门买花，为当晚的聚会做准备。她独自走在熟悉的伦敦的街头，一路浮想联翩：三十年前在乡下的一个早上,她也是这样推开窗户迎接新的一天,那些难忘的青春过往又一次清晰地浮现在她的眼前。在花店里克拉丽莎偶然间与窗外的一个年轻人对视,他们素不相识,但又似乎息息相通。这个年轻人就是在一战中精神失常的退伍兵塞普提默斯,他正和妻子走在去看心理医生的路上。塞普提默斯的战友埃文斯死于战场,他对此一直无法释怀,时隔五年依旧会产生幻觉,看到埃文斯在战火中向他走来。

克拉丽莎回到家,却依旧沉浸在那些抹不掉的记忆中:昔日亲密无间的好友萨利、曾经的恋人彼得·沃尔什、那些充满活力和激情的青春岁月。正想着,彼得就不期而至,来登门拜访了。他刚从印度回来,还是老样子,与传统背道而驰,并且正和一位印度的有夫之妇恋爱。虽然分别多年,克拉丽莎依旧保持着对彼得的感情,享受和他在一起的时光。她当年拒绝彼得而选择了理查德·达洛维,实际上是选择了世俗、安逸和稳定的生活,但在内心深处,她和彼得一样,向往自由生活。

塞普提默斯和妻子如约来到权威医师威廉爵士家就诊,威廉爵士很快判定了塞普提默斯的病情并要求他来自己开的一家疗养院进行强制隔离治疗。其实,在此之前塞普提默斯已经有了一些好转的迹象，但威廉爵士的态度让他感觉压抑，他开始抗拒接受治疗。当医生来到他家准备强行把他接走时，塞普提默斯义无反顾地纵身跳下窗户，用死亡做出最后的反抗。

达洛维夫人的聚会开始了，正如期望的那样，场面热闹，政要云集，连首相都大驾光临。克拉丽莎表现从容、举止得体，是聚会称职的女主人。萨利和彼得在一旁看着她——他们是真正了解克拉丽莎的人，知道她内心向往的远不止表面的光鲜。威廉爵士也来参加聚会了，还带来了他的病人塞普提默斯跳窗自杀的新闻，声称要建议政府重视战争后遗症的问题。克拉丽莎对此十分厌恶，她了解威廉爵士的一贯作风，知道一定是他对这个处于疯狂边缘的年轻人施压才迫使他走投无路。但他们对于整个自杀事件细节的描述却令她心乱如麻。

克拉丽莎独自走到窗前，想象着就这样跳下去了结一生需要多大勇气，她追问自己是否在生活的琐碎中失去了最有价值的东西。萨利和彼得在书房一边叙旧一边等克拉丽莎，萨利说克拉丽莎其实更爱彼得，拒绝他只是因为内心恐惧，所以选择了更简单、宽松、有安全感的生活。而此时站在窗边的克拉丽莎也承认自己只有在理查德的陪伴下才能克服内心对生活的恐惧，此外还有随着年龄的增长，对岁月流逝的恐惧。至于那个年轻人的死,她并不觉得惋惜,相反,她感到欣慰,仿佛他在获得解脱的同时也替自己完成了一种解脱,带给她活下去的勇气和力量。

客人们相继离开,她终于可以抽身和两位老友相聚。虽多年未见,感觉依旧亲密,这一刻,时间重新定格在三十年前。

【深度解读】之一：
追问人生
——《达洛维夫人》中的多重主题

> 《达洛维夫人》是英国著名小说家弗吉尼亚·伍尔夫最重要的作品，也是"意识流小说"的奠基之作。故事背景设置在一战之后的英国，讲述的是上层社会家庭主妇克拉丽莎·达洛维生命中的一天。小说内涵丰富，感人至深，探讨了多个重要的人生命题，堪称具有时代意义的文学经典。

《达洛维夫人》出版于1925年，是英国著名小说家弗吉尼亚·伍尔夫最重要的作品，也是"意识流小说"的奠基之作，堪称具有时代意义的文学经典。小说展现了在一战过后的英国，上层社会家庭主妇克拉丽莎·达洛维生命中的一天。

一天写尽女人一生，这也许只有伍尔夫的《达洛维夫人》可以做到——她让这短短的一天中包含了一个女人一生中最重要的人生选择，以及她为这个选择而所付出的代价，展现了她真实的生存状态和内心渴望,以及无法阻挡的岁月流逝和抹不掉的永恒记忆,旨在探寻生命的意义和存在的本质。《达洛维夫人》没有跌宕起伏、动人心魄的故事情节,这可能是以心理活动为描写对象的意识流小说在快速取悦读者方面的先天不足,但也正是其魅力所在:当你冲出纷乱错综的思绪,进入人物的内心,你会看到它如此丰富、感人,并且鬼使神差般正如你所思所想。

一、对峙与妥协

克拉丽莎一生都在对峙与妥协之间纠结,在矛盾中挣扎,这是她为自己选择的人生,也是她痛苦的根源。

少女时期的克拉丽莎乐观、浪漫,有独立的思想,也有燃烧的激情。她和彼得情投意合,两人无话不谈,有种精神上的默契。但彼得的控制欲强,认为爱人之间应该亲密无间、分享一切,这让富有独立精神的克拉丽莎望而却步。另外他们的价值观有所不同,克拉丽莎认为人应该干一番事业,出人头地,而不是懒散地虚度时光;而彼得则把爱情当作人生追求,处处"爱情至上",导致两人的感情出现裂痕。这时务实进取但思想平庸的理查德·达洛维进入他们的生活,彼得预感到克拉丽莎心有所属了。

克拉丽莎还有个好友萨利，是个思想开放、大胆、有活力的女子，克拉丽莎十分欣赏她，但她不确定自己对萨利的感情是否属于爱情范畴。她们的关系中有种说不出的暧昧，但也只限于言语的挑逗和偶尔一次在月光下的亲吻。随着达洛维的出现，这刚刚开启的怦然心动也在两人的羞涩和迟疑中不了了之。

克拉丽莎和彼得像是一对欢喜冤家，心有灵犀，彼此深爱，但却时常相互猜忌，吵闹不断。最终克拉丽莎还是选择向世俗妥协，放弃了自己的真爱彼得，嫁给了有仕途发展前景的达洛维。

人生路上总有十字路口，选择了就一路走下去，但很多时候，在人们的内心深处还会有另一个自己，一直站在那条没选的路前。达洛维夫人就是这样，拒绝了彼得，却还对他一往情深，念念不忘；放弃了爱情，做了一个彼得不喜欢的"地地道道的主妇"，却时常回想和彼得在一起时富有情趣的生活，对他充满依恋。

达洛维夫人的生活逐渐成为一个难解的矛盾体，一方面她对上流社会空洞的生活感到厌倦，另一方面又兴致勃勃、乐此不疲地投入其中；年轻时她关注社会问题，还和萨利讨论如何改造世界，成为达洛维夫人后却深陷上流社会不能自拔，变身为左右逢源，操办政治聚会的女主人。她不甘于这样的生活，但又无计可施，只剩下和自己对峙，质疑生命的价值和意义。

小说中另一位主人公塞普提默斯也处于和自己的对峙中，他一直无法从目睹战友埃文斯的死中完全恢复，当医生准备强制他接受隔离治疗时，他恐惧、慌乱，但没有妥协、遵从，而是选择以死对峙，坚守他认为更重要的东西。正如克拉丽莎说的："有一件很重要的东西，而这件东西，在她自己的生命中，往往被喋喋不休所淹没，所毁伤，所失色，在堕落、谎言和八卦之中，这件重要之物就一天天地流失了。但是那个青年却保存了这件珍宝。"（201）这件重要的东西就是个性的自由，自我的声音。他的死也令克拉丽莎恢复了面对自我的勇气，重新关注生活。

这让人想起意大利导演费里尼说过的一句话："人生不能避免的事情是和自己对峙。而我认为比对峙更重要的是我们能够坚守自己的内心需求，并且在这种看似绝望的坚守中获得心灵的自由。"

二、时间

时间是个永恒的主题，《达洛维夫人》中很多细节、观念与时间相关，意识和思想本身也有时间顺序。大本钟是英国的象征之一，每半个小时报时一次，让人真切地感受到时间的流逝和死亡的步步逼近。克拉丽莎和塞普提默斯对此都深有感触：经历过血腥的战争，塞普提默斯的脑海里总会出现死亡的阴影，而克拉丽莎的意识里也充满对过往的青春岁月的怀恋和对老年将至的恐慌，这让她进一步追问生命的价值。小说中几次提到大本钟的报时，提示时间稍纵即逝。还有一个在摄政公园地铁站卖唱的老妇人，每天周而复始地唱着同一首歌，仿佛时间永无止境，因为她相信生命终将百转千回而不只是一条直线。

伍尔夫的写作风格是跨越时空的，在她看来，时间像河水一样奔流不息，而能真正将过去、现在和将来联系在一起的唯有人的内心。大本钟所代表的显而易见的时光飞逝与伍尔夫写作中常见的时间跨越形成鲜明的对比，后者看似随意，但却展现了但人们个性相通时生命无限的可能性。"时间"对《达洛维夫人》来说意义十分深远，这也是伍尔夫最初为它定名《时光》(*The Hours*) 的原因。

三、生与死

达洛维夫人的这一天始于怀旧，早上出门买花的路上，三十年前在布尔顿的乡村生活的一幕一幕肆意地在她的头脑里闪回,这让"她感觉很年轻,同时又感觉说不出的苍老"(7)。克拉丽莎就是会这样陷入矛盾的情绪之中,常常莫名地惆怅:她热爱诗意的生活,却又害怕时间的流逝;对生既依恋又厌倦,对死既渴望又恐惧。大本钟每次整点报时,她都会重复莎士比亚在《辛白林》中的诗句"别再害怕骄阳的炙烤,别再害怕隆冬的严寒"。这原本是送葬歌中的一句歌词,把死亡看作一生艰辛的最后归宿。人到中年的克拉丽莎经历过家人的离世和战争的灾祸,她懂得活在世上哪怕只有一天都危机四伏。死亡在她看来很平常,塞普提默斯的自杀事件更是让她真切地体会到拥抱死亡其实近在咫尺,这引发了她对于生命的一系列思考,并最终与生活握手言和。

按照小说最初的构思,自杀的人是克拉丽莎,但后来伍尔夫改变初衷,增加了塞普提默斯这个与克拉丽莎精神相通的角色,让他承担了死亡的命运,而让克拉丽莎在对死亡的认识中开始新的生活。塞普提默斯并不是一心想死,也不是无所畏惧,但他还是选择直面死亡,因为这对他来说要好过另外那个选择:被迫活下去。在伍尔夫看来,自杀未必卑微、不光彩,自杀者也未必懦弱、不敢面对生活。有些人的生活看似宁静,但始终蕴含着对死亡的思考，而这种思考也赋予他们平凡、琐碎的生活新的意义。

在《达洛维夫人》出版16年后，伍尔夫最终难以承受精神崩溃的折磨而选择自杀。丈夫伦纳德把她的骨灰葬在自家树下，墓志铭是她的小说《波浪》的结尾："死亡，即使我置身你的怀抱，我也不会屈服，不受宰制。"

四、女性主义

伍尔夫是20世纪女性主义的先驱，她的女性主义思想贯穿她的每一部主要作品。她在《达洛维夫人》中阐明了维多利亚时代男权社会中女性既渴望自由平等又无法彻底摆脱传统体制习俗的束缚时左右为难的处境。在几位主要女性角色的身上都表现出女性主义意识的觉醒。

年轻时期的克拉丽莎就清楚地意识到，虽然她和彼得真心相爱，但彼得强烈的嫉妒心和控制欲让她感到窒息，他希望他们之间亲密无间，没有空间。克拉丽莎最终选择理查德·达洛维也反映了她对独立性和感情空间的需求："对两个整天生活在同一屋檐下的人来说，必须要有那么一点点独立的空间。理查德给了她这个空间，她也给了理查德。"（6）由此看出，克拉丽莎是个具有强烈自我意识的女性，具有反对控制，追求自由的向往和诉求。

克拉丽莎的好友萨利·西顿是一位社会主义者，主张破除私有制，她还积极为女性争取权利，尤其是选举权，算得上是早期的女权主义者。萨利热情、任性、泼辣、不拘小节，喜欢违反常规，是世俗的反叛者，克拉丽莎很欣赏她，也很珍惜和她的友情。

克拉丽莎的女儿伊丽莎白象征充满激情的新一代女性，她们不满足于只做"家中天使"，渴望挣脱控制和束缚，自由地生活。女性主义思想在她们身上变得更为具体，女权主义意识日益增强，而时代的进步也让女性可以走出家门，从事很多和男性同样的职业，这也是伍尔夫对新一代年轻女性的期许。

五、压迫与反抗

对于克拉丽莎和塞普提默斯来说，压迫的威胁无时不在，塞普提默斯更是情愿以死来挣脱他可能不得不屈从的社会压力。压迫披着各种不同外衣，包括宗教、科学或社会传统。基尔曼小姐和威廉爵士是小说中两位主要施压者：基尔曼小姐妄想以宗教的名义击败克拉丽莎，而威廉爵士则是要压制所有与他世界观不同的人。两个人都是为了获得权利、主宰他人而试图改变人们的信仰，对灵魂施加压力，而且他们手段强硬，和他们接触过的人都难以幸免。

更为温和的施压者，或者根本无意施压的人，如果支持具有压迫性的英国社会制度，也会有社会危害性。那是一种道德观的绑架，是对个性的束缚和对精神自由的压迫，让人不止在行动上甚至在心灵意识深处也必须达到对社会成见的信服和认同。尽管克拉丽莎本人也生活在这样的社会制度下并且经常感受到压迫，但她全盘接受这样的社会，这让她也变为一个施压者，对塞普提默斯的死负有责任。在小说的结尾，她对自杀事件的看法是："无论如何，这都是她的灾难——她的耻辱。"她承认自己有责任，虽然其他人可能同样有责任，甚至责任更大，或者说，每个人都或多或少地，以某种方式参与了压迫他人。

六、交际与独处

伍尔夫认为，相比男性，女性更具有一种凝聚和沟通的力量，更具有平和、温婉、抚慰的特质，也更注重、更擅长交流与联系。克拉丽莎善于交际，热衷出席各种聚会，也擅长操办各种聚会，但与此同时，她又感觉受困于自己思绪万千的灵魂，认为像对面房子里的老妇人那样独居一室才是最终的宿命。她佩服老妇人的独立,也清楚地知道那样难免孤独。彼得曾经把人们对于交际和独处的矛盾需求比作不时跳出海面的深海里的鱼,"在微风吹皱的浪尖上嬉戏。也就是说,我们有一种积极的需求,我们需要互相挤擦着过活,我们需要点燃自己的激情,我们需要八卦新闻。"(175)

战争改变了人们对于英国社会的看法,有人希望恢复传统,有人期盼继续变革。在人心涣散的战后时期,克拉丽莎的聚会已不再是真正意义上的交流,表面的热闹掩盖不住内心挥之不去的悲哀。

《达洛维夫人》像一本精巧的人生寓言,篇幅不长,但内涵丰富;笔调平静温和,却逼你直面人生的种种无奈和困惑。

【深度解读】之二:
英伦玫瑰:电影《达洛维夫人》

> 根据弗吉尼亚·伍尔夫的意识流小说《达洛维夫人》改编的同名电影由英国本土演员摄制完成,影片忠于原作,运用细腻独特的电影语言呈现人物复杂的心理和情感内涵,呈现出一派英伦风情。

把一部经典小说,特别是一部在多重叙事结构下,包含大量非戏剧性心里独白的意识流小说,搬上屏幕,其改编难度和表演挑战可想而知,所引发的批评和争论也在意料之中。丹尼斯·哈克特发表在《时代周刊》上的对《到灯塔去》的影评这样开头:"如果要列出一张那些让最无畏的电影制作人退却的小说清单,弗吉尼亚·伍尔夫的《到灯塔去》肯定会名列其中,而且还会排在前几名。"但总有人愿意迎难而上,继1982年的《到灯塔去》和1992年的《奥兰多》之后,伍尔夫的意识流代表作《达洛维夫人》在1997年被搬上屏幕,其后迈克尔·坎宁安向伍尔夫致敬的小说《时时刻刻》也于2002年被改编为电影，且上映后好评如潮，获奖无数。

《时时刻刻》拥有强大的好莱坞制作团队，导演和编剧的水准令影片的艺术性毋庸置疑，加上故事本身的动人之处和几位演员出神入化的表演，令这部影片熠熠生辉。相比之下，《达洛维夫人》则更多地展现出原汁原味的英伦风情：这部由英国著名小说家创作的意识流代表作，以伦敦为主要背景，围绕英国特有的历史和社会关系，展现人物心理和情感内涵，影片由英国本土制作团队改编、演绎，自带浓郁的英伦范。

影片编剧艾琳·阿特金斯是伍尔夫纪录片的参与者，对伍尔夫一向情有独钟，对改编她的作品更是倾尽全力。影片由荷兰女导演玛琳·格里斯执导，英国著名演技派女演员瓦妮莎·雷德格瑞夫领衔主演。影片上映后评论褒贬不一，当时人们普遍认为它忠实于原著但"悲剧性的乏味"，倒是伍尔夫的研究者们给予影片了更多的正面评价。

一、非线性叙事结构与平行线索

克拉丽莎与塞普提默斯是故事中两个最重要的人物，却看似毫不相干，他们的生活轨迹少有交集，形成两条平行线索，分别展开。

影片的开始，镜头对准了1918年意大利战场上的塞普提默斯，他亲眼看见了战争中最惨烈的一幕：他的战友埃文斯正向他跑来，塞普提默斯大喊"别过来"，却为时已晚——埃文斯被炮弹击中，瞬间消失在战火中。随着配乐声响起，镜头转到1923年的伦敦，达洛维夫人心情愉快地走下楼说出那句著名的台词；"我要自己去买花"。这样的开场和过渡形成了鲜明的对比，虽然有些生硬，但它提醒人们，在看似平静的生活背后可能隐藏着深刻的创伤。

克拉丽莎与塞普提默斯在影片中唯一一次直面对方是在花店隔窗对视的那一次，塞普提默斯惊恐、忧郁的眼神和痛苦、无助的表情深深触动了克拉丽莎，她关切地注视着他，仿佛这个素不相识的人和自己有种莫名的联系。这个场景的处理对于故事情节的发展提供了重要的暗示，在之后的场景中，克拉丽莎回到家后，当她小心翼翼地朝窗外望去，塞普提默斯的惊恐样子又出现在她的眼前。这是两个富于象征意义的镜头，也为之后达洛维夫人的独白做了铺垫。

在故事尾声，克拉丽莎的聚会上，威廉爵士解释自己迟到的原因时，说到了他的病人，塞普提默斯的自杀，这两条平行线索才最终交织。他们似乎是同一个人，克拉丽莎甚至能体会他自杀的过程，仿佛他是在替她赴死，让她看清生活的本质，并带给她活下去的勇气和力量。

作为意识流风格的电影，运用蒙太奇，闪回等镜头语言构建非线性叙事结构是重要特征之一。克拉丽莎的思绪常会因一个细小的相似点回到三十年前，所以现实与青春时期的人物对照是本片多层次结构的特点。比如在影片开头，达洛维夫人打开家门后由衷地感叹好天气，而此时思绪的另一端，是三十年前的她在同样的好天气里推开落地窗，发出同样一句感叹。类似的闪回在影片中多次出现，评论也是褒贬掺半：有些认为闪回过于频繁，有些则认为这正表现出"沃尔夫那为人所知的怀旧的忧郁"；有些抱怨镜头切换缺乏想象力和艺术感，有些则庆幸影片没有把表现力交给技术层面的创新。其实英国电影一贯如此，很难做技术分析，但不失风格。就《达洛维夫人》而言，青年演员与老年演员外形上的差异是影片公认的瑕疵，好在意识与时空的转换自然流畅，多少弥补了演员长相和身高带来的违和感，让观众得以从多个角度了解人物的过去，进而理解他们在现实中的选择。

克拉丽莎的画外音在一定程度上弥补了人物心理表现的不足，比如她的很多真实想法和内心独白由画外音完成，这也是英国影片常用的提高明晰度的方式。比如在聚会开始时,达洛维夫人始终面带微笑地站在门口,迎接宾客们的到来,而她在那一刻的真实想法,则由画外音简单、直白地一语道破:她内心深处的焦虑与不安,富有幽默感的见解,以及敏锐的洞察力都一览无遗地呈现在观众面前。在影片结尾处,克拉丽莎那一大段内心独白也是以具体的画外音形式传达出来,而不是被更为戏剧化地处理,这一点遵循了文本平淡中富有张力的叙事风格,把深切的痛苦表达地如此淡薄。

二、隐喻与象征

伍尔夫的作品中从不缺乏丰富的象征,《达洛维夫人》也不例外,改编电影中保留并凸显了几个耐人寻味的象征。

1. 彼得·沃尔什口袋里的折叠刀

彼得·沃尔什的折叠刀跟了他大半辈子,从不离身。他把刀打开,又折上,在手里把玩,这几乎成为他的一种习惯。可多次重复这个简单动作也暴露了他的内心:浮躁、纠结、优柔寡断、不知所措,每当遇到这种时候他的手里都会出现折叠刀。有的时候他甚至不确定自己的真实想法,他到底是厌恶传统还是要违背传统，是否应该坦然接受英国现有的文明。当他从印度回来，克拉丽莎询问他的近况时，他犹豫着不知是否该告诉她真相，于是手里就开始摆弄折叠刀，当说到自己爱上了一位印度的有夫之妇时，他不由得加快了动作，刀在手里啪啪响，以至于克拉丽莎大声制止他。从另一个角度说，折叠刀也是种武器，它象征着力量和男子气概，但彼得拿着刀反而会坐立不安，他不是那种荷尔蒙爆棚、一言不合就与人拔刀相向的男子，这把小刀更多地代表彼得的防范心。

2. 克拉丽莎家对面房子里的老妇人

克拉丽莎家对面的房子里住着一位老妇人，克拉丽莎隔窗看到她的时候会联想到自己的未来——年华老去，形只影单的未来，生命的自然规律。在得知塞普提默斯自杀的消息后，克拉丽莎独自躲到楼上的房间。当她在打开的窗前感叹人生，百感千愁涌上心头的时候，恰巧老妇人也在对面的窗前，她们意味深长地凝望对方，相视而笑，而后老妇人转身拉上了窗帘。这是个重要的时刻，老妇人的出现并非偶然，她象征着在不为人知的灵魂深处那种寂寞孤独。年纪越大，克拉丽莎越是喜欢思考和独处。她会把情感封存在心底，让它们像老妇人那样足不出户。她看重思想，相信女人的美来自对内心世界和独立的坚守。从这个角度说，老妇人也象征着心无杂念的纯净灵魂。

当塞普提默斯坐在窗口准备以死抗拒时，对面的窗口恰巧有一位老人正望着他，塞普提默斯冲他微笑，然后纵身一跳。这位老人与克拉丽莎家对面房子里的老妇人有着类似的象征意义，彼此对应。

3. 首相

《达洛维夫人》中首相这个角色代表着英格兰陈旧的价值观和逐渐消亡的等级制度。当彼得·沃尔什指责克拉丽莎即将出卖灵魂，混迹于社交圈时，他说她应该嫁给首相。而当信奉传统的布鲁顿女士恭维休·惠特布莱德时，她称他"我的首相"。首相是旧体制的产物，克拉丽莎和塞普提默斯都反对的对象。这也解释了为什么当首相亲临克拉丽莎的聚会时，没人真正在意他的到来。

4. 铺着白色床单的床

这是小说中的一个重要象征，出现在克拉丽莎买完花回家后的内心独白中。"床单很干净，床角处的白色阔条纹镶边绷得笔直。她的床会越变越窄。"（伍尔夫，32）白色床单覆盖下的这张越来越窄的床象征着生活给予克拉丽莎的压迫感，以及她对于逝去的青春和爱情的不安。这样的情绪和感受为克拉丽莎在片尾思考、追问人生做了铺垫，但在影片中却是简单地以一个明快的画面一带而过，可取之处在于简化了叙事手段，使这部意识流作品的主题更清晰可见。

三、编剧、导演及演员

《达洛维夫人》的编剧艾琳·阿特金斯是英国知名演员，英剧里常出现的老戏骨，且常年活跃在戏剧舞台。她一向钟爱伍尔夫，曾在伍尔夫的纪录片中朗读她的部分日记，并在电视和戏剧舞台两次饰演伍尔夫。正是在和好友瓦妮莎·雷德格瑞夫出演关于伍尔夫的戏剧后，她才萌发拍摄《达洛维夫人》的念头。她与瓦妮莎商定由自己创作剧本，瓦妮莎出演达洛维夫人。

艾琳·阿特金斯的改编剧本在结构上与小说有重合之处，也有重组、超越之处，犹如一幅立体主义绘画，在多视角展现人物心理活动的同时，聚焦克拉丽莎和塞普提默斯对于生死的思考。在主题和内容方面，改编剧本坚持忠实原著，体现伍尔夫的风格，这也是影片得到多数伍尔夫研究者认可的原因之一。

影片由凭借《安东妮雅家族》荣获1995年奥斯卡最佳外语片奖的荷兰导演玛琳·格里斯执导，她的作品总是充满争议性和强烈的女权主义色彩，相比之下，《达洛维夫人》舒缓、平和、有分寸感，更接近英国文艺片的风格。影片对于克拉丽莎的爱情和婚姻未做渲染，只是简洁地一带而过，倒是她和萨利在月光下的亲吻，以及被打断后意犹未尽的沉醉，明确无误地说明了她对萨利的感情。伍尔夫本人的同性情感和玛琳·格里斯对同性恋的一贯支持态度让影片注定偏向这种表达。

整体来说，电影版的叙述更加清晰，小说中一些不十分明确的细节，电影都做出了直接简洁的处理，并且略去其他人物的几处心理描述，避开多种叙事声音的出现，突出了克拉丽莎在电影叙事与主题演绎中的主导地位。

无论评论家如何褒贬，没有人质疑瓦妮莎·雷德格瑞夫在影片中的出色表演。她出身伦敦的一个演艺世家，曾两度获得戛纳影后桂冠，五次奥斯卡最佳女主角提名和一次奥斯卡最佳女配角奖。她本人气质优雅，声音悦耳动听，对于达洛维夫人的情感变化拿捏十分到位。从自我欣赏到自我反省，从彷徨困惑到恼羞成怒，再到盼望和解，她的表演自然，令人回味。

影片中很多演员都有着丰富的舞台和影视表演经验，他们的表演也可圈可点，比如拉珀特·格雷夫斯饰演精神有些失常的塞普提默斯，他是深受观众喜爱的演员，主要作品有《看得见风景的房间》《莫里斯》《神探夏洛克》等，他在本片中的表演令人印象深刻。

在影片的最后，反思人生后的达洛维夫人终于释然，此时聚会已近尾声，她和彼得在大厅如恋人般起舞，萨利则在一旁有些诧异地看着他们。这是一幅具有想象力的画面，与之相对应的是三十年前，他们三个人围坐桌前的那张照片。影片定格在老照片上，以此结尾，寓意十分深刻，同时也体现了影片对人生选择富有现代感的解读。

【深度解读】之三：
从字里行间到镜头之下的《达洛维夫人》

几乎每部经典文学作品在被搬上银幕时都会或多或少地遭到非议，《达洛维夫人》以其独具特色的语言、意识流创作风格和多角度描写著称。要把这样一部意识流小说改编为电影，对于电影制作者来说是巨大的挑战。电影《达洛维夫人》接受了这一挑战，并用特有的镜头语言诠释了小说。

《达洛维夫人》是现代主义作家弗吉尼亚·伍尔夫的第四部小说，也是她的最具风格化的意识流代表作，无论在形式和内容上都体现了现代主义的精髓。E.M. 福斯特称她将英语"朝着光明的方向推进了一小步"；迈克尔·坎宁安更是对小说的语言由衷地赞许："《达洛维夫人》包含英语写作中最美丽、最复杂、最深刻以及最另类的语句，仅凭这一点就有十足的理由去阅读这本书。它是二十世纪最感人至深、最具有里程碑意义的杰作。"除了极具特色的文笔，伍尔夫还使用了如立体主义绘画般多角度描绘的技法,展现意识多面性的本质。更重要的是,作为"意识流"小说的奠基之作,《达洛维夫人》摒弃了传统小说的叙事形式,用人物的思维和意识将片段经历贯穿起来,看似支离破碎,却又顺理成章。对两位主人公的刻画也反映了伍尔夫个人深切的忧虑:克拉丽莎呈现了女性受压迫的社会和经济地位,塞普提默斯则是在质问如何对待被抑郁逼到理智边缘的群体。小说于1925年出版,1997年被首次搬上银幕,完成了把这部经典小说中字里行间的心理活动和内在意识直观地记录在镜头中的大胆尝试。

原文一:

> 只有天知道,为什么人们如此热爱生活,如此看待她,甚至要虚构她,不懈地美化她,然后又粉碎她,从而创造出每时每刻的新鲜感来。即使是邋遢透顶的女人,坐在门前台阶上那些最悲伤绝望的人们(酗酒使他们穷困潦倒)也一样。正是因为这个原因,就连议会制定的清规戒律也奈何不得他们:人们都热爱生活。(2)

这段描写的是克拉丽莎一早在去往花店的路上，大本钟敲响时的所思所想，表现了她对于生命的热爱以及对自我之路的坚持。原文中这个层层叠加、使用多个逗号与分号断开的长句旨在体现克拉丽莎在这个六月的早上充满活力、跃跃欲试的精神状态。她清楚地意识到她身边的一切本身未必美好或意义非凡，是人们的所作所为赋予它们价值和意义。她陶醉在这样的想法里，深知生活不易，哪怕是大街上最穷困潦倒的人也同样是生命的奇迹。这也正是伍尔夫本人的观点，她在《传记的艺术》一书中声称，"哪一个生活过的、留下生活记录的人不值得立传？不管他/她失败还是成功，卑微还是显赫。"

在电影开头，镜头跟随瓦妮莎·雷德格瑞夫扮演的克拉丽莎闲适、轻盈的步伐在伦敦街头穿行，在与休·惠特布莱德道别的瞬间，大本钟的钟声在不远处响起。望着休的背影，克拉丽莎的思绪回到三十年前她和彼得在一起的日子。有一次他们望着休远去的背影说起他，彼得对他爱慕虚荣、循规蹈矩的作风十分厌恶。随着镜头转回到伦敦街头，轻快的背景音乐响起，克拉丽莎很享受这样的时刻，对她来说，幸福是发自内心的愉悦，是精神层面上对生活的热爱，无关社会与阶层。

《达洛维夫人》中常会出现伦敦市区的地标性建筑，而这些在电影中都化为具体的影像,更为直接地呈现在观众面前。苏珊·斯奎尔曾经说过"无论伍尔夫把伦敦当作这个世界上最美丽或者最邪恶的地方,伦敦对于伍尔夫来说都是一座她用尽毕生经历来观察却又经常充满着矛盾情感的城市。"她让小说中的人物行走在自己熟悉的伦敦市区,克拉丽莎在路上对休说她"喜欢在伦敦走走,比在乡间散步好",这些都表达了她对这座城市的热爱。

年轻时期的克拉丽莎曾对彼得说起过,生活对她来说总是危机四伏,很容易一事无成、最终受压于生活。而在五十二岁的年纪,在经历了大半生的风雨和战争的洗礼后,这种不安全感竟与日俱增。因为她终于明白,人还是要独自面对真正的困境,就像在偌大的伦敦,孤独无处不在。

原文二:

> 这世界刚经历过的那些事情令他们每一个人,令每一个男人和女人,都泪如雨下。但他们有着泪水与悲痛,勇气与坚韧,绝对的正义感,如斯多葛教徒一般的忍耐力。(9)

这段文字出自克拉丽莎在书店橱窗里看到摊开的莎士比亚戏剧《辛白林》中的台词"别再害怕骄阳的炙烤，别再害怕隆冬的严寒"之后，作为对诗句的一种解读。这原本是剧中送葬歌中的一句歌词，把死亡看作一生艰辛的最后归宿，正好也适用于一战后的英国社会：虽然积极、勇敢地面对战争对灵魂的打击，人们的眼中还难免有泪水，而泪水背后是深藏在心底的悲哀。

电影中略去了克莱丽莎在书店橱窗前的停留，但在她漫步街头的背景中，有一位拄着拐杖的独腿老兵，镜头在这个街景上停留了几秒钟，仿佛在提醒人们，战争所带来的难以愈合的创伤依旧随处可见。除了肢体的残缺，心理阴影更加挥之不去。小说中另一主人公塞普提默斯因在战争中受到刺激而有些精神失常，他常常出现幻觉，战场上的那惨烈的一幕反复上演，刺激着他的神经，而他每次都会紧张地大喊"埃文斯，别过来"，这在影片中成为塞普提默斯精神创伤的直接表现。

影片中克拉丽莎背诵莎士比亚的这句诗被安排在她回家之后：当她拉开窗帘，塞普提默斯那惊恐、痛楚的表情再次出现在她的面前，她似乎感受到了什么，这句"别再害怕骄阳的炙烤，别再害怕隆冬的严寒"像是脱口而出。相比阅读橱窗中的诗句，这样的表达更加指向更加明确，发人深思。

原文三：

> 无论如何，她感觉自己和那个人很像——那个自杀了的小伙子。她为他抛弃了一切而感到高兴，他甚至抛弃了生命。钟声响了。沉重的声浪在夜空中融化了。他使她感觉到了美丽，使她体会到了快乐。可她必须回去了。她必须回到人群中去了。（203）

这段文字是克拉丽莎在听说塞普提默斯自杀的消息时的心理描写。她与这个年轻人素不相识，却不由得为他感慨不已。两个主要人物看似毫不相干，却在冥冥中息息相通。克拉丽莎的很多感想都在塞普提默斯身上得到回应，而在这一刻，他们的灵魂终于合二为一。

塞普提默斯因社会出身所限，无法进入大学；他是"那种靠自学获得粗浅知识的人，他的修养全部来自从公共图书馆借阅来的书籍"。希望成为诗人的渴望促使他入伍，以捍卫他理想中莎士比亚的英伦，他躲过了战争的劫难，却没能逃脱死亡的命运。

克拉丽莎在结尾处的这一大段内心独白是小说的高潮部分，

在电影中瓦妮莎·雷德格瑞夫用她细腻的表演和富有磁性的画外音呈现。她独自躲进房间，站在窗前，想着塞普提默斯跳窗自杀时的感受，并对他最终的选择产生了极大的认同感。影片中有一个窗外铁栅栏的特写镜头，塞普提默斯正是被它的尖头刺穿，而生活中可以把人刺穿的又何止这一样。有时人们抛弃生命不是出于绝望，而是以此作为一种拼尽全力的反抗。塞普提默斯的死让克拉丽莎反思了生命的意义并开始新的生活，她最终释然，此时背景音乐变得欢快，令人愉悦，画面也充满了温情。没有人能阻挡时光的流逝，但情意依旧，那些碎片化的生活体验最终成为我们的一部分。

把一部几百页的意识流小说改编为不到两个小时的电影，这个过程中必然有所取舍，而用外在可见的形式探索人物丰富的内心世界，其局限性也不言而喻。即便是用画外音"说出"的想法和伍尔夫所谓"在思想层面匍匐"也不尽相同。但正如她在 1905 年的一则日记中所表达的，要"实现一种不一样的美，以无限的嘈杂达成某种和谐；展现思想在世界穿行所留下的全部痕迹，最终完成某种由无数碎片构成的完整性。"[①] 镜头

---

① 弗吉尼亚·伍尔夫的旅行和文学笔记，1906—1909 年，收藏于大英图书馆，参见 http：//www.britishlibrary.cn/zh-cn/works/mrs-dalloway/。

之下的《达洛维夫人》以另一种形式做出了同样的努力，旨在让可见的和谐直达内心。

参考文献

［1］Woolf, Virginia. Mrs. Dalloway. Collins Classics, 2013.

［2］弗吉尼亚·伍尔夫. 达洛维夫人. 姜向明, 译. 西安：陕西师范大学出版总社有限公司, 2014.

［3］郝琳.《唯美与纪实 性别与叙事——弗吉尼亚·伍尔夫创作研究》. 北京：科学出版社, 2012.

［4］李茂秀. 人生：挣扎与妥协之间——论伍尔夫《达洛维夫人》. 成都大学学报. 2008（12-22）：113-121.

［5］吕洪灵. 走进弗吉尼亚·伍尔夫的经典创作空间. 北京：人民出版社, 2013.

［6］潘建. 国外近五年弗吉尼亚·伍尔夫研究述评. 当代外国文学, 2010（1）：123-132.

［7］伍建华.《达洛卫夫人》现代叙事艺术特征之阐释. 外国文学研究, 2007（5）：90-96.

［8］赵冬梅. 从女性主义角度解读《达洛维夫人》中的女性形象. 外语学刊, 2014（2）：130-133.

（本章作者：张雪丹）